当代中国文学书库

瓜滚在园里

王卫民 ◎ 著

中国文联出版社

图书在版编目（CIP）数据

瓜滚在园里 / 王卫民著. -- 北京：中国文联出版社，
2023.1

ISBN 978 - 7 - 5190 - 5007 - 8

Ⅰ.①瓜… Ⅱ.①王… Ⅲ.①中篇小说—小说集—中
国—当代②短篇小说—小说集—中国—当代

Ⅳ.①I247.7

中国版本图书馆 CIP 数据核字（2022）第 250522 号

著　　者　王卫民
责任编辑　李　民　周　欣
责任校对　周建云　李　晶
装帧设计　中联华文

出版发行　中国文联出版社有限公司
地　　址　北京市朝阳区农展馆南里 10 号　　　　邮编　100125
电　　话　010 - 85923025（发行部）　　　　85923091（总编室）
经　　销　全国新华书店等
印　　刷　三河市华东印刷有限公司

开　　本　710 毫米×1000 毫米　　　1/16
印　　张　15.5
字　　数　239 千字
版　　次　2023 年 1 月第 1 版第 1 次印刷
定　　价　78.00 元

目　录

横　事

　　沉寂的夜空，深邃而悠远。一阵狗吠从村子传来，石村长给猫坟拍了最后一锹土，不无伤感地仰视着穹宇，扛起锹默默往回走。

　　石村的冬夜很静。

　　初上农历冬月，在外做短工务营生的石村人都陆续回来，衣袋里都少不了一沓沓的票子，于是就兴起了给娃过岁、过满月，给自己过三十六，总要有一点引子，那挂鞭、乐队时不时就在石村某个角落响起。

　　村长石磊在这档口上，一次次被推到上席，被人轮番敬酒，划拳行令。隔三岔五就能见他醉眼惺忪、步履踉跄出现在村里，身后自然有人扶着搀着。

　　这天，他在席间酒喝得正酣，屋里的托人捎话说猫好像病了，要他请个大医，或是抱去看看。他要起身，东家说这么大的席口，还有几道蒸碗菜没上，你这上席一走，席不就散了。他想想也是，又坐了下来。陪着送走最后一拨客人天就落黑了。东家煞是高兴，村长能到席并陪客实在是他的面子。这已是不成乡俗的乡俗。

在石村，只要待客，不论多少桌、多少炒、多少蒸，有石村长在上座席，谁家的席就算好，客就待成了。因为在石磊村长上任就职演说时，当着乡上人的面对村民说，坚决不参与吃吃喝喝。初上任的日子，吃喝场面绝没有他的影子。再后来，偶尔出席，村邻感到稀罕，觉得谁有面子，竟然能请到村长。吃席的人能把与村长划几拳或碰几杯作为荣誉，席间酒肉溢香喊声不断，待客就图个气氛。

再后来，但凡石村人，一旦有了摆酒席待客的意思，首先考虑是不是能请到村长。自然是拿上好酒，再准备一箩筐好听的话去请。石村长也从心里想推辞过去，却怎么也拗不过死缠活缠，一旦答应，就把菜准备得特别丰盛，似乎不丰盛就给村长丢了脸一般。

而在泥峪川河道，上八村下八村，历来村干部是不请自到的，几十年了，也就无所谓。难怪别村人揶揄说，石村人待客是耍猴哩。这猴当然指的是石村长石磊。

那天他确实喝多了。屋里的很贤惠，拧来湿毛巾端着糖水，怯怯地说："猫很重。"他听是听清了，却随即睡去。这睡，打雷的声就到了第二天下午。屋里的看他一刻醒不来，就自己请来大医。说起大医，是乡下人把给猪牛看病的统称为大医。没有专门医猫病的，自然就请大医。

大医来了，也是和医大牲口一样，体温计听诊器之类摆弄着，又翻看猫的眼皮，瞅着浑身毛色雪白四蹄油黑的猫，大医惋惜地摇头不已，石磊屋里的就问啥病？大医说，老鼠药闹的，没治。

大医走后，这只美丽无比的猫就吐黄水，吐一阵静卧一阵，打老远能嗅到一股恶臭。村长屋里的泪眼汪汪地看着猫乞求和绝望的样子，这个在村子中很有威信的女人几乎要哭。

石村长醒来揉眼睛的时候，就听到猫孱弱的嘀咕叫声。他蹲下去抚摸猫的时候，头还有些晕。猫认得石磊，他是主人，修建村桥的时候，这只猫刚断奶不久，就被屋里的从亲戚家逮回来。那时石磊正屁颠屁颠跑县城购材料，陪局长乡长吃饭，总是少不了给猫用袋子捎吃的。退耕还林大会上，又是县长来检查，猫瞅着他回来，就知道又有好吃的。他每一进门猫就抱着主人腿，他一坐下来，猫就过去，不是舔手就是用头蹭。他公事太忙，就不把猫当什么宠物，只要有他吃的机会，就有猫吃的好东西。

日子久了，猫就有了奢望。现在猫不行了，一双混浊的眼珠直愣愣望着石磊。他心疼。

他问："大医看了吗？"

"看了。"屋里的回答。

"咋哩？"

"老鼠药闹的。"

他的酒一下子完全醒了。

石村长的酒醒来自这一只猫的死，而不是死了这一只猫。他趁夜里去埋猫，据说猫死了是要埋的，不然老鼠看见了一定会吃了死猫，吃了猫的老鼠就成了精。

冬月清晨的石村，大田麦苗尖挂着霜花，从远处望去白冷白冷的，淡淡的雾岚静悄悄笼罩在上空。三五一伙去上学的娃在村头的村务公示牌下都停住了。这个公示牌立在村头也没有几年，是石磊初上任，村头兀就有了，人们不习惯了一阵，娃们却高兴，用粉笔头乱画有了地方。季末年终，会计石柏树就用水洗，写上该公示的东西。尤其是村桥建起，查桥账那阵，公示牌前人最多。现在孩子们见村长在他刚擦出的地方用粉笔在写："闹死我猫，罪责难逃，家里死人，老鼠成群。"他写得没有娃们念得快，写完了，娃们早已全部背下来。娃们一路蹦跳着喊"闹死我猫"去了学校。

村邻们人人自危，惴惴不安来自娃们一口腔的"闹死我猫"顺口溜，而且好听。平静的石村，一下子像谁在用大石头投进才封冰的河口老潭，又是响声又是涟漪。

"谁缺德和猫过不去？"

"了得吗，竟闹死村长的猫，罪责难逃……"

"马上就要透环了，要连累一村的。"人们议论的这一句指的是半年一次的计划生育大排查。这么个大村，难免生仨生俩，可上面来检查的时候村长都给搪塞过去，万一查出来，他都能给找出一百条不罚或少罚的理由。

从午后，石村长家就有了去安慰的人，或者说是向村长说明和解释"你家猫不是我闹死"的人。石磊屋里的嘴上一边说，事情不大，一边忙着烧水沏茶。而村长则见人便摇头不已，十分痛心地说，一只猫啊！

在他看来，石村每个人都可能是闹死猫的凶手。村长是得罪人的角，到底得罪了谁？在明明暗暗、暧昧如狐的石村人中，他定不准谁亲谁疏。自从碾子爷下台，他着实想趁年轻好好作为，让石姓人发达。村桥建起，挂鞭响得一个河口都在欢腾。一座无字碑悄悄在石村竖起，殚精竭虑营造的领地异己在消失。那么这猫是谁毒死的？

一连几日，村长家像发大丧一样人来人往，就连在外的都赶回来送上几句安慰的话。"甭往心上去，不就是一只猫？"说这话的人很坦然。"水深了啥虾都有，可石村就这么大个潭，水深不到哪里去，竟然有人闹死你猫，罪责难逃……"说这话的人一脸的同情和沧桑，好像谁闹死的是村长他爷似的，也就亲口说上了村长的话。

石磊目光完全没了往日的睿智和明亮，自戕般地沉默不语、落落寡合。问题的性质严重，今日闹死一只猫，明日可能会闹死头猪。末了不是闹死人就是放火烧房子。马上就有三百亩土地再造工程，见动工就要迁坟，又要得罪人了。

石磊越想越复杂。熟人怕鬼、生人怕水就是这个道理。熟人知道哪一块死过人，哪棵树杈有过吊死鬼。而生人不知脚下的地方水有多深，就一脚踩了下去。一只猫的死说明石村这潭水不是谁一只簸箕就能盖住浪的。

关于石村长家里死了一只猫的传闻，有许多版本，最终是乡长带着文书到石村之后，得到了证实。

乡长是交通局朱局长的远房小舅子，建村桥时想揽工程，没成，对石磊心里多少有些那个，又不好发作，近日他听人说一夜之间石村的猫叫人闹死了。再打听，说是村长一窝猫叫人闹死。石磊在大喇叭喊，"闹死家猫，日子难熬，蒿子成林，老鼠成群"。乡长就说，这个石头骡子，再大的事也不该在喇叭喊的。

他一踏上石村，就在村头公示牌下看见已被娃们用粉笔勾勒得五彩缤纷的村长的杰作。他拽了一下文书衣角，没多停就直奔村长家。跨进院门先喊了声"嫂子"。这是乡长的习惯，堂堂一个乡长，只能把村干部的妻子这么称呼。因为只有这么称呼，既不猥琐，又显亲近。称妹子长妹子短不好，称姨叫婶失身份。所以不论大小凡村干部屋里的都这么称。

石磊家的出来了，她匀称的身段，配着暗红色鸭绒袄，一双灯芯松紧带方口手工棉鞋，走出来时发出扣人心扉的囊囊声。从村里到村外，清一色的灰冷，她给这灰冷增加了色彩，给冷增添了暖意。乡长没敢在这暖意中陶醉，他用眼角余光睥睨着她，大概因猫的死，她有些憔悴和忧伤。

石村长闷闷不乐地坐在炕沿。

乡长单刀直入地说道："不就是一只猫，何必小题大做，又是老鼠成群，蒿子成林，干这差使的不受委屈还行?"石磊就冷冷地说："今日一只猫事小，明日一头猪你受得了? 一只猫事小反映的背景事大，知道不?"他嫌乡长太漠然轻看。乡长看出了他的不悦，就换了话题，说明日送你一只电猫。乡下人把电子捕鼠器叫电猫。"电猫能夜里钻被窝陪人打呼噜?"石村长说。乡长就说："好了，不扯淡，今日无事，专程来陪你解解闷。"

乡长进村，村邻们更是惶惶不已。娃们整天把顺口溜喊在嘴上，把人听得心里猫抓似的。今日乡长又来了。说不定明天派出所会来把谁铐走。后天透环的车又拉走半个村的妇女。是哪个短命鬼，闹死村长的猫，罪责难逃。

石柏树是细心人，他的身份决定他的角色。村长伤风感冒，他一定必须咳嗽打喷嚏。村邻掰指头数门楼，最后众口一词落到了郭发子头上，怀疑极有可能是他闹死村长猫的。九十六岁的五保户马兰爷死的时候，正是轮到他给马三爷做饭，从咽气到入土为安，都是郭发子灵柩前烧纸钱，送灵路上打幡。八大碗八小碗的埋人饭自然也是他给做的。马三爷的盆盆罐罐之类不值钱的家什，当村邻的面谁该拿就去，石村长硬说少了一把黄铜鸭嘴壶。那可是马三爷先被土匪抢，后来又干土匪留下的众所皆知的一件好货。郭发子自然也见过这个东西，不知怎么就不见了。马三爷睡炕的那些日子，到马三爷破屋看望的人来人往，鬼知道是谁顺手拎走了。村长这话一说，谁都会猜是他郭发子干的。

那天埋人饭摆了二十几大桌。饭是他做的，钱是村上出。丰盛的酒菜使他在村邻面前露了脸，为铜壶的事他又被伤脸蒙冤枉，有口难辩，辩了也没人信。他真后悔不该顶一句："你石村长不是拿着马三爷的箱子钥匙吗?"石村长就当众拿出了那个足有一两重的铜钥匙，又叫石柏树抱乌黑发亮、挂着耀眼铜锁的箱子，再贴了张麻纸封条。说，待马三爷三周年祭日那天再砸箱子，有财宝大家分，无财宝明个心。郭发子再也无话可说。吃埋人饭的村邻目睹了这一幕，期盼着马三爷三年祭日。更重要的是记住了一把铜壶。石柏树为村长就去找郭发子。正在起羊圈的郭发子忙不迭地拍打着衣服，让石柏树进屋。石柏树就说："邻里本舍，连墙连畔的，和谁有个碰磕都别往心里去，是不是？"郭发子就说："那还用说。""村长猫死了，是人用药闹死的，知道不？"郭发子说："啥意思？"石柏树就说："没啥意思，我想问问你，你知道谁家有过老鼠药？"

他给石柏树递过水，自己刚端上杯子，这时又狠狠把水泼在地上，带着半吼道："怀疑我了？"他脸有些涨红。说："我是和村长犯过嘴，拿猫出气太不够人。我敢赌咒，谁闹死猫，罪责难逃。家里死人、老鼠成群、烟囱不出烟、清明不填坟。村长死了猫，你就捏弄人……"

陪过几任村长的石柏树，可是个方能滚、圆能稳的角，他并不急躁，悠悠喝着水，更不在乎郭发子赌多么毒的咒，他在心里觉得好笑的是村长的顺口溜真好，谁一说就上口。

石柏树说："从东到西我都问过，谁再咋样也不会闹死猫的，乡上人来了，少不了要问我，我不做调查怎么回答？"他一脸的难为情。郭发子说："亏得你还做调查，只要到刘广才酒店后面看一看，你就啥都明白了。"他还是一百个不明白地离开郭发子家。就在他走出郭发子门槛的瞬间悟出了村长家的猫的死因，看来这趟调查没有白跑。

猫自从进了村长家，就吃村长从酒馆带回来的鸡腿鱼头之类，时间不久，这猫连苞米糊糊之类农家饭都看不上了，三天不吃鸡鱼就嗷嗷待哺。再说刘广才酒馆房后的垃圾里，鸡骨鱼刺残汤泔水，养了一大批硕大无比的老鼠。刘广才没养猫，就在这垃圾中下了药，鼠们就死了。吃惯山珍海味的村长的猫，多日不曾吃到它想吃的东西，就凭嗅觉找到了刘广才酒馆房后，死鬼刘广才就没想到村长猫会来吃。那么是猫吃了药，还是猫吃了药死的老鼠呢？

他给刘广才打了手机，说："乡长来了，知道吗？"刘广才说文书把桌子都订了。他又问："乡长为啥来的，知道不？"刘广才说村长的猫叫人毒死了。"噢，你还知道。"石柏树终于替村长弄清谜团，一脸的灿烂往村长家走，只有他给村长说清楚，村长才信。村长不再为猫之死想得那么多，把人快郁出病了。刚到门口，村长和乡长文书就走出来，还没等他开口，石村长就说："柏树，咱一同陪乡长和文书去吃饭。"乡长说："今日我做东，饭叫文书订好了。"正说间，乡长手机响了。

乡长就一边走一边接手机，不晓得对方是谁，只能听见嘤嘤嗡嗡有点儿声音。而乡长的回答却爽朗高亢，道："事情不大，村长家里死了一只猫。"

一丘之貉

秋云娘要被公安铐走，是因为偷猎了保护动物，村长石磊后悔到尻子里去了。要不是他无意中报告给乡长，秋云娘那天砸死野虫也不是多了不起的事，就不会惹这么大祸。

政府多年来封山育林，树木就茂密起来。光是林子里的蒿子柴也有镰把般粗细。林子一深，各种野虫就猖狂起来。野猪、獐子、狗獾、羊鹿、麂子、豹子，反正是消失许多年的野虫都回来了。

石村后山的林子里，每天黄昏以后总少不了传来"哞——哞"和"哇——哇"的野虫叫。叫归叫，石村人是不大在乎的，都知道那不是羊鹿便是狗獾，要么就是野猪。石村在国道边上，不会有大野虫。

野虫，是村邻对所有野生动物的统称，或简称。

当时，村长石磊接到秋云娘电话，起初还很不以为然，刹那间，他恍然大悟。了得吗？秋云娘，这个在石村，甚至在省城里的秋云斋酒楼，因长相飘摇，被捧为女神，比他小几岁，嫁给他本家子涛涛叔，他还得叫娘的女人，竟在山上砸死一只野虫。听得出她因惊吓，吁吁着喘大气，前言不搭后语。石村长带人从山上抬回野虫，秋云被人连背带扶折腾着下山，还没忘捎回她掐的那撮韭菜。一路惊奇，一路赞叹。

秋云娘一双凤眼充满未消的恐惧，晶莹的泪珠儿不声不响，在人们不经意中滚出来，一头染成橘红色的秀发沾着狗尾巴草，粉白的脖颈被树枝划拉出一道道红血印，嘴唇上渗着殷红的血，更烘托着一张漂亮脸庞，令每一个男人都会因她的凄美而激动、感动，并且由此留下永远难以见到，砸死野虫后喘息未定，乡间美女摄魂的震撼。

乡长因其他事情与石村长通电话，村长就说他从山上刚回来的事，乡长起初也不以为然。再想，既然是石村长称他秋云娘砸死野虫，也该去石村看看，老太太经不得吓，安慰几句，也不失与村长的交情。乡长径自驾车在第一时间赶到石村。

石磊村长听见车喇叭响，就知道是乡长到了，他迎出去，就把乡长让在头里走。凡事大事小事是有定数的，他不能走在乡长前头。小院很杂乱，按理说农家院落永远的摆设是墙上挂着犁、鞭子，墙角扔着锄头铁锹之类。而此时看到的却是横七竖八的啤酒瓶子、白酒瓶子、纸箱。城市人用过的旧沙发，红红绿绿各种城市人挂过的横额，虽然扭扭扯扯，仍隐约可见字迹。总之，没有了留给人们记忆中的农家小院。

乡长旁若无人，目不斜视穿过人群进到堂屋，却没见到石村长叫秋云娘的老太太，回头问石磊："人呢？"

"谁？"

"砸死野虫的你秋云娘啊，我要安慰安慰她老人家！"乡长嫌石村长木讷，来石村还不是你石村长的面子吗，咋连这一点常识都没有？

"不，不，在院子。"石磊村长省悟过来，就有点儿诚惶诚恐，语无伦次，领着乡长出来，指着被几个女人围着的秋云。

"我是说你秋云娘，她老人家吓坏了吧！"乡长想象中该是面容苍老憔悴、头发花白的老女人。

"就是她砸死野虫的，人小辈分高，我把她叫娘。"石磊说。

乡长这才看清脸庞俊俏，清泉似的眸子，流盼着惊魂未消和忧伤，被村长叫娘的女人。他心里忐忑一下，想石村竟有这样的美人儿，还竟然比村长高一辈。当然乡长更明白，乡下人称为娘，和城市人把某个女人称姨是一样的，可疏可亲。

乡长语气中立刻就有了温存、关怀、怜惜，责备村长咋不早报告呢，是不是要用他的车送医院看医生。

当他再看到扔在墙角旮旯，龇牙咧嘴头部变了形的野虫时，更是大呼小叫，连连称秋云是英雄。他转过身，做激动状握着秋云手，说："了不起，一个老……"他觉得这称呼有些过于阿谀，又讨人家嫌，便立即改口"不，是一个弱女子，赤手与野虫搏斗。"

秋云这时也舒缓过来，煞白的脸经乡长这几句话说得红润起来，粲然一笑道："没啥的，不就是一只狗獾吗！"

"狗獾？"乡长问。

"是狗獾。"石村长重复一句做了肯定。

"不是。"乡长走过去，攥着野虫尾巴，用力提，也没提起来，野虫嘴里就滴下些许将要凝固的黑血。一股浓浓血腥气袭击过来。他略有所思，目光在秋云脸上稍作停留，茅塞顿开一样道："豹子，这是一只豹子。"

那是春日正午，太阳慵懒地照着林子，苏醒了的春鸟在林间鸣啾着飞来飞去，弹下一片片换羽冬毛，林间树下不时露出鹅黄色新绿。

石涛家的秋云在省城一家叫作"秋云斋"的酒楼打工，据说还是领班。这些日子因酒楼装修，她就回来了。好在去省城并不远，来去倒也十分方便。闲来无事，就径自一人来到村后山上林子掐才露土不足一拃高的嫩芽芽韭菜，风过处，林子就飘荡着鲜嫩的韭菜味儿。就在她兴致勃勃时，脚下不远处草丛中卧着一只野虫，尾巴平甩，双眼紧闭，血红舌头好像在睡梦中美餐似的，不时舐着粉红色的、毛茸茸的嘴唇。

　　秋云惊呆了。她从未见过野虫，只是听人说过，豹子吃了狗，就像人喝醉了酒，一旦睡醒来能斗过老虎。莫非这是一只吃了狗的豹子？秋云想着，双腿就打战儿，退也不是，不退也不是，生怕弄出响动惊醒豹子。她掏出手机，却不知该给谁打，石涛包一个石场，不在家。她首先想到了石村村长，石磊。却一时记不起石磊号码，何况双手抖得连手机也拿不稳，眼睛还得盯着野虫动静。突然那野虫睁了眼睛，抬起头，舔一下嘴角又睡了。秋云吓出一身冷汗。也许野虫早已发现她，而在装睡。如果她有啥行动，不定它会扑上来，和动物世界里的镜头一样，先是叼住自己脖子，然后撕得粉碎……她不敢再往下想，明明知道自己身上没有手榴弹或者匕首之类，但还是摸了一遍。

　　她还是冷静下来，看到脚前面那块石头，估摸着自己一定拿得起来，砸得出去，又分析形势，如果砸不准或者砸不死，惹恼了野虫又是怎么一个结果……

　　太阳依旧暖暖照着，秋云把钥匙，还有身上的几百元钱都掏出来，轻轻放在脚下，又在手机上迅速留下"我遇上野虫了"的留言。心想自己一旦被吃，也能给石涛留下明白。一切准备就绪，她像英雄人物似的，沉着而镇定。但她的双眼因恐惧而充满血丝。她要完成一场生与死的壮举，刚才还后悔不该上山来林子转，还埋怨酒楼不该装修，石涛今天应该在家才是。她此刻已经完全进入另一种状态。一不做二不休，弯下腰端起石头顺势向野虫头部砸去……也许故事像人编的一样那么巧，野虫头被不偏不倚砸烂了，还站起来茫然狂扑一阵，几声凄厉惨叫之后倒下去，再也没起来。

秋云没有死里逃生，也算玫瑰浴血了，她瘫坐在厚厚的林间茅草上，大口喘着气，许久才拨通村长石磊手机。

先是乡政府一班队伍开进村，对秋云进行采访、座谈。当那些人坐下来时，就没东西可写。说乡长是小题大做，硬把狗獾说成豹子，把一个少妇秋云说成七旬老太太。很快，一张张电脑合成照片被洗印出来，秋云大娘满脸沧桑中露出侠气，举起一块石头向一只凶猛的豹子砸去；秋云大娘露出胜利者的微笑，双手提着一只花纹斑驳的豹子。

县妇联来人了，主要是整理该乡妇女工作典型材料，县文明办、农民协会、电视台……就连乡政府门口那块黑板报的记者都拥到石村，拥到石涛家的小院，大家看到的是一只狗獾模样的野虫，或者说分明就是一只狗獾，却众口一词地说："好大一只豹子。"他们由村长领着，乡长陪着，前呼后拥去村后山上林子，到秋云砸死豹子或者是她与豹子搏斗的地方看看，瞅着那滩已经变成紫黑色的豹子血迹，感慨万分，惊叹不已。走在前面的秋云浑身的不自在，像是内衣钻进了草蚂蚁。

于是，石村后塬去林子就被踩出一条路，厚厚的山茅草被踩踏多了，人们站在林子，吸一口新鲜无比的空气，望着对面泥峪川河岸峰峨峻峭的熊耳山，备觉舒坦，更少不了在林子走走，掐一撮韭菜，或采几枝白头翁花。

石村人心里很清楚。村邻们嘀咕，不就是一只四不像狗獾吗，就是人样儿俊俏飘摇罢了。这指的是秋云。秋云每与来人说话，总是改不过口，老是狗獾狗獾。气得乡长瞪着村长，村长瞪着秋云娘，并再三解释乡下人把豹子叫狗獾。

那几天，石村大路边开酒店的刘广才忙得不可开交。

谁都记得，过去干部下乡都是吃农民派饭，被派到谁家，遇上面条是面条，遇上糊汤是糊汤，临走留下粮票和几毛钱。不知从哪一天起，不再吃派饭。刘广才还是开水摊儿时，村长是碾子爷，碾子爷就领人，叫一辆三轮车去二十里外的口镇吃。刘广才拆了开水摊后，石磊就上任，省石磊许多事。刘广才逢年过节少不了带上烟酒去石磊村长家走走。

农闲或天下雨，酒店不忙，他便带几个凉碟，揣一瓶大曲去和石村长猜拳。他明白这个小酒店就靠乡村干部养活哩。

刘广才能说会道，开酒店练出一副好嘴皮："了得吗，石村长封山育林做得好，林子就茂密，白天光光的，豹子就在村沿子转哩。"

"秋云娘，嘿，甭看人细皮嫩肉像文工团的，村里事她热心哩，打狗獾，不，打豹子给乡党除害。"

刘广才是外姓，也叫秋云娘，是顺着石磊的辈分。石姓是石村大姓，他比石磊还大几岁。

秋云被乡长拉着来陪县上人吃饭，当听到刘广才一阵胡诌乱吹，秋云有几分坐不住，红着脸说一直在省城打工，今次真是遇上了。话题被引到省城，就有人问这问那，问到她打工的秋云斋酒楼。客人中就有人说他在省城出差，被朋友请吃饭，就在秋云斋酒楼，饭菜不错，一个领班更不错，人漂亮不说，陪客喝酒一斤不醉。石磊村长接过话茬说："就是我秋云娘。"那人就在秋云脸上端详着，一拍桌子说："就是了，没想到石村出人才哩。"接着杯盘叮当不休，当即决定在三八妇女节组织一场报告会。

领导们走了来了，秋云始终不能按乡长编排的词儿介绍，例如面对张牙舞爪的豹子扑来时，想起了英雄刘胡兰，面对铡刀心不颤；想起了董存瑞、黄继光、抗日女将赵一曼等。报告会已定，乡长指着石村长鼻子说，培养一个典型不容易，她再要是记不住词，村长就别干了。

秋云给石涛打电话，说她砸死一只狗獾。石涛说："我以为砸死一只豹子。"秋云就给说狗獾已成豹子了，都怪石磊报告给乡上，乡上报给县上。石涛说："叫石磊少张狂，人狂没好事，狗狂老虎吃。"

石村石涛家的秋云人模样儿俊俏、出众，且大方正派，在十里八村是人皆知。竟打死豹子，没人相信，春天从秦王山老林是会跑过来獐子豹子的，至于狗獾只是在秋天苞米成熟时最为多见。有豹子也不多，咋能让秋云碰上呢？都说是石村村长石磊在胡吹冒撂，尿洒街道。

石磊村长也顾不上谁议论，他要指导他秋云娘背词儿。这当然是乡长下的死令。"东风吹战鼓擂，人和豹子谁怕谁，只要胸怀全世界……"

但凡乡上县上来的小车，不再是停在村长门口，而是在石涛门口，把刚铺上水泥的小村道停一长溜。

等领导临走，乡长、村长、秋云就送到小车旁，领导握着乡长的手说："这一回总算见到你的成绩了，好好干。"

领导绕过村长，多情地拉过秋云细嫩修长绵软的酥手，进入温柔之乡似的，语调中充满怜惜和不舍，不尽的关怀，一双因饮酒过多、眼珠子发痴的目光，贪婪地在秋云胸前两座高山和脸上游移，柔柔地道："秋云啊，不容易，死里逃生，要珍重啊。要开报告会，好好养几天。"

更不知哪天是哪一级领导，说着同样的话，又加了一句，说："像你这么有能力（当然，领导不能说俊俏样儿）出去打工委屈了，过这一阵子，给你把工作解决解决，户口转转……"

把人送走，秋云进门就倒水洗手。当领班，她陪大人物不少，见过同样的人，拉着手说给解决工作转户口，她就恶心，她就反感，又不能发作。她知道黄鼠狼给鸡拜年，狐狸戴着听诊器给鸡诊病，全打鸡的主意。

不洗手，她嫌脏。客人走完，她还要背报告词，领导要求普通话，她就用普通话背，惹得小学生放晚学不回家，扒在院门缝儿往里瞧。

夜深人静了，她似乎听见那只已被剥了皮的狗獾在喊冤枉。说它压根儿就不是豹子，没想袭击人。春天出来找伴儿，不就是发个懒，晒太阳晒出命，就被砸死，死了就死了，咋成豹子了？

石村上下奔走相告，欢呼雀跃的，相传政府要在后面林子里建豹子亭，接着水泥村道，要往山上修路，开发旅游景点。

秋云很为难，省城电话来说装修快结束了，早点儿过来，新招传菜员要培训。关于豹子的报告会却规格在升，最初定在县上，咋就突然被定到了市上，报告词一改再改？她想自己不是什么社会主义新农村的英雄，也不是"各级政府多年来培养的典型"，她就是她，是石村石涛家的那口子。她想一走了之，又怕得罪不起人，日后要基建房可是要求人的。她知道自己脸蛋儿亮俏、身段好，却从来没有因此惹什么事，老老实实做女人，做石涛家的。乡长实在不该踩着一个乡下女人肩膀往上攀。县上、市上啥典型不能培养，拿石涛家的当猴耍……秋云就去找石村长。石村长一听他秋云娘要甩袖子走人，一时脸都吓青了。他一个小村长的命运，是乡长一句话的事，凭他和乡长的交情，他无法对乡长交代，再说乡长混了这么多年，能有今天实在不易。石村长就一口一个娘地叫着回话，并说起乡长的难处和对石村的恩德。

那时碾子爷卸任就很不情愿。他硬是在石民民、石涛涛一伙愣头青支持下上任了。他要为村民办的第一件是修建村桥。

一条河把石村隔成南河北河两半儿。庄稼地却互相交叉着种。红薯、苞米被野猪害了，彼此猜测是对河人干的，时不时站在各自河沿骂起来，唾沫星子隔着河都能飞溅过来，喜得鱼儿在水中蹦着抢牙屑儿。遇上秋雨涨河、发洪，更是不便，背着苞米蹚水过河也曾淹死人。农民嘛，视粮如命，把人打捞起来，死人双手还紧紧握着背篓带。是乡长领上他在各局跑，那些日子他把县城巷巷道道都记住了。更认识了许多局长，在此之前他真不知道有那么多的单位。村桥落成的那天，几十里外的村邻都来为石村放挂鞭。红炮皮儿把桥头铺得老厚，那热闹劲儿把水中鱼儿惹得喜盈盈直翻水花儿。

没过几天，有人来石村调查修桥账务，说是有人告乡长的状。最终没查出仨桃俩枣，乡长也就成了曾被"立案调查"干部被遗忘。

这次天助乡长，天上掉下石村长他秋云娘，又掉下一只狗獾成豹子，此时鱼龙不变化，还待何时？

乡长在等待提拔和调回县城政府部门的美梦里，村长在忙奔中，秋云在茫然无措中。她被这个夸一阵，被那个指手画脚一阵，记准了的报告词，隔夜又忘了。刚刚记住几句，来人又嫌不感人，像小脚走路，没劲。

这天，一阵阵警车叫停在石涛家院门口，打破了石村春日正午的宁静。几辆警车停稳，下来一群全副武装的大盖帽儿，直直进了院子，冲着秋云亮出一张盖红印儿的纸，并把一个亮铮铮的手铐同时在秋云眼前摇晃。

秋云一下子懵了。

砸死一只狗獾，端的变成豹子，咋就招来铐子？石磊村长是随着警车的尖叫，踏着后脚跟赶来的。大盖帽儿中的头儿冲村长就问："豹子是国家保护动物，知道不？你这个村长是怎么当的？"

秋云一双凤眼失去神采，它斜着石磊，分明在说，都是你张狂出来的事。

石磊面对大盖帽儿问话，似乎暮春里刮来罡风，有些怪怪的。他无法回答。说不是豹子吧，惹不起乡长、县长。承认是豹子吧，秋云娘就会立即铐走，石涛叔回来他怎么交代？就秋云娘那身子怎么受得起公安的折腾？他毕竟是村干部，不是朝廷命官，也算保甲长之类，比一般人聪明许多。他突然牙疼似的，吸溜吸溜着嘴，滴着涎水，支支吾吾，叫大盖帽儿们往空中瞅挂在院墙上的那张皮子。说是豹子或者不是豹子，乡长说了算。

大盖帽头儿火了，他用一只手把帽檐儿往上推了推，亮出了有点儿汗的额颅说，一个小小村长，竟然耍笑人，拿公安执法不当回事。石磊就拨了乡长手机递过去。乡长的回答和石磊差不多，说他还有上级领导，是不是豹子还得请示请示。

大盖帽儿们一时无所适从。

尖叫的警车惊动石村乡邻，人们拥进石涛院子。赞美、夸奖、合影拍照送锦旗的，今日咋又犯了王法？政府耍啥把戏？村邻们七嘴八舌，大盖帽儿们显得有些孤立，一口咬定非把当事人秋云带走不可。

秋云拉下脸，看也不看谁一眼，操起一根竹棍，挑下挂着的皮子，甩在大盖帽儿头儿脚下，本来有几分甜润的嗓音，这时带着无比愤怒道："是不是豹子，你们看清再说。"

这边话犹未了，旁边石磊村长脸色立时变成猪肝色，他在心里啊一声，说穿帮了。自那天乡长来之后，所有来人都是明眼睛，谁都看不像豹子，更不可能是豹子新种，却没有谁说出是狗獾。

石村临着泥峪川河和丹江河交汇处，两河水在这儿碰个头，喜喜地打个漩涡，合为一体奔腾而去，水势旺，两岸土地就湿湿润润，地膜洋芋快拱破土，油菜叶子在春风中快苫住地皮，农民们这时光里就有许多活儿要做，打菜畦子、栽菜头、抚瓜窝子。

这一晌被石村石涛家门口没完没了刺耳挠心的警车声叫得无心思下地，更远的邻村人也放下活，随着警车声寻来，石村村前村后都有了人，石涛院门口，院子里人多得像赶腊月二十三口镇集。

当一个人拨开人群，从门外挤进来，虎虎地一把从大盖帽头儿手中夺过那张皮之后，故事结局部分就十分出乎人们所料。

这个男子有四十大几，从进院门那一刻，随之带进来一股特殊气味，既不是刚挑过茅缸的气味，也不是猪舍味儿，反正挺怪。他身上挂着钻林子落下的枯松针，裤脚粘着许多狗尾巴草籽和蒺藜球，当他把皮子拿到手上，细细捋索时，脸上露出惊诧、怜惜的表情，也掩盖不住他进门时的焦急憔悴神色。

他瘫坐在脚印儿杂乱的土地上，急急喘着大气，又捧起茸茸蓬松的皮子用脸摩挲着，讷讷数落道：“三千块啊，实指望你配崽，年底还账哩，咋就叫人剥了皮，你跑三回，就是再跑也跑不到兴安岭，跑不出秦岭……”他声音潮潮的，眼眶儿有些红了。他被蒙在鼓里的石磊村长扶起来，坐在小凳上。

他的闯入，像一只巨大的鹅子飞进鸟林，百雀儿顿时无声一样。赶来的乡长硬是从人群中挤进来。大盖帽头儿估计一时半会拿不走人，便指使他们人去门外关掉刺耳、恐惧的警报。顿时，河两岸的石村平静了，所有人的心也安静了，似乎压在胸口的什么东西被人搬走，都长长吁一口气。

自然是乡长控制局面，他向大盖帽儿的头儿递过烟，自己点上，悠悠吸了一口，才问那人话，姓甚名谁？何方人氏？来此何干……问了一大串。

那人就是笔者。我不知道他是乡长，凭他问我话的语气和用指头点我的姿势，我看他像个官儿。我接过秋云端来的水，抿了一口，回答乡长提问。

"我叫民民，家住二道沟村，二道沟村知道不？就是从石村后塬上山，翻两道梁，过一片草洼的那个村，年前修村道，你们政府人包活，水泥减了料一个冬天路全烂了，我住村西头。"

我顿了顿，把皮子轻轻放到脚下，看着乡长没有任何表情的脸，再看看所有在场的人，最后又把目光挪到皮子上，说："这叫貉子，不是豹子，也不是狗獾。"石破天惊，院子一片哗然。

乡长瞪着眼，痴愣愣瞅着我，似乎要把我看着钻到地缝儿去，半晌才缓过气来一样说："做梦吧，有这么大的耗子吗？"他有些阴鸷的目光在每个人脸上逡巡，期待着支持。

我说："不是耗子，是貉子。"因两个字同一发音，我有些说不清了。

"是貉（hé）。"我又说。

"鹤是飞禽，这是走兽。"乡长把皮子抖在空中，"叫你二道沟村的干部来。"

秀才遇上兵，有理说不清。我有几分急，脱口道："貉，一丘之貉。"

瞬时，现场气氛更严肃了，乡长和大盖帽儿们"唰"地把目光向我集中过来，充满敌意而狠毒。

"你说谁是一丘之貉？"大盖帽儿逼近我，"妨碍公务，先铐了你。"真想不到他掏铐子动作那样灵敏，一眨眼一副叮当作响又铮铮发亮的铐子在我眼前晃来晃去，令我目眩。

我十分冷静地说："貉子，你们说是耗子；貉你们说是飞禽，只有用成语来说明，你们又不高兴。这种动物是我从东北大兴安岭引回来的种。在字典上就有两种发音。"

院子静下来，一张张复杂而又愕然的脸孔，渐渐恢复着本来面目，表情呆若木鸡，听我说话。

"二道沟那块偌大的洼子，背靠绝壁，汩汩一汪水从岩根儿淌出，把只有一个出口的洼子林地滋养得郁郁葱葱，冬天很向阳，夏天有过山风，我瞅准那块地方。在兴安岭林场学习养殖半年，去冬向亲友筹钱，才把一群貉种弄回来。在林子套野兔，套山雀，在口镇集上拣鱼下水喂，貉们就要发情开配，这只公貉竟咬断笼子跑了。

"别看它长得痴憨而又凶相，爱情观比人类高尚，凡它不喜欢的母貉，即使放在一个窝笼，一个配季结束，它们也不可能结合。不知它心里眷恋着哪只母貉，咬断笼后在洼子转，被我两次捉进去。这次走失多日，我几双鞋都跑破了，漫山遍岭找，也狞过几夜狗獾洞，怕它借住。谁知它这回走远了，误把秦岭当兴安岭，却在石村林子被人砸死。

"石村和二道沟连畔邻村的，不问青红皂白就给砸死了，日后要是猪跑错圈，牛羊吃草过了坡畔，你们也偷偷杀了、卖了？这乡邻怎么和？前年石村荒火窜过梁，烧了二道沟那么大的林子，二道沟人没叫谁赔一棵树。日怪了，貉子成豹子，咋不成老虎呢？要铐人，先把貉子赔了。把人铐走，我找谁赔去？一年之计在于春，春配不成，今年要少产多少皮子……"

我记不清我后来都说了些啥，只见大盖帽儿们神情和气下来，没有了不可一世要铐人的凶样。石磊村长一脸无奈瞅着乡长，乡长却一脸茫然。秋云被铐子吓得失去血色的脸已恢复了，有些羞赧和释然，粉唇儿微启，略带微笑。毕竟是经见过世面的女人，她忽忽地从屋里取出烟来，拆开，满院子逐人递过。院子凝重的气氛没有了。

"要不是二道沟人来，真把人铐走，败村门里。"

"野猪成群不害邻村，豹子窜山祸及百里，不知二道沟人的貉子害人还是害庄稼?"在院子的石村人一边议论不休,一边问我。

我说:"它不害人也不害庄稼,谁要惹了它,它能变成白毛狐仙,变白眼睛猫。夜里在房顶跳大神,翻箱倒柜找花衣,摔碟子甩碗找吃的,一身绿毛人身夜里掀被子……"我借机发泄失貉之痛,诅咒妖孽作怪的人。

乡长手机铃声十分清脆地响起,他打开了,在场的人都住了声。

对方声音听起来,像把一只木头蜂装进纸盆子,只囫囵听到一句,报告会照常进行,下午去县城集中。

只见乡长红着脸说:"不行啊,秋云突然感冒,不是,是那只豹子……是貉子……"乡长颠三倒四,不知怎么回答。而对方却截住乡长说:"就这么定了。"电话挂断。

所有在场人全都愕然了。

挂　红

活该刘广才，看花椒就看花椒，恁宽敞的路不走，拣了石红红家的地塄窜，毛老鼠草沾一身。面前一簇野枣挡了去路，正要用手去拨，一看那已经大半熟玛瑙般的野枣，不由得打住脚步，摘着就往嘴里填，酸甜酸甜的。他猫下腰在葳蕤野草间想瞅最红最大的摘，不经意从枣刺缝儿看过去，石红红和媳妇撅起白花花屁股在那个，并像猪一样哼着。

刘广才双眼发了痴，身上燥着热，直起腰，往前走脚迈不动，往后退，腿不听使唤。他心里美滋滋又痒痒酥酥地看了有好几分钟，什么大田原野、苞米花椒全不存在了。难得眼前风景如此亮丽。一只该死的小飞虫钻进鼻孔，他脆生生一个喷嚏，吓得他自己急忙溜下地塄坎儿。

眼下，苞米大田夜里经雨，白日经晒，疯长，遮天蔽日墨绿色。后塬退耕栽上的花椒也快熟透，手脚勤快人已零星开摘了。

石村又是丰收在望。

刘广才从后塬下来，来到村邻们热天肯扎堆儿的大核桃树下，一张大黄牙嘴笑得合不拢。偌大的树荫下有男有女，不是搓麻将就是挖坑打牌。

　　刘广才一边择身上草，一边绘声绘色地说："狗尔的石红红弄得美，还像猪一样哼哼着。"

　　搓麻将和"挖坑"的停了下来，人心无二用哩。一些年老的则说刘广才诨头，就爱编荤的。

　　刘广才急了，说："谁编谁是女子养的。"有人问道："后来呢?"

　　他说："一个喷嚏把我吓跑了。"

　　人堆儿成了笑海，被惊飞的鸟儿抛下几点腥粪。刘广才是村里的大能人。端午节前后贩金银花，眼下又瞅住花椒。

　　有人边笑边问："你是不是看见人家石红红两口子那个哩才去看?"

　　刘广才说图近便，穿过石红红地就是他的地，人堆儿里笑声弱下来，都说刘广才开了大眼。

　　人活一世能开几次大眼，又说石红红在苞米地里整是图啥哩。

　　反正堆儿里人心里都痒痒的，羡慕着刘广才的眼福。

　　他挠着秃了的前庭说，完全是无意碰上的，并且一脸的得意。

　　前任村长石碾子爷从人堆儿里站起来，阴沉着脸，冲着刘广才说："二锤子货，那号事情也是你看的? 三年之内没有好运，在这儿球，还不叫石红红给你挂红，冲冲霉气。"经碾子爷这么一说，树荫下突然鸦雀无声，人们似乎才想起了什么。

　　那一年春，车沟女人熬娘突然要临盆，匆匆就往回赶，可水火不容人，就在石村村头涵洞生了。一滩血，经风吹，腥臭，那一年石村死了三人。一个滚坡，一个跌入砖窑，一个在丹江河捞洪财叫水鬼给拖了。说起来那次洪水是不大的，水只有些混浊，站在河边也嗅不到泥土呛。几根檩条在水上漂着，按往常，随便一个猛子扎过去，搭手趁就上了岸，可那一次檩条像铁打的，一搭手就拖着人沉走。村邻知道这是临盆"红人"霉的，撺掇几个老者去了车沟。车沟人道歉话说了几背篓，专程赶来响挂鞭，二丈红布挂在涵洞口，第二年再没死过人。

快晌午，树荫下的人堆儿散去，刘广才肩膀被几个人拍着，都是一句话——"挂红"。

七月天热。石红红在苞米地的事，经村邻传播，人们就更觉得热不可耐。

村长石磊，午饭后依旧在浓荫荫的葡萄架下的青石板上平躺着。刘广才带着一股汗腥味的热风进来了。刚跨进门槛就喊："村长，你得给我断这档案子。"

关于刘广才看石红红和媳妇在苞米地的事，石村长已经知道了。刘广才要他断案子。他就不明白，是不是收花椒跟人犯秤锤了？花椒预付款不认账了？仍平躺着的石村长静静看着刘广才猜想。

"叫石红红给我挂红，他比我还有理，石村的乡俗乡规他能改了？"他一脸的委屈。

石村长这才明白了，于是缓缓坐起，指着另块青石头叫刘广才坐。而刘广才通红着脸，腆着肚子，喘咻咻，怎么能坐得下。

石磊对刘广才这认钱不认人的外姓人早就有看法。乡上查桥账时他蹦跳得欢实，桥账没有查出仨桃俩枣，刘广才却是蔫巴了好一阵，贩天麻赔老本，冬天收村邻的核桃柿饼，压秤又压价。

现在又叫石红红给他挂红，尽是你刘广才的事多。石村长把这些话都压在心里。他递烟过去，刘广才也不让，自己点上狠吸一口，说他要去后塬看他的花椒时，怎么看见石红红和媳妇在地里整。末了，还喷喷说石红红家的白屁股扭得欢实，并像小母狗一样唧唧哼哼。

石村长上任这么久，断庄基断地畔、断猪跑错圈、羊跟错群、婆媳不睦砸了盆，还没遇上这档子事。按乡俗这红是该挂。可他是一村之长，公事要公断，凭哪一条公理叫石红红给刘广才挂红呢？法制社会，是村长更得依法行事。

停了片刻，他对刘广才说："你先去，待我调查了之后，和柏树商量商量再说。"

他这时才掏出白己的烟递过去，说道："就靠你石村长主持公道了，不然生意人经不得霉气。"

刘广才一走，石村长掏出手机给会计石柏树挂了电话，石柏树说他就来。

挂断了石柏树电话，村长就径直往石红红家去，他要做调查研究。

石村长的到来，还沉浸在甜蜜中的小两口并不感到诧异。刘广才肯定告状了，村长虽是本家子，但绝对不会向着自己说话。春上结婚不久就走，今午回来也没人知道，自己家具自己整，碍得谁的瓜，碍着谁的豆了？要不然就请律师替自己辩一辩。

石磊以村长加本家子身份，双手叉腹，拿出架势说："知道不，猪叫跑草，牛叫搭圈，人叫骚情，鸡叫踏蛋，谁都知道是咋回事，猫叫春，狗相恋还瞅个墙旮旯，大热正午，天光光的，你在苞米地里整，牲口样，分明是叫人看，也不怕里边钻了风。"

石红红也不让坐，扭动着有圆突突腱子肉的胳膊，只顾在身上黏黏地搓垢甲。媳妇脸一红，转身过去，吧唧着一双红拖鞋进了屋。

"刘广才把你告了。"石磊村长见石红红满不在乎就提高嗓门。

石红红把搓下的垢甲在指间捻了捻，弹出去，乜斜着村长问道："我搞破鞋了？偷了苞米还是摘人花椒了？告我，犯了谁的法？"

这时会计石柏树进了院子，石红红打住话，喊着："莹莹拿坐的来。"

穿着素花裙子，浑身都是青春之光放射的红红媳妇扭搭着拿出来坐的。

石柏树就对村长说，他听说红红是才回来，一放东西就去地里找摘花椒的莹莹，刘广才也真是的。

石红红不再搓垢甲了，拿来一包烟拆开了分别递了过去才说："磊哥和柏树哥，你俩算是咱石姓人的稍子，刘广才侵犯人权，偷看青春，我是要告的。你俩能处理则罢，不行我就去法院。"

石柏树的角色永远是打圆场，他说："刘广才也不过是叫你挂个红，啥告不告的，至于你说侵犯人权，帽子大了点儿。"他比石红红大许多岁，是老兄了，说："刘广才讨红不对且不论，你在苞米地里整总是不雅观的，知足不知羞是牲口。"

石红红扑哧一笑说："几个月没进门，进了门她却在地里，谁知足不知羞？"

他媳妇莹莹提着水出来，接过话茬说："刘广才那个震山价响的喷嚏真担心会把石红红吓出怪病来。"

这当儿村长只是抽烟，石柏树圆场打完了也不知道该再说啥，说多了失口，村长又该瞪他白眼。于是就看石村长，石村长这时也正好看石柏树。俩配合日子多了，心里就有了灵犀。

石柏树就说："红哎，论起来你也没啥不对。明事暗做是人口前话，你把暗事明做总是不好哩。待和村长研究了再处理。"

石红红毕竟在外打工见多了，他还是那句话，处理不公道还是要告的。那刘广才的官司就吃定了。

石柏树说："一日官司十日打，十日官司打半年，屁大个事上官司，是把头塞到刺架里——图扎（咋）哩。"

村长又瞅了一眼石柏树，正好他的话刚说完，俩同时起身同时离开了石红红家院子。

刘广才从后塬回来确实兴奋了好一阵子，因挂红的事石红红不认，并讨了顿骂。"老骚情，老不正经，老而不庄……"只差骂娘，碰灰讨没趣。他的心情混了下来，他放心不下的是霉气会冲他将要开秤的花椒生意挣不了钱。从村长家出来，就一个人到村桥下河里泡凉，他寻思着村长调查的处理结果是啥呢？也许给自己赔个礼，也许是几尺红布。他想最好是几尺红布，一串千子头浏阳挂鞭，在村邻中招摇招摇也不失面子，更为重要的是花椒就要开秤了。

正想着，有人扯着嗓子喊他，说是石村长叫他去村委会。

村委会实际是村小学一个教室。这些年村上孩子本来就少。而那些在外打工的就把孩子学也转走了，几个教室都空着。

课桌上落着厚厚的灰尘。石村长自然是坐在讲台上的，石柏树做记录的桌子刚抹过。见刘广才进来，石柏树连忙给抹一条凳子一张桌子。刘广才刚坐定，石村长就发话了，说他已调查清楚，石红红承认了。刘广才就有喜色。

石村长就问："你是在啥地方看到的？"刘广才如实作答。

石村长说："好，事情很清楚，人家小两口半年不见面，在自己苞米地亲热亲热，不是给你看的，你看了还打一个响喷嚏，你知道那号事正在欢实时是经不得吓的，说轻了是偷看青春，说重了是侵犯人权，服从村上了你要给人家挂红，若不服从两家告去。"

刘广才急出了汗，他说这是霉气事，生意要紧不说，反倒给他挂红，吃屎的把屙屎的捉住了。

石村长说道："你做天麻赔了钱又是看见啥了？"刘广才说这话是推

踅车。

石柏树连忙说："村长是为你好，石红红要告，你输定了。"

刘广才擦着汗，后悔自己不该到后塬看花椒。石村长说："你去没去过城里？"

刘广才说："咋哩？"

"咋哩？每当黄昏以后墙拐墙角，树影底下一对对啥都有，咋没人讨红去。就你日能，大惊小怪。"

做生意平秤出高秤入的刘广才，右手小指耍秤杆子起了茧，又利齿伶牙的。这会儿只结巴着说："我就要开秤了。"

"开球秤，惹事精。"坐在讲台的石村长把手上的烟头捏巴着，又用食指轻轻弹着烟尘，修建村桥让人设圈套，他没钻却得罪了人。桥账查了没问题，村邻更加服帖了。但他心里最清楚的是，一旦工作失误，乡长和碾子爷不会放他过去。

所以，关于挂红的事他格外用心。

石红红是在自己苞米地里，没犯啥条律，刘广才没理却倒也说得过去。刚才石柏树家的说石红红家的问男的受惊了，可有啥方子？柏树家的说："柏树从来就没受惊，属豹子的也没吓着，要么吃几条牛鞭就好了。"

问题很严重。

刘广才一脸沮丧地走了。村长和会计踱圈子拿不出办法。说实在的，挂红的事到此就能结束，估计他俩闹腾不了，如果以后再发生类似的事情咋办？眼下一等小子多在外，少在家，走南撂北，啥事可都做得出来。

最终，石村长停了下来，指示石柏树拿起记录本立马订个乡规民约，内容就是不论啥理由，两口子不许在苞米地里撅起屁股整，不论老少更不能偷看他人青春，侵犯人权。如有违犯罚款二百元，作为给村民挂红。

完了，石柏树问："今天这档子事咋办？"

石村长捏巴许久的烟头早已灭了，他看了看轻轻扔在地上，重重地说："按乡规民约办，谁不服谁告去。"

石柏树合上记录，正好有几只麻雀飞进来，扑棱下一阵灰尘，他俩急急走出村委会分头去找刘广才和石红红宣布挂红的事。

小木屋豆荚花开

当西斜的太阳变成金黄色时，她摘豆荚的那块坡地瞬时粉黛浑然，攀缘在豆荚秆上的豆荚花笑盈盈的，在金色的光辉里映得就有些妩媚。她直起腰把刚摘的一满把豆荚放进笼子，将有些粗糙的手伸到后背，在腰上挂起来。

豆荚笼罩了，山巅上那缕夕阳余晖悄然隐去，山野顿时昏暗下来。初夏的黄昏穿山风轻轻拂过，她刚出过汗，此刻感觉到了几分凉意。山里遮阴大，天说黑就黑了，她把两笼子豆荚提到地边，葳蕤的地坎捞起水担放在肩上，摸着将担钩儿往笼子上挂，却有几次也未挂上笼。她是腰疼得厉害难以弯下。最后一次挂上笼，再直腰时，脚下几乎踉跄了。

山道弯弯，夜的影子深深笼罩着山野，脚下坚硬的沙砾，偶尔再硌一下，她才能从恍惚中回过神来。记不很准，一个月多前，豆荚儿刚刚起蔓，突然从山道上来了一群红男绿女，每人背个背包儿，银铃般的笑声把寂静的山野渲染得不再冷清。是的，本来这个叫作贾岔的村子，这多年来就没有几个人居住了。住户人家最为自豪的碎杂果林子，每到果期全都烂在山上，成了果子狸、野猪的美食。其实像她这样四十多岁的女人，去涧子镇随便给人家和灰浆、搬搬砖，是不少挣钱的。

可她走不开，她不能去。她有时走到山梁上看到涧子镇上车水马龙人影绰绰的时候就想狠心地走开。听说涧子镇上就缺她这年岁的女劳力。坐台太老，坐家太小，大钱挣不了，干干小工刚好。歇工了，还能坐在凉鱼摊上来一碗。十几年了她没少去涧子镇，来一碗凉鱼儿似乎都有点儿奢侈。想着，看着，吸溜一下嘴，猛一惊赶紧下山，山脚下那栋木屋太牵肠挂肚了。

那群十分光鲜的男女徘徊许久之后叽叽喳喳向蜡台山方向走去。

贾岔村，七沟八梁整片山地荒芜着，那些曾炊烟袅袅的山民们的小木屋在断了炊烟之后渐渐腐朽、坍塌。木屋的主人，她的乡邻陆续去了涧子镇，恁平坦的土地盖移民新村，轮给谁，砸断肋骨当算盘珠儿都不会错过这么好的政策茬儿。她是亲眼瞧见乡邻蚂蚁搬家，也是她挥了无数次手看着乡邻远过了垭口，消失在去涧子镇的雾岚中。

她没有搬，她想今生今世，这个在涧子镇行政区域中即将消失的贾岔村，他们家是最终的守望者，许多许多年后，他们将被人们当作山顶洞人一样研究，研究的课题是"几万年前贾岔村为什么有一户人家没有迁（搬）走"。也许那时研究者捧着她的颅骨或者捡起她的腿骨，做出许多毫无价值的猜想。

她的儿子是瘫子，双腿早已萎缩变形，十八岁的孩子用簸箕能端走。另一个儿子是残疾，靠两条木拐支撑……

人走了，山还在，水还在流。苦难的小木屋每天有炊烟升起，那些窜出林子的羊鹿偶尔到门前好奇地瞅一眼又机警地跑去。她十天半个月也见不到一个人影。

那伙城里来的男女从蜡台山下来的时候，她正忙着煮晚饭，暮霭中的炊烟和灯火使这伙饥肠辘辘、疲惫不堪的"驴友"们不由自主地停了下来。

直到今天她还在想那个黄昏是贵人降临的黄昏，要不然，"贾岔村永远的小木屋"永远不被人知晓，她记住了那个日子。瓮瓮神庙初一十五之外，又多了一个上香的日子。

"驴友"们是从省城来的，不经意得知了蜡台山其实也就是两个圆柱子形山巅而并无什么新奇。这几年人们肚子不饿了就找新鲜，是涧子镇有人告诉了他们这个地方。她见男男女女的城里人进了门，慌乱地捋了捋衣服拢了一下头发。正好晚饭刚揭开锅盖，就留他们吃饭。

昏暗的牛卵子灯，熏得油黑的墙壁发着幽光。潮潮的陈年老屋混合着煮过饭的柴烟气味。两对男女饭后摸黑回涧子镇，留下一个叫方子的女孩。她真不知道这女孩竟是一家晚报社的记者，吃饭间记者得知她有两个残疾的儿子，儿子的爸又是一个聋哑人时，方子不走了，说太累不想动，听她说山野之家没个好铺窝，夜里无法安巢嘞。方子笑了笑，惨黄的灯光下，那笑显得有些凄然，说从城里来就图个这。接着在方子随遇采访中，始终泪花闪闪，当泪珠快要滚出来的时候就起身去吐痰或者背过身子干咳两声。

山里的夜晚完全静下来。她给儿子翻过身又捏把了一阵之后又坐在方子对面，一边说一边为方子砸刚炒的松子果，一粒一粒，小桌上已有半小把果仁了。方子吃着写着，对这个小木屋的故事渐渐了解到一枝半叶。

原来这个家庭虽不殷实，倒也过得去，养猪、放牛、几架坡梁的栗树、杂果。男耕女织，小木屋爬满开着小黄花的青藤，尤其是端午节前后，那绕着木屋盛开的小喇叭状的金银花更是释放着沁人清香。突然一夜间大儿子虎虎起床，双肢并拢，站立不稳，再起来站立时跌倒下去，头部重重地磕在地上。从此这个年仅八岁的儿子再也没有能下过床，更不用说再去山下的小学读书了，那时小儿子刚四岁，一家人塌了天，乡邻帮着虎虎住院，两个月花了三四万。借遍了亲友，变卖了木屋里所有能变卖的东西，而结果仅仅只是虎虎恢复了语言，医生给出了可怕而恐惧的结论——血缘性先天……

方子来涧子镇是专题报道移民扶贫和新农村建设的，竟不经意知道了这个小木屋的故事。她合上采访本，光彩而青春的脸上此时十分凝重，像蒙上了一层薄霜，她再次进到里间，两张小木床面对面放着。虎虎床头亮着一盏小灯，枕边有几本书很零乱，都是当母亲的她在镇子书摊为儿子买的。方子翻了翻竟有一本《比尔·盖茨的成功秘诀》。方子进来虎虎扑闪了一下眸子，翕了一下却没有说出话来，她随方子进来了说，要是平常这个时候孩子又犯疼，哭天吼地的，捶打捏把都不解事，今晚好，有贵人，他连呻唤都没有。见妈妈这么一说，虎虎说："阿姨求你在报纸上替我寻个好医院好大夫……"方子说会的会的。对面床上的弟弟也没睡插话过来说："阿姨的报不是为你办的。"可能是虎虎一丝希冀和要求被弟弟的冷语刺激有些气愤，便说："我要是靠双拐能走着，也不至于让爸爸掉傻了。"弟弟说："夸净嘴谁不会，比尔·盖茨可不是睡在床上的……"方子为虎虎掖被子，掏出纸巾为他擦额前的汗珠，打了个手势，示意他让弟弟少说一句，虎虎很懂事点了一下头，又一脸苦楚相，这时虎虎的妈妈进来，拿了灰兮兮冒着热气的毛巾对方子说："你出去一下，我给孩子翻身，再擦擦身子。"

从黄昏到现在方子似乎已不拘谨了，她说："不用，他是孩子，也许我能帮你。"方子只是说说却没有动，虎虎已被妈妈翻过了身，面朝里背朝外。不显脊瘦，更无嶙峋，毕竟是能吃能喝正在长身体的孩子。突然方子发现虎虎身子是翻过了，双腿却没挪动。而且已完全变形且佝偻着。见她一边给虎虎擦着背一边叹道："娃的胯已脱了两年，接上过一次，没俩月又脱了。"当她再回过身时，方子已在外屋唏嘘不止。

"低保有没有？"再坐下来时方子问。"吃了，四口人都吃了。"她回答。此时她只是静静地坐在方子对面，不再为方子砸松子，怕方子嫌她手不干净。"咋不搬呢？""搬不起？""政府补贴哩？""补贴还是搬不起？"她再次陷入茫然中久久望着黑咕隆咚的窗外，夜莺的啼叫清脆悦耳，对面房子丈夫如雷的鼾声使她移过目光说："他自从打栗子摔成傻子，两年来家里再也没有啥出产。樱桃熟了没人摘，摘了没人卖，柿子整树烂在树上。""你呢？"方子问。她说："每隔两小时要给虎虎翻身。"涧子镇打个来回都怕过了时间。沉默许久，她又说："粮食还有，变不成钱，只有喂猪。"方子说："猪好啊，粮食用途转换增值。""喊！"她苦笑一下说刀杀的猪贩子永远只有一句话：猪价跌了。跌就跌了吧，总比苞米烂了强。

这一夜方子在不知不觉中度过，夜莺不再啼叫时，她和衣倒在用两块木板支的床上，囫囵一觉起来，门虚虚掩着，女主人已去灶间做饭，十六岁的小儿子艰难地提潲桶给猪上食。松软的地上除了轻重不一的脚印外，两个拐杖洞深深地嵌在地上。方子为俩懂事而顽强的孩子再次感动。

方子要走了，带着对蜡台山的美好印象，带着对虎虎兄弟的同情去写已构思好的文章。她对方子说十多年惯了，城里人来一趟也不容易，就别多挂牵。方子说会再来看望虎虎兄弟的。她淡淡一笑，眉梢儿皱纹略微一上翘，一排儿洁白整齐的牙齿露出的刹那间，把她憔悴枯槁的脸映衬得有些好看。是啊，四十二岁的女人要是在城市还正是享受生活的年龄。逛大街、游公园、购物。生活的不公平，她无怨言，生活的负重她没有气馁，修长的身材没有被窘迫拖弯。眼神依然那么清澈，脸色被风吹日晒变得黄中带黑，浅浅的皱纹中写着无奈的同时，也描写着淡静和宽容。

她对方子说她没有太多乞求，只要有人帮她把儿子送个好医院，治好治不好心就甘了。方子说也许有希望。她这回没有笑，是她误了当初的治疗，只要老二的病不再深沉。看出她有几分愧疚。

方子在远远的山道上消失，城里女孩子特有的香气渐渐被山风冲淡。她折身返回时，觉得胸口有些壅塞，喘不过气。在客人面前她顾及面子，真正的口了硬撑一分钟都要付出巨大的毅力和力气。只有死才能解脱。曾想到过死，悬崖边她想跳下去，她向下看过荆棘遍布的万丈深渊，也曾经把绳索套上脖子挂在树上，但她终究没有死，心中割舍不下两个病快快的儿子啊。

她憋着气走到开着花的那架五味子下，对着瓮瓮神重重地跪下，梦魇般的壅塞再也憋不住了。她回过头，看了看身后，浓浓的五味子藤把自己裹得严严实实，前多天上过香的香灰还有半截没有倒下去，她又不知所措了，忽然，才觉得是缺一场哭啊。顿时，那伤惨而委屈了许久，有些凄厉悠扬、豪壮的哭声从这个体重不足百斤的女人胸腔中发出来，五味子架上露珠儿簌簌弹落。

虎虎忍了一夜疼也就过去了。白天却又那么漫长。妈妈给他喂过午饭又翻了身。他望着妈妈流过泪的眼睛说："方阿姨能写个什么文章有人帮助就好了。"她回答儿子说："靠月亮晾不干衣服的。"她不想让儿子期待赐舍和怜悯。

她给瓮瓮神上香，和往常一样，那无数次的祈祷是她实在无处诉说和托付。瓮瓮神就是五味子藤架下那个半截子大瓮，至于什么时候被放在那个地方却无人知晓，多少年代了，是山里人的精神象征，逢喜逢灾都忘不了去给瓮瓮神上香。小儿子鹿鹿拄着拐杖随聋哑的爸爸去坡畔子，那里有拽不完的青蜡木条，回来编笼子，他已跟爸爸学会了。听说一只笼在涧子镇上能卖八块钱。十只笼子就够给哥哥吊一次水。

她为虎虎在床头放了一碗水就去地里搭豆荚架。夏天的白昼长而单调。虎虎望着妈妈走出门，那长长的影子在堂屋消失，蒙上被子啜泣。

日子在指间流走，虎虎依旧每夜定时疼痛难忍，吼天号地，当他强忍着不出声时，母亲走过去对儿子说："哭出来，那样能好些。"小儿子习惯了哥哥的号叫，他患的是强直性脊柱炎，不是很疼痛，他明显感觉到病情在加重。他不敢回忆曾在几年前去医院的那几天。化验拍片，交费，妈妈楼上楼下地折腾，最后几天，妈妈身上连一碗面片的钱都掏不出来的时候，那白衣杀神（妈妈曾这么称大夫）问妈妈身上还有多少钱，有多少钱就做多少钱的检查，比如核磁共振就免了。病痛他只有接受，无端的残忍，他无法接受。他趔趄上前抱住浑身上下衣兜里找钱的妈妈，哭着说："回贾岔村去，妈妈，看不起，不看了。"自那以后，他每想起医院大楼的红十字的时候，一股血腥味就冲上来。只要不像哥一样瘫在床上，两天一只青条笼，再要不了多少时日，那间没有牛放的牛棚就满了，拿到涧子镇就是钱，于是哥哥夜里号叫就会暂时减轻。

门前村道又有些日子没有了人影，杂草几乎长满了沙砾路。豆荚花开头遍就坐果，一串一串，青白色的豆荚隔夜就长一截儿。这是给她带来喜悦的时候，每年这个季节，她的豆荚在涧子镇是最好卖的，就是每次担不了几十斤，她奢望能有辆三轮蹦蹦车。前多年国家就修好的村道，也说过要打水泥的，后来移民，不打水泥了。有几次她把揣在身上的钱数着，想买三轮，又想虎虎多吊一次水就少些号叫，于是掐死了念头。

这一日她在摘豆荚时方子来了。她从豆荚地出来时身上落着斑驳的紫红色豆荚花。沾着黄灿灿的花粉，一缕头发散乱地撩过她清瘦的脸颊。当她看见方子身后还有一群人的时候，她空洞幽烛的眼睛忽然凝定了。在咔咔嚓嚓拍照的摄像中，她很局促，脸上蒙着羞赧的红晕。随着人群拥到小木屋时，感慨、哀叹、怜惜，多种形式的表达，虎虎竟哭了，弟弟在场院的树荫下依旧平静地编织着青条笼，一双木拐像听话乖巧的小狗似的静卧在旁边，谁都会明白这孩子是靠双拐生活着。凡有人上前与她或她的儿子说话时，就有摄像机照相机围上来，她知道自己的这张脸上不得电视，却无法阻止和逃避。同时内心泛起了从未有过的感觉，无法言状的感觉。他们要走的时候，她目光中有丝丝缕缕的疑虑，她拒绝了每个人给她留下的捐赠。"大姐，你怎么能这样呢?"方子有些恼怒了，"你以为他们闲着没事来散心的?"她从包里取出一张报纸说："为了虎虎一句话我才写了这篇文章的。"

"人生固有苍凉、无奈和虚幻，包括觊觎。"她对方子笑笑说，"十多年，没有怜悯和赐舍还是过来了。图热闹呜呼连天，是拿我们的不幸为领导脸上抹粉。"她怕方子伤心，缓了一口气说，"还是那句老话，求你或他们帮孩子找家好医院、大医院，就是我砸锅卖铁都行。"最后还是在方子的劝说下留下了政府部门的救助，民政局的当然是大头。方子说这是国家的关怀、政府的温暖。至于孩子去医院是有过程的，首先须有医院接收，特别是虎虎。那伙人前呼后拥地走了，场院里留下杂乱的脚印。方子是最后走的，她没有拒绝方子，但仅仅是留下方子给两孩子买的衣服和书。方子说服不了她。她说："露水不浇旱地，还落个老天爷一张脸。已经习惯就没有啥睡不着的。"她再次牵着方子手说："求妹妹了，拿别人东西折寿哩，我受不了。"方子说："错了，大姐，社会就需要一种精神，以前没有人知道，你是看见了，他们都是真心啊。就好比山里的太阳吧，能照一时就暖和一时，你何必呢?"她再次说："不!"方子说："他们是政府啊，是代表公家啊。要为孩子想，你算什么? 你以为你可怜，你看见了吧，老二手在编笼子，可一双眼睛一刻也没干过，那泪剜人心哩，十六岁还撒娇淘气哩，谁没孩子？你以为他们在作秀？那他们一行泪花闪儿是点眼药啦……"方子哽咽着。她没有眼泪，她早已习惯忍耐折磨，等方子的汽车喇叭再三鸣叫，她松开方子的手。方子抹了一下泪说："大姐，争气不养家，养家不争气，太要强了累人，会误了孩子。"

她送方子到了车旁，临上车了，方子问："老二编那笼子你在涧子镇怎么卖的？"她说："只要她给涧子镇菜贩子送豆荚时，笼子八元一只随便就卖了。""别人的也卖八元？""不。"她说，"人家有闲时间的人专门坐在市场上卖。她八元给人家，人家十五元一只一分不少。"方子"噢"了一下，上了车。

车远去的隆隆声在峪中久久回荡，被人们惊散了的鸟儿又在场院树枝上呢喃细语。她给虎虎翻身，虎虎就嚷嚷让妈妈把阿姨带来的衣服试试。当她打开盒子替儿子拆了别针，为虎虎艰难地换下旧衣时忍不住泪水簌簌。儿子要是不瘫痪在床，换上新衣服该是多么俊朗的一个孩子啊。这时随着木拐杖橐橐声小儿子进来了。她揉了揉眼睛把泪蕴含着。一直到晚，除了虎虎的爸爸要吃饭外，娘儿仨谁也不饿，瞅着一沓沓崭新的老人头，弟弟几次伸手去动都被哥哥唬着："妈妈不叫动的就甭碰。"弟弟目不转睛瞅不够，并自言自语说："要我编笼多少年也编不到这些。"虎虎似乎比弟弟懂得多，说："一百亩地的豆荚，一年两茬，十年也卖不了这么多钱。"弟弟当了真用笔划拉着，以每斤的价格为一块钱在换算。

有人说过，当你在绝望的时候，一定有人敲你的门，然后能听见上帝的声音。她不认识上帝只相信两个儿子会好起来。从不绝望也不思考将来有多远，度过了斜阳西下，不由得为明天发愁。夜里睡觉准时两小时醒来，去山上采松子或在地里干活，给虎虎翻身三两小时后她两只手就奇痒，她必须回小木屋。她以为这是瓮瓮神在拨转她。有人开着三轮车来拉走了小儿子鹿鹿编的青藤笼子，一只笼卖上两只笼的价。说是移民新村建设工地还继续要，编得差不多了就来拉走。鹿鹿帮妈妈数钱时把指头在嘴上蘸得像舔糖葫芦一样甜，他说青藤蔓本来就不苦。虎虎疼痛的次数也在减少。反正这段日子，小木屋里有了喜气，连飞走了多年的那箱土蜜蜂又在屋檐卜的蜂箱中嗡嗡了。

隔日有人来拿着一份表，她签上了住址、姓名。说是政府的"蔬菜直通车"采购摸底。临走买走她刚摘好的两笼豆荚，要拿回去做农药残留检验，她"扑哧"一笑说："给聋子说悄悄话哩，在松树下寻杏果哩，青树藤上找木瓜哩，当腰上捞屁股，错尻子了。"这一回，她笑得粲然，说："我伤凉冒风都硬扛着，哪还有给豆荚吃的农药，把庄稼亏狠了。"

说来也巧，她种的豆荚是山地老品种豆荚。白青皮，花籽儿，身长肉厚籽饱而面。往年这个季节七天一茬花，十花坐七果八果，蓝紫色，鹦鹉啄样儿蓓蕾，夜间开放的那些花草鹦鹉张嘴，粉绒的花蕊上金花色的花粉小心翼翼地依附在花间，安闲诱人，却经不起风吹草动和蜂儿蝶儿，哪怕一丝儿的动静它都会随之起舞飘落。不等她摘满笼子，浑身早已被豆荚花瓣和花粉沾成花人了，那香气很醉人。大田豆荚架上一串串花一串串果，在落着露珠儿的早晨，闪着光，透着香，小木屋的女主人的苦累、疲惫和惨伤都没有了。今年的这个季节竟十花十果七天两茬花。她相信十多年的磨难，就要熬出头，是对瓮瓮神的虔诚，对儿子的疼和爱，感动了神灵。人怀善心天必有报。残留检验报告是负号，她的豆荚就有了代号，冠以"农校对接"工程。人们是从晚报那篇文章知道小木屋的故事的，为这位残疾儿不离不弃的母亲和美德所感动。各种形式的捐赠，只能由红十字会代收。要强的母亲的尊严被尊重。于是，鹿鹿的藤条笼被称为"爱心菜篮子",一时州城每日一大早凡去菜市场提个青条笼买菜竟成了一道风景,不时有人打听青条笼"到货"的消息。

方子所在报社特许她来往于省城和州城,联系有名气的省城医院。她要为俩孩子的治疗做前期工作,主要是治疗费用。方子乍听不禁咋舌。她去政府,跑相关部门,在同情、赞许、怜悯中对患儿的母亲多少还有些那个。说日子都这样了,她还那样,值吗?方子只以淡淡一笑,解释说,因为如此她的精神才没垮啊,没棱角的石头垒不起石坎儿。她又来贾岔村时,门前那条泥塘路已铺了水泥,平坦坦、白光光的,每天一大早拉豆荚儿的菜车停在门口,妈妈把挂着露珠儿的豆荚一笼一笼从地里提出来,过秤装袋上车。早已满头大汗的母子俩一脸幸福,鹿鹿替妈妈敲着计算器。母亲撩起渍着汗碱的衣角擦着汗,又比画聋哑的傻男人去另一块豆荚地。方子从小车下来了,向医生做过简短的介绍之后,俩中年医生文质彬彬的脸上露出了惊诧。

豆荚车走后太阳早已翻过山垭,氤氲的雾岚随着太阳一照缓缓退向山巅,山野里清新静谧。这景致不知从她身边有过多少回,她从未觉得有多么美。方子每到山里都会带来好消息。像鹿鹿的青条笼经爱心接力,已订购到两年之后,包括豆荚在内的所有出产都被订购,上门提货。今次这两位医生是方子奔走了十多家大医院才请到的,他们愿意为俩患儿做努力。因这一消息,她突然觉得贾岔山里原来还这么美。鹿鹿去采木耳、蘑菇,她则又钻到地里摘豆荚花为方子和省城的医生准备早饭。方子已自己进到灶间生火了。似乎她也成了主人。俩医生坐在虎虎的床前。几个月以来虎虎已习惯了走马灯似的探望者,照相、摄像,那刺眼的闪光灯让他目眩。一个睡在病榻上十八岁的孩子目光茫然不知所从,只是有一句没一句地回答询问。最多的是对来人回答他最大的愿望。他说最大的心愿就是治好病报答妈妈。俩医生不拍照，不录像。他知道妈妈信瓮瓮神，这俩医生是瓮瓮神拨转来的。

鹿鹿摘木耳回来到灶间见方子阿姨烧锅，便问："我妈呢?"方子说："下地了。"方子往灶口添了一把柴火，又说摘豆荚去了，省城大夫来了，先把病给说说。鹿鹿说："阿姨，大夫能取钢板不?"方子问："钢板?""妈妈腿卜的钢板。"方子瞪着眼睛久久盯着鹿鹿。他说："妈妈那年在山上摔了，腿断了，在医院上了钢板，等妈妈去医院取钢板时医院还要钱。"一狠心，妈妈说："不碍事的，身子里有了钢板结实，水泥还掺钢筋嘞，就不取了。"方子说："我咋不知道呢?"鹿鹿说："妈妈不会向人诉苦的，当要下雨时，夜里妈就疼。"

方子一下子怔着。火从灶口蹿出来燎了她脸颊，她才醒过神。

疯狂的青绿五味子藤已挂上泛红光的五味果，像五彩珍珠，瓮瓮神的形象代言就是那不知道静静地代言了多少年的半截粗陶土瓮了，贾岔人走到涧子镇，忘了它。忘了它曾经保佑的风调雨顺、家丁兴旺，也有保佑不了的时候。旱涝不匀，也曾有滚坡死人，那也怨不得它。它只是半截瓮。香火缭绕、鞭炮震响的日子没有了。要不是她为了虎虎鹿鹿两个孩子和聋哑的傻子男人，她也不可能来上香。她从地里出来，笼子卧着豆荚花，散着香气，这是待客最好的菜，一碟花可能就是一笼子豆荚，她不心疼，她给瓮瓮神跪下去时觉得头有些晕，随着她作揖叩头的瞬间，人也随之倒了下去……

鹿鹿和方子阿姨找到妈妈摘豆荚的笼子，就知道她又给瓮瓮神上香了。鹿鹿喊妈妈，方子喊着嫂子，只是惊飞了山崖野鸟，没有半丝儿回声。是二儿子鹿鹿的哭声唤醒了她，她却无力回答儿子鹿鹿，几次挣扎着张嘴却没有声息，只闻到幽幽的豆荚花香。她做着最后的努力，抓住身旁的五味藤枝使劲抖动，想告诉鹿鹿还有虎虎，妈妈在这儿，在这儿……

野庄子

万福财一次就买了两副棺材，还披麻戴孝的。他取来两截红布搭在棺材上，腰间系上草绳，抬头望一眼天仍有些阴沉的石村。电话刚接通，便泣不成声，如丧考妣……

一

丹江河从秦岭直奔下来，没多远就到石村，偌大的石村河湾千百年来一直是河水歇息的地方。水在湾子里打着回旋，玩耍够了才逶迤而去。于是就有了天然沙场。万福财在石村河湾挖沙，开沙场，风里来雨里去日子久了，就和石村长议定在石村建一庄子，照他的话说能找到儿时曾经苦难时生活在乡间的气息，流行叫回归。

谁料，原本想建成的农家庄户竟被村上、乡上、县上当成招商引资，走马灯似的官员几番指手画脚，最终建成富丽堂皇的别墅。

曹菊花的儿子淹死在河湾的那段日子他几乎像跌进万劫不复的深渊

一样。

寡妇曹菊花是他雇到庄子来煮饭打杂的，她和石福财一样都是石村人。河沿长大的孩子去河湾逮鱼、扎猛子耍水是常事。她的儿子却淹死了。

那当儿，石村人听村长说，沙是龙王爷从老秦岭带下来的，有千年万年了，谁再厉害，三锨两锨筛不完。万福财从天水金矿回来，在石村河湾又淘出金窝子，一湾水不再清澈碧透，没底儿沙坑通海眼似的，打着漩涡的水愤怒而凶狠，从混浊的漩涡里冒出的水鬼，拖着曹菊花儿子，就不见了。同在河湾里有几个孩子，咋就偏偏拖了曹菊花的儿子呢？日怪。没了儿子，这边忙着替她打捞，那边她又几次要跳水，说要换儿子上来。被人拦下来了，可她哭得那样恓惶悲戚，揪着岸边石村人的心，都恨不得跳下去替她换回儿子。

石有娃从村子扛来杀猪用的大木盆。多年不用，一层灰尘有铜钱厚，一经水，油漆亮光。孩子捞上来他第一个替曹菊花抱打不平。她已气晕，脸色惨白嘴唇儿发青，本来体格就十分强壮的石有娃从稀沙泥浆中抱着曹菊花。作为老光棍儿他嗅到了曹菊花身上特有的气味，令他迷恋。他把曹菊花放到干沙滩上时，曹菊花晕醒了。眼看着一个河湾同时就要停着母子俩时，她醒来，石村人都嘘一口气。才有一丝缓解，还是石有娃冒出一句"要不是野庄子万福财挖沙惹龙王爷，咋会死人，今日拖走一个伢仔，说不定明天还会拖走俩囡囡"，似乎提醒了石村人，顿时人群骚动着，众口一词说是野庄子万福财惹怒了龙王爷。

石村人有讲究，滚坡、车撞、水淹的统称为横死。

横死鬼丧风门。丧风门的横死鬼进不得村。只能在村头空地支灵棚、挂幡儿。曹菊花的伢仔是进不得村的。孤零零卷个筒儿送到乱坟岗子。那个寒碜，一个单薄柔弱的寡妇不要命才怪。曹菊花粉扑扑的脸惨白着，撩人的发髻已经蓬乱。石有娃看着曹菊花，那份同情、怜爱与心疼，他感到太需要释放了。再说自开沙场以来这是第三个被淹的伢仔，大小都是命，就是长大中不了榜眼、探花，就是出去打工或沦为叫花子，也都是石村的人种。憋屈的石村人心头被石头压得喘不过气，在可怕的梦魇中醒不过来。石有娃看一眼软瘫在沙砾中的曹菊花突然有了勇气。

石有娃爷爷的爷爷是石村曾经有名的木匠。那时雨水多，老秦岭下来的水格外旺势。清冽冽的河水有几丈深，老木匠钻老林子砍来一种花儿椴木解成船板，做成梭子船。每成就一只，石村人前呼后拥帮老木匠抬到河边，整整齐齐摆一长溜。他拿上香表守在河沿，久久看着山垭那朵压山的红云，依此判断老秦岭会何时涨水。果然，河湾里的风贴水面，不出半天，平静的河湾水动荡起来。这时他十分虔诚地跪在河沿点燃香表之后推船下河，船的头尾相接，老木匠立在首船梢头，一点竹篙，顺着刚刚上涨的河水离开石村河湾。老木匠的儿子从这一天起就在河边上支起茅庵，日夜守着，在老木匠没有回来的日子里，船下河的地方十分神圣，一是女人不能来，二是光腚不能下水，三是头戴白绫守孝者勿近。年复一年，石村人和方圆几十里的人都知道。没有人迷信河神，只相信龙王。大禹治水时，只到禹门，把这条河早就交给了龙王爷。

半个月后，老木匠揣着沉甸甸的银子，挑两筐京广杂货回到石村的那一天，石村的村头牌楼上张灯结彩，村邻把老木匠抬进村，那筐儿里全是石村人没见过或是极少见的稀罕物。爷儿们最爱汉江石的烟嘴儿、湖南邵阳产的火镰，而女人们最爱胰子、洋碱、雪花膏、头油、洗剂化妆之类的，当然，绣花鞋、花枕头的十二色浙南丝线肯定有了。每人不超过三四样。挑拣到最后老木匠再分给每户人家一截"华达呢"鞋面布，也就不过一尺许。在丹江河岸的十里八乡中，石村女人的"三寸金莲"走到哪里都显眼好看。

　　夜里老木匠屋里挤满了乡邻，听他讲吆船在龙驹寨的所见所闻。有人考证过，老木匠住的船帮会馆尽是南下湖广、北上陕甘的脚客驼队。于是凡天下新鲜事无所不能知晓。像武昌有了火车，襄阳街上有龇嘴獠牙的洋人。足足有些日子了，木匠连编带造实在重复得太多了，渐渐来的人就少了。但有一件事像刻在石头上一样抹不去，那就是石村的河湾永远是石村人的神。每年正月初一第一炉香都是在河湾里点燃的。

　　石有娃家道败落的原因有多少条都不打紧，石村河湾不是石有娃一家的。有一天万福财的沙斗挖上来一只白老蚧，有面盆一般大，过筛机那一刻白老蚧像伢仔哭似的叫了几声，筛筒只一匝，没了影子，满河湾水血红着，老半天河水清不了。石村人知道那只精灵没了，石村人往后再不会发达了。大家越想，越觉得该做些什么动作。不用思索，只几下子将两台筛沙机推进乌龙潭。石村人从溅起的水花中体会到了快慰。就像乞丐看到财主被肉噎死一样，把嫉妒、仇恨找到一个寄托。

　　水花平静，涟漪消失，石村人一丝快慰也随之退去。醒过来的曹菊花呼喊着伢仔的小名，那嘤嘤嗡嗡的哭声像幽灵，游荡在河湾的每一个水潭，又游荡到石村旮旮旯旯，石村人像染上瘟疫似的无缘由地想哭。哭不出泪，那委屈、憋屈，被人强奸了也不过如此。石村人不是小肚鸡肠，炼钢铁那阵子，山上树砍光烧尽，石村石姓人坟上的老柏古松被砍，石姓人连一声怨言也不曾有。留下的树杈上渗出黏黏的柏树油，一滴滴地叠起来，结成块，石姓人说那可是祖辈的眼泪。但那时没有人感到憋屈，只要是政府发话一切都那样顺理成章。野庄子，是什么鸟？飞到石村不捉小鸡不啄谷，却有无形的翅膀遮住了石村人的太阳，石村人是不怕冷，可石村人心里要一份豁亮和畅扬，嗡嗡的挖沙机，抽筋似的尖叫着的筛机，鬼灯样日夜亮着的沙驳子，别说豁亮和畅扬，就是心头的一丝安静都没有。

石有娃和村长石磊闹过架，他把怨恨记给了村长，说宁可树梢儿结蛛网也不愿招来黑乌鸦。没有野庄子，石村人谁穿一件新衣，或新买一双鞋，从东走到西满村子都是喜气，都是活鲜明亮，谁家新盖了猪廊子，一村人都会围着评论半天，眼下，石村人抱个金猪，或买一架火箭回来也不会有一丝呼应。到底为啥，没人说得清，只知道有黑乌鸦的枝头不挂果，有小鬼的坟头点不亮灯火。"砸！砸了野庄子！"不知谁说了这一句，人们心一下子豁亮了。

愤怒的石村人拥向野庄子。

二

万福财不是石村人，听说在天水开金矿出了人命才来石村开沙场。最初是经石村长在石村下坝的东湾找一块地皮，搭几间茅庵。虽说石村到县城也就几十里地，也算村野之地，但既然算作项目就得像样。但石村人仍习惯把谁家建新房叫庄子，只有再一家建了新房，原来叫作"庄子"的那户人家就用回原来的姓名。万福财的庄子石村人几辈子也比不上，加上两年间石村也没人建新房。他不是石村人，只能叫"野庄子"。

石福财、曹菊花被雇到庄子上，侍弄花草，做饭。开始石村人还觉得不错。端午节到了，吃白糖的粽子、绿豆糕，中秋节到，又是葡萄苹果梨，又是月饼，都是野庄子发给各户，年节上的米面油又是野庄子给的。日久，石村人从中尝到另一种味道。

石村河湾是祖上留下的地盘，河湾里的沙子是祖上留下的宝物。村长石磊却硬说沙是龙王爷从老秦岭带下来的。前半年野庄子送"端午"隔一夜又一股脑儿堆在野庄子绿篱外边。然而，石村的狗争不了这口气，每天拥向野庄子吃好的不上算，还缠着那两只"贵妇人"链蛋子。

石村人掀翻筛机，推进乌龙潭那会儿石福财没有拦，因为在场还有河工，再说，东家万福财有办法将筛机从海底捞出，何况是乌龙潭。要砸了野庄子，他有推卸不了的责任，他摊开双臂劝乡邻说，破坏财产要受法的。可惜他的劝说像沙场吹来一股潮潮的风那样不经意。石村人先是将那一丛一簇花木绿篱踩平，接着抢起锹镐砸门入室，见啥砸啥。"噼噼嘭嘭"，石村人释放了，痛快了。

曹菊花拖着稀软的身子赶回野庄子，激愤的石村人似乎忘了她的存在，更不念及她儿子还停尸河滩。石福财横在人群中说，要砸就先把他砸死。她没力气去拦谁，声音十分孱弱地说："谁想砸就砸吧。"说话间她扶着墙，指了指一个青花瓷坛子说，不值钱就三十万，又指着一个红桃木案桌说，十八万，砸吧。她的话刚落地，空中飞来一只镢头"吮"的一声落在桌面上。那个响比正月十五擂大鼓还响亮。镢背在桌面跳了一下，竟然连一丝砸痕也没留下。"狗尔的，是个好东西！"有人骂了一句，再也没人砸第二下。还是那些小摆件，像鱼盆、花架、软玉屏之类不经砸。曹菊花见乡邻们砸得兴致正浓，拦不住，又道："万老板叮咛过，这些东西迟早遇上主儿了不用打招呼。看来今日个才遇上真主儿了。"

有人从曹菊花的话中听到了话，正砸到兴头上的却没有掂量。

许久，"乒乒乓乓"声稀落下来，愤怒的石村人退到野庄子前厅花园里擦着汗，嬉笑，欢叫，像过大喜一样爽。还是河湾那一股夹着水草味儿的风在庄子拂过，一阵凉意，石村人这才从一场梦魇中醒来，顿时一片死寂。曹菊花又晕过去了，有人掐鼻根。石福财颤抖着双手，口中淌着哈喇子，中风样儿，不停地拨着手机给东家。

三

　　由曹菊花儿子一条命案引发的群体破坏财产事件，自不必说的结局被所有参与者都认为会有以下几种可能。

　　第一种，逮人。荷枪实弹的警察一下子包围石村，那明晃晃耀眼的铐子不由分说锁上石村人的双手，扔破蛇皮袋子一样扔上警车，离开石村在去县城的半道上停下来，从路边蹿上一群不明身份的人，攥着铁棍，铁链一阵乱打，出手才叫狠哩。万福财有钱，雇人做这一手不用打草稿。完了，一伙缺胳膊断腿的石村人又被扔上车，再扔进局子。该判的三年两载，该罚的十万八万。至于曹菊花的儿子，白死。谁叫他去河湾耍水？日夜不停挖了那么久，难道不知道通海眼？

　　第二种可能，万福财拿出开金矿时矿洞冒顶死了人的处理办法，扛一捆钱给曹菊花。然后呢？然后把砸了的野庄子重新整修。因为啊，因为镇政府，石村长不会放脱了招商引资的政绩。此前，万福财要给石村架路灯，镇上叫"亮化工程"，石村人异口同声地说，老祖先点松树明子把谁也没黑死，猫儿狗儿也没谁迷了路，明光光睡不着。路灯没再架。每看一眼野庄子，村里人一下子矮了半截，原想翻旧房的咋样掂掇，也比不上野庄子的椽头瓦角，就不打算盖了。看来石村永远再不会有庄子，除非太阳西出东落。这两年村头欢迎之类的红幛子，石村长就收拾几大箩。只要有脑兮们来，万福财的电驴子像断了缰绳疯跑着的野马，不是找村长就是去口镇，吃的、喝的，往回带。那些一身香气的女子闪着水蛇腰，一拨拨从村子走过，要么折一束桃花，要么折一束金灿灿的菜花，那浪笑、嬉戏，由不得石有娃哑巴着嘴，啧、啧、啧。须臾间，一村子狗开始上发条似的拥到野庄子，其中一对正在那个着的公狗和母狗，一只连着一只，难堪而又艰难地尾随着。万福财是庄户人家的孩子，虽说庄子金碧辉煌，偏偏伙房仍是灶台、风箱、糙柳木案板。他若得空闲，便和曹菊花去石村后塬林子捡松枝薅茅蒿。他说柴火饭好吃嘞。呸，有钱烧的。石村人确实这样评价。有人见过他在灶间亲自烧火，扯风箱，手腕上的金表随着沉闷的风箱声，一摇一摆，实在有些滑稽。

筛沙机被打捞上来，河湾里又是车水马龙。

第三种可能，曹菊花被人掐老半天鼻子根，万福财回来她还没醒，服毒样儿吐白沫，抽搐。万福财从愤懑怨恨中突然冷静下来。曹菊花死了儿子，是死在河湾里，龙王爷有罪，曹菊花一旦死在庄子就是有一百张嘴，说三天三夜也脱不了干系。"气晕了。"石福财说。

"她吞了老鼠药。"万福财说。他又吸溜了一下鼻子，这一吸溜濡染着石村长，石村在场的每一个人都吸溜一下，又相互一觑，表示确有鼠药味儿。

万福财极有根据地给120拨了电话，说石村有人服毒。石福财这回想起了什么，顿觉大事不妙，鼠药是他买的，曹菊花一死，那些大盖帽儿定饶不了他。石福财头上的汗像滚黄豆粒。

也难怪石福财吓破胆。石村狗来野庄子是为了抢山珍海味，而石村的老鼠却专门给万福财制造茬儿，电线、花苗、水管子齐咬。"偷汉子的婆娘，关不住的门，成精的老鼠害死人。"婆娘偷汉子，休！门关不住加锁！老鼠成精万福财没辙了。放的鼠药毒死了来庄子的红嘴雀、灰莺莺，却不见一只死鼠。他给曹菊花说"甭投了，怕是我惹了鼠神"。今日曹菊花自己有了用场。

石福财擦着汗，战战兢兢地等东家发问，再领一个耳光，然后被公安扭了。事实上都没有，万福财十分温和地对怒气未消的乡邻散烟点火，有人接了有人没接。他瞅一眼远去的救护车，轻轻叹一口气才说道："砸就砸了，只要不憋屈就行。曹菊花上车就挂了水，不会有啥事，眼下先埋娃吧。"

就在这一刻稍微平静下来的石村人才想起河滩上还有从龙王爷口里夺回来的娃尸首。

石村长和万福财一同进村到野庄子。他有权力大吼、骂人。"撑的，少吃些，娃淹了不救，到庄子滋事，钱多得从衣兜往外蹦不是？"当人们又拥向河滩的时候竟不见了曹菊花儿子的尸首。

四

却说石福财没等到东家搁来的耳光，从人缝中往外瞅，愣是没瞅见一个大盖帽。更不用说什么手铐。他和砸庄子的石村人判断失误。东家万福财，宰相啊。曹菊花死活没个准，埋娃事大，可娃尸首说不见就不见了呢？日怪。

太阳依旧火辣辣的晒，白光光的河滩每一粒沙都滚烫着，傻眼发痴的石村人谁也没有去撩一把河水凉身子。曹菊花儿子的尸首明明白白是在河滩上的，常言说的绳从细处断，也不至于断几截儿。一种诡谲的恐惧瞬时笼罩着石村，也笼罩着石村人。

夜，石村。闷热，无风，失去往日灯火通明筛机喧嚣的河湾一片死寂。

石村人像闯了祸的孩子，被石村长吆喝到野庄子的场坪。石村长旁边坐着万福财。他点名，万福财在一个本儿上划拉。当点到石有娃时，石有娃"哇"的一声哭了，像将要挨刀杀的老牛。

"哭球哩，砸的时候咋不哭？"石村长撂过一句。石有娃拖着哭腔说，他砸的是泡药酒的那个罐儿，大花瓶他没砸。万福财接过话茬儿道："连酒带罐儿两千八。"他边说边又在本子上划拉。夜很深了，放台灯的石桌上落了厚厚一层飞蛾。万福财合上小本儿，石村长环视一下坐在黑暗处的石村人说，砸就砸了，让万老板报一下损失。夜里回去拾掇拾掇，安顿安顿，不需要背铺盖卷儿，去局子投案自首吧。

沉沉夜色中没有任何反响，只有七零八落的烟头上的小红光在黑暗中忽闪。有人干咳两声之后又陷入一片沉寂。

灯下的万福财被乱飞的蚊子飞蛾搞得有些乱。他向黑暗处的人伙堆扔过几包烟之后，摁灭了台灯。顿时，野庄子完全融入青幕。黑暗中的石村人回味着砸野庄子那阵快慰，又怀揣后怕，石有娃在人堆中也点上烟，时不时干咳一下，以示镇定，回味着那一阵子，尤其是正砸在兴头时，大花瓶被砸的声音，到底是值钱货，不同于粗瓷大瓮那样，木噔噔破碎。当镢头砸上去时犹如敲磬，继而如撕湖绸杭缎一样悦耳，尽管是一瞬之间，但领略了极物毁殁与百姓常用之物的不同。混乱中，当脚踩上碎瓷片被硌碜得一抬脚时，他的心这一刻也都随之一紧绷，抽着脊梁骨，就有了寒气。万福财可不是病猫、死狗。石村人倒霉的时候到了？倒霉的根子还是河湾，没有河湾沙场，就没有野庄子，没野庄子，石村人就不会倒霉，这么思来想去，砸庄子就理所应当，不砸上苍也会怪罪。至于万福财要杀要剐随他去。

烟头烧着手了，他才醒过神，等候万福财发话。

说实在的，万福财淡定得出人意料，没报案报警，狐朋狗友都没告诉。先是递烟点火，又发给饮料。越是这样越是令人揣摸不透。蹲局子不是啥太大的事，令石村人惴惴不安的是从傍晚至今，总听见有小孩的嘤嘤哭声，一阵弱一阵强。很难说是曹菊花儿子冤魂游荡吧。今日淹死一个，明日不定溺死两个。定是龙王爷要绝灭石村人。一种前所未有的预兆在浓稠的夜幕中漫延，渐渐渗入骨髓，大热天，石村的男人和女人都打着冷战儿。

谁都明白这不是好兆头。河湾风水没了，石村人定有大灾大难，以致不到半月后的灾难终于发生才证明了这个忧心百结的预兆。

这时，万福财发话，很客气，听得出没有愤怒、愤慨，更没骂娘，他只轻描淡写地说："损失不大，不算找不出谁砸的那两个宋瓷花瓶外，也就三十万元，如果加上花瓶也就三百几十万吧。这样吧，大伙散了吧，明个日谁找到曹菊花儿子尸首，我给谁五万。"他的话像是说给半夜乱坟岗子，连鬼的回声都没有。

突然，孩子羸弱的哭声越来越近，人们毛发倒立，心惊肉跳。当哭声走进人群时，终于有人打开手亮子在寻找。有人喊"是曹菊花的儿子"。

五

曹菊花被万福财用小车从医院送回石村。野庄子曾被砸过的影子都不见了。只是新栽的绿篱更高些，还有点儿蔫巴。就万福财说，庄子是他的，庄子的脸是石村人民的，不能给人民丢脸。曹菊花和儿子就住在野庄子。毕竟是药过的人，身子虚弱单薄，蜡黄着脸。她被儿子温温的小手牵着，坐在亭子里，背靠着朱红亭柱，抬眼过去正好是河湾，筛沙机、拉沙车，又新置的挖沙驳子，河湾比以前更热闹。

她努力回忆，好像曾经发生过什么事情，却回忆不起来。只记得自从怀上儿子，男人就再也没回来。面对一个黑漆匣子，村里人替她掰指头，应是石村出去的人第十八个回来的黑匣子，自己男人最年轻。

那天，儿子被打捞上来，石村人忽略了儿子，记着万福财，恍惚意识里她恨石村人，万福财有钱不是？没有了气的儿子被晒在沙滩上，自己咋就迷糊了？噢，儿子是被救了一阵，却没有一丝气息，自己是搂着阻拦村邻，没守儿子。到底是谁家的狗，一只还是几只？反正有一群看热闹的狗，肯定是平时儿子逗玩熟了的狗，在一时空旷了的河湾守着儿子，狗们无法忍受沙滩的滚烫，就把儿子拖着、拽着钻进被葳蕤河草掩盖着的涵洞中，阴凉的涵洞中狗们守着儿子。儿子被晒热，又经狗们连拖带拽折腾久了，终于在后晌吐了水。吐了水的儿子一定是在无力地哭着，被龙王爷吓得缓不过力气，还是狗们围着他。河边的孩子自小就学着扎猛子。那天溺是溺，不至于被灌撑。曹菊花不愿再往下想。再后来……儿子被送到医院的那一刻，她以为是和儿子在阴间相见，似乎又看到了丈夫，儿子和她住一个病房。她昏睡着，却能感到儿子的小手那么温贴，儿子也挂了几天水。据后来得知，万福财把曹菊花母子在医院的账一并归到野庄子被砸的损失内。石村长不认。万福财就说，一个女人能有几只手？拦张，张不听，挡李，李不听。以死相劝是石村人害的。石村长嗫嚅着，在单子上签了字。

石福财和东家同名不同姓，正因为如此才被万福财雇到庄子来，并且很被看重。自他去了庄子，石村人也大多是本族人却把他看轻了。前天日他去买鸡蛋，人家问："你婆娘坐月子？"他连说："不，不。""噢，喂猪，一百块一个也不卖。"

石福财定了定思绪道："你这土鸡蛋可是说好的，有约在先啊。"

"娶婆娘不生仔是常事。"

"你这是鸡啊。"石福财说。

"鸡婆也禁怀哩。"

"刚才没进院子鸡还在叫。"石福财很固执。

"让有钱人吓的。"

石福财语塞了，总不能去鸡窝掏。

石福财转向西红柿园子，却被拦住了。"打猪草去别处吧。"石福财说："何必呢？账本上还有前边拿的柿子没开钱哩。"

"权且叫猪拱了。"

石福财说："想涨价，明说！"

"叫万福财把河湾里筛机砸了，满园柿子不要钱。"

石福财一脸无奈，他不能对本家乡邻说太多的话，更不能发火。正好石有娃自行车带一笼子青菜，他迎上去就说，别去口镇了，连笼子给庄子留着。石有娃乜斜他一眼说："不卖。"就连一个光棍儿石有娃也这样，他真的来了火，便双手叉腰在自行车前边道："有娃子，你砸了大花瓶我没指认你，惹你了？凭啥恁横！"

石有娃支好自行车泥撑，又晃了晃，见车子稳了，才松开双手，凑近石福财反诘道："花瓶是我砸的，咋！一河湾沙场又是十年，不够一只花瓶？"他这一吼，有人围上来。

自石村人砸了野庄子以来，似乎与其结下了血海冤家。迟早一说到野庄子或沙场话题时，随声附和者众。人一多，石有娃更来劲。

"这小青菜口镇一块钱一撮，我乐意。"他一抬脚蹬了泥撑就要走。

石福财几分鄙夷道："狗肉不上台板。"

石有娃被这一骂，不走了。卸下青菜笼子，围观的石村人以为要留给石福财的，却见他把菜向空中撒去。"吧吧"，小青菜刚落到地上，石有娃走过去一脚一把地踩，有人说："有娃我帮你。"一时在场的几十只脚连踩带踏，绿汪汪菜汁濡洇一大片。

石福财明白，一个个踩得那么狠，是在仇恨野庄子，捎带了自己。

六

石福财不能对东家万福财说石村村邻坏话，河湾拉沙汽车有人在胶轮上扎皂角刺，那几株正在开花的汉桂树被人在树根埋胡椒籽，只一天花谢叶败，无端死了。这些他能料定是谁干的，不能说。石村人上村下坝和野庄子之间只隔一条堰渠距离，却如隔千山万水。就在前不久，万福财给老母过大寿。偌大的县城办几十桌酒席何其容易。他为消除与石村人的摩擦就在庄子办酒席，请来县剧团前三天后三天唱大戏，十里八乡赶来凑热闹的全部坐在筵席上吆五喝六，大鱼、大肉海吃。石村人连狗也拴了链子，不去，不捧场。石村长领着万福财摇门闩子请。结果，像死人出殡一样没一丝动静。等客走席散，剧团卸了布景帐子，石村人凑份子，请草班子唱秦腔《铡美案》《借荆州》《张羽煮海》。哪一出戏都是在咒、在埋汰万福财。戏场边上支大锅炖肉，熬烩菜，划拳喝酒的号吼震掉了野庄子门庭的"万福山庄"门匾。门匾掉下来时，万福财刚闪过身子。万福财心里犯了忌讳，疑惑自己是不是动了太岁，要遭黑煞神。"门匾掉，有重孝"，他想到这里，在心头打了个寒战，叫过石福财问他自己啥地方做错了。"没有。"石福财回答。他又问："石村人的祖坟可在河湾？"石福财说那只能是王八。万福财又问："不是说挖出一只白老蚄吗？"石福财说："千年王八万年蚄，谁知道是谁先人。"万福财一万个不明白。

近暮时分的夕阳，拖着长长的影子给庄子花园里稀疏的灌木树丛披上金装。草坪上蝴蝶飞过，身后一串串花粉白雾。从村中流过来的堰渠在草坪中间穿过，潺潺涓涓，就有丹江河里桃花鲤在渠水中恣意洄游。水渠在庄子外又延伸了几百米后才从下坝末梢再流进河里，庄子因这条堰渠更有了别墅情趣，蓝蜻蜓、小白鹭、小水鸭顺水而游，也在庄子登岸漫步。就石村人的话说，万福财狗日的把一个烂下坝滩整成了仙境瑶台。的确，每当春天时，后坝子石村人果园里白的梨花红的桃花，麦收时沁人的枣花，几乎是庄子的后花园，不用搴芳花自香。落英飘来，整个庄子那段日子仙境瑶台也不过如此。

此时，万福财的藤条躺椅就在渠岸的遮阳伞下。身边小石桌上小风扇嗡儿嗡儿响着，石福财换走凉茶又端来切好的西瓜。曹菊花陪着儿子在草坪上追蚂蚱。

万福财难得地此刻清闲。他唤过曹菊花母子，示意石福财再上西瓜。曹菊花身子还有些瘦削虚弱，一双眼睛就显得大而郁悒，尽管如此，高高耸起的胸脯、线条和身体散发的气味演绎着一种楚楚凄美。万福财想象，如果曹菊花是一个城市女人，职场也罢，全职也罢，走在大街上的回头率不知有多高。凡来庄子的朋友、领导、天南地北的生意人都说万福财怎么雇用了一个冷面女神。他笑吟道，"哈哈佛招财，冷面神镇庄子"。他心里更明白是第十八个黑匣子把曹菊花心揉碎了。

曹菊花柔柔地说："万总，眼睛怎么那样红？"

"不，不是，是花儿为什么这样红。"他借电影《冰山上的来客》故意调侃，缓释气氛，他又转身向石福财问，"红吗？"

石福财模棱两可地答道："噢。"尽管这样，他不免心中疑难。曹菊花母子是从阎王爷那里逃回来的，突然这一句，一定具有谶语性质。"要起蛟了，明日我就不再来庄子。"曹菊花说罢，不等万福财回答，她就去撵儿子。自儿子溺水不死，托龙王爷的福以来，她半步也不离开儿子。她不敢回想儿子溺水的那一天，更不想与人说半句话，似乎回避着什么，又期待着什么。偶尔梦呓自语，痴痴望着河湾，又瞅瞅石村那群救儿子的狗。她叫不上狗的名字，儿子却能如数家珍。

万福财不强留曹菊花，要走就走吧。怎么说要起蛟了，神神道道，天还没黑就说鬼话。

七

明天就要在河湾里举行剪彩仪式，包括签约、围湖、奠基。大到文件程序、会场布置，小到花篮、彩带、烟花挂鞭，一切就绪，因而他才躲回庄子，先是休息，再是好好调整一下自己，曹菊花说眼红了，大概是真的这些日子他没少熬眼。

还是石村长说情，他没有起诉财产侵害案，十年河湾采沙权和十年水上乐园合同，作为砸庄子的代价，县上镇上脑兮们自然高兴。水上乐园就在采过沙、淹死过人通海眼的河湾。已派人去浙南订购游艇画舫，光雇员就近二百人。石村长掰指头把石村人数一遍，万福财允诺，只要是石村人在水上乐园上班，工资另加三百。此话刚一放出，石村人背过村长订了死约，谁要去了，准叫谁家苞米被拔，麦子被烧，牲畜害瘟病，永不得安生。曹菊花要离开庄子，石福财翕动几次，想说他也不干了，几次都没说出口。

青幕初降，夜里石村没有一丝儿凉风，闷热笼罩中，传来悠扬凄凉的唢呐，伴着哭声。石村人婚丧嫁娶有讲究。明天石有娃他大就要入土为安了。石有娃也不破规矩，从二峪河请来乐班，八吹响器，外加坐台秦腔

《大升官》，他连个女人都守不住，被河南一个弹网套人不费吹灰之力，连女儿一块儿领跑了，还《大升官》哩。

万福财有几分负罪感地回想着那个不该死的老汉。

"花像灯笼叶像韭，五月开花六月休，七月往后阳世上走。"这是石村人对坡坝上一种贝母药材的形象描述，石有娃他大，前日就是采这药时滚坡的。被人们发现时头上的血还在冒，人事不省。是石村长在手机上说要送人去医院。救人如救火。他把车开过去打开车门时，却没人把还在呻吟、抽搐的石有娃他大往车上抬。石村长问石有娃："入院没钱是不?"万福财赶紧一句说："万儿八千不是啥事。"石有娃瞥了他一眼说："有钱到别处显摆去，不用你的车。"本来焦急而忧心的帮忙的人听石有娃这么一说就七嘴八舌嘀咕"不稀罕""120就到了"，就是不用自己的车。

石村长急了，吼道："石有娃，救你大要紧。"没等石有娃反应过来，半晕半醒的石有娃他大气若游丝地说，就是死了也不用野庄子人的车。石有娃又阴阳怪气道："小鬼使唤不了阎王爷的拐棍儿。背我也能背我大到医院。"

他的话茬儿被人接着："背到北京都行。"

石村长说这是拿命跟谁赌啥哩。

"人争一口气，佛争一炉香。"石有娃啥时学的一口斯文话没说完，有人开来了农用三轮车，"突突突"震天价地响，在浓浓的黑屁烟中病人被七手八脚抬上去。石村长一跺脚，铁黑着脸也跟着爬上了车厢。

万福财没有在意被奚落的尴尬，他给石村长电话，说他马上赶到医院。石村长回话，别把头往刺架里塞——图扎（咋）。

石有娃对因抢救不及时，他大失血过多而死毫无悔疚，更在乡邻中落下"有种"美名。他大"死不足惜"只要为石村人争气。丧事的排场比真正寿终正寝还要热闹，有派头儿。

万福财想去村子凭吊、上香、磕头。石有娃再不懂事理，也会有手不打上门客吧。想到这里，叫来石福财问石村吊丧有啥规矩。比如蜡是红蜡还是白蜡，三揖六叩还是三头六拜。石福财说，按理是老丧也称喜丧，该是红蜡，可采药滚坡是横丧，啥都不好说了。

这时，石村深邃的苍穹升起绚丽斑斓的烟花，惊天炸响混杂着唢呐，在石村上空回荡翻滚，万福财对石村人的讲究有些费解，便问起石福财，石村人祖上可是大富豪或大官儿？石福财说，在清朝光绪年间，祖上曾用十亩地捐过一个坐家道。

"坐家道，穷官。"万福财说。

"穷、穷几十辈哩。"他有几分感慨，晃了晃头，又道，"眼下还有人靠低保过日子。"

万福财如梦方醒"哦"了一声。他自然不明白东家为啥把"哦"拖得很长，又接着刚才的话题。

石福财说，石村几百年的老规矩今次被破了。石有娃他大从医院还没拉回村，就有人商议说老汉本不该死，是因给石村人争了气，为老坟争脸，说啥也应该进村埋老坟。石有娃得信，化悲痛为力量，就大肆操办丧事。乐人、响器的钱是村邻凑份子，做菜是口镇来的大厨。那些在州城、西安、兰州抚营生的都赶了回来。"老虎日狮子，大弄。"石福财说。

万福财说："还是有钱了。"

"球，刚刚几天才借一升半碗填肚皮了。"石福财又劝他别去吊唁了，扫人家兴，又找难堪。万福财说："走一乡随一帮。"石福财又说："随不上嘞。真的要随，就叫铲车明日一大早在下葬前，把抬埋去坟上的路平整平整。"

万福财手机响了，电话中要他进城，说还有两个红包儿没送出去，明日剪彩不能少人。他的小车刚驶出庄子，一道电光划过，接着沉闷的雷声从远处传来。

石福财抬头看了看浓云密布的夜空，自语着"要下雨了"。

八

暴雨是午夜时分来的，灵棚眨眼工夫中被雨积成一个大水包。雨点打在彩条塑布上的声音清脆而急骤。雨水溅起的水泡是那么欢快地形成，又是那么急促地消失。坐夜，守灵的孝子、村邻纷纷起身帮着拉拽能用来防雨的东西，焖着肉的大锅、面缸都要盖上的。其实这只能算作一种热情行动而已。瓢泼大雨中灶坑早已浇灭，每个人就像是从水中钻出来的一样，没有藏虼蚤的一点儿干地方。"嘭"的几声，拴灵棚的绳子难以负重终于断了。那一大包雨水一股脑儿倾泻在明天早上才盖棺的灵柩上，不偏不倚灌满棺材，石有娃他大的尸体像尿脬子一样浮起来。

本来一个人死了，躺在棺材里，再穷也穿戴整齐，有些龙腾武校的样儿，那是给阎王爷和小鬼们扎势。此时石有娃眼看亡父要溢出棺材破风门了，使劲摁住往下压。这一压溢出来的竟是血水。在场的人顿时感到了不祥之兆压着心头。在石村，亡人脸上往往盖一张麻纸，这样活着的人永远记着他的慈祥面目。在一个闪电光亮中，人们见石有娃他大脸上的麻纸没有了，而且有跃跃欲起的样子，狰狞可怕。

都见过石村长的手亮子像唱大戏的射灯，贼亮。这时在雨幕中已失去光芒。他用手亮子为死人脸上再盖一张麻纸，经雨水冲刷，麻纸倒像巫婆面具，更加恐怖。乐队、歌手的家什之类全泡在雨中，怨恨老天下雨真不是时候，不然石村人点歌到天亮一首二十元呢。

雨更凶更猛的时候，不再打雷闪电。哑巴雨很少见。哑巴雨会死人。

暴雨中的慌乱在突然断电后冷静下来。只有哗哗的雨声一阵比一阵紧张、激烈。石村长喊着电工的名儿骂"做屎去了"。电工在黑暗中回答说是高压杆出了事。石村长又骂："要你弄屎哩。"电工不敢违拗，一头钻进无底洞般的雨幕。

一抹黑中有人点亮了蜡烛。在这风雨飘摇之夜，人们一片抱怨。"该死的天""倒霉的雨"，说着骂着，牢骚竟发泄到"野庄子"，石有娃更是万般沮丧。他无法控制憋在胸口的壅塞，或者忏悔。谁家不死人，偏偏让自己碰上这凶煞日。阴阳先生课章上明白白写着"一推亡者辞世不犯天罡星，二推亡者殃煞全无……"并亲手交给自己看过之后，上三炷香压在灵前孝子盆下的。他再次像一头残了腿的老牛看见屠夫刀子时"哞哞哞"地哭。

石有娃的哭声在这样的夜晚有几分瘆人和恐怖。

暴雨把人不知蒙了多久，电工落汤鸡一样跌撞着狼声鬼叫地喊石村长。石村长应声道："该不是你大又死了，喊丧哩。"电工说："起洪了，水已进了十八亩坪。"

这一回，石村长和所有在场的人感觉到一个炸雷响在当头。好多年了，龙王爷终于上门来讨债。

九

洪水是穿过十八亩坪进的石村。都怪沙场患了摇头风的装载车把捞出的沙像小山一样堆在河道。暴雨不久，愤怒了的丹江河不再逶迤细浪，一时又无法在沙垛间穿来绕去。洪水裹挟着枯枝败叶一路狂奔，吼狮一样撞向上村坝，腾起混浊汹涌的滔天大浪。

东方鱼肚白的时候，石村人看到了白光光一片石村已成为泽国的水面。透过雨幕，河湾影影绰绰早已乱作一团，庆典彩台已经坍塌，五彩缤纷的横幅、彩旗像招魂幡那样水淋淋地无精打采，摇摇欲坠，转移机械、抢救工棚的嘶喊、呼叫，河湾一片混乱。

石村人老祖宗时代的上村坝子就是防龙王爷的。清朝光绪年间的一场洪灾，丹江河两岸被冲刷得没留下一棵草的时候，是石砌的上村坝哄走了龙王爷。多少年过去，谁也不曾料有今天这样的洪水，那道坝子更没有人加固。天大亮不久，洪水越过上村坝，一路横冲直撞，咆哮着进了村子，瞬间一阵房响锅炸，湾子坪略低一点儿的房子就没了，人们拖家带口拥向后坝，水再要涨，就只有退到后塬。

活人奔命，眼看安葬时分就要到了，住在后坝子的石有娃再焦急也总不能背棺材。

野庄子是在石村东湾下坝子。早被龙王爷死死盯着。

万福财夜里冒雨赶回沙场，他早无回天之力。河道中的沙垛，看似小山似的，却不经泡。洪水轻而易举推倒沙垛，随之将几台铲车、挖机也推进水中。他给工人说一句"人要紧，撤"。所有人马退回庄子，想必安全，却被龙王爷死缠死追，庄子泡在汪洋中。

他给石村长打电话，说他们此刻想逃离庄子也逃离不了，水快淹过二楼了。"几十人嘞。"能听得出万福财无助中的那丝苍凉。

"蒲篮、瓮、木盆、柜、箱子都能浮载，往后坝子划。"石村长边说边仰着脸看着四平八稳死气沉沉的乌云，暴雨没有丝毫减弱。

万福财在电话说："把屎屙到石缝里，给狗出难题。"看着石村长露出无奈的苦笑，旁边有人就说："野庄子找一根棍子也是不锈钢，还想找啥箱子柜凫水，把屎厕在石缝里，给狗出难题，还真像。"

秋苗儿没了，几棵没有倒下的苞米红缨子挂着泥水在洪水中挣扎着昂着头，像求救的孩子一样可怜。房子没有了，或许是石村的，或许是上游冲下来的，一只羊在水中"咩咩"凄叫，只两声被浪又打没了。水中不时有衣物翻腾，也许是人也许是垃圾。石村人的心被雨冲刷得揪成一团麻，吐不出吞不下。乐人夹着唢呐回望着昨下午他们来时把三轮车停在村子的地方，现在只有翻浪的黄汤。再三问石村长，阴阳先生出道没有，咋看了个凶煞日。特烦的石村长撂一句："一推亡者在阴曹，身边站着气筒子。"乐人竟被村长借阴阳课章咒了一句，自觉没趣。唢呐永远丢不了，是因唢呐是气筒子，砸铜也没人拣。

石村长已给镇上报了灾情，镇长说沿丹江河四十八个村子全都遭灾。已上报给县长。镇长最后指示一句，千万别死人。这一句提醒了石村长。至于盆盆罐罐、房子猪圈，都是小事，出了人命事就大了。挂断手机他便叮咛各户人家，谁，谁，谁，还有谁，谁，谁，有人回答都在哩。有人冒出一句不见曹菊花娘儿俩。

"可能在野庄子吧。"有人揣测后回应。

早已成落汤鸡的石福财纠正道："她比我走得早，不在野庄子。"

一句"不见曹菊花"瘟疫般传开。更纠结的是曹菊花儿子肯定是龙王爷放回石村的妖孽作怪来的才发了洪水。石村长忧心忡忡，死人要上报，要被问责。

万福财又来电话求救。石村长拿不出好主意回答，便突然牙疼似的吸溜支吾着再次挂断手机。他的作难举动被身边的石福财看得仔细、听得真切。他此刻一定要给东家说，只有打开后坝子的涵洞和在坝子上的决口，这样洪水就多了去路。这必须东家央求乡邻允许。因为后坝子下是石村人的枣林、梨园和菜地。经这场洪灾，石村湾子大田肯定颗粒无获，水过后，像荞麦这样的小秋作物也赶不上种。希望只有后坝下那些地了。

石村人退到后坝安全了，在雨中扎堆儿，包括石有娃在内的十多户人家房子挤满老人和孩子。老天爷没有住雨的心思，眼看着水位在涨，发洪特有的泥土味很呛人，远远望去，野庄子在一片黄汤中的楼顶已站满了人。雨还在暴虐，水还在涨，要不了多少时辰，野庄子就会被淹没，楼顶上的那伙人中肯定还有万福才在内，他们都将会像枯叶一样被水漂走。

石村人开始为野庄子楼顶上的人操心和担忧。有谁冒出一句："见死不救，百神不饶。""救人水火，福佑三代。"又有人附和。一时关于怎样救野庄子的话题，众说纷纭。石村长很诧异。野庄子是在石村，却与石村人格格不入，或者毫无关系，甚至还有些没法儿说的那个啥。"决后坝。"有人提议"掏涵洞"，七嘴八舌莫衷一是，都急切地等石村长发话。

石村长把雨衣斗篷帽用手抬了抬，看着没有一丝马上能住雨迹象的天空，说埋人抬杠子抖搂不够人数，决后坝，掏涵洞，又是扎筏子，人呢？再说，庄子与谁球都不相干。"放屁哩。"石有娃粗鲁了。"不相干？石村人是石头？"他丧父的悲痛泪还没干，却为野庄子义愤填膺。跟着石有娃的话茬儿，就有人指责村长不近人情。野庄子万福财有天大的不是，石村人不能见死不救。三说两议，倒显出石村长不够人。石村长又是一丝苦笑道："老鼠开防猫会，一致意见给猫拴个铃铛，可是派谁给猫去拴这个铃铛呢？"他不是在说笑话，也没有惹谁笑。反正村邻都认为一旦冲了野庄子，死了人，外村人一定会笑看石村人，不够人的一撇一捺。

还是早年，土匪在石村砸死一个卖棉花的，抢走银元。那没卖完的棉花担子，石村人整整保管了十三年。石村人相信棉花客的家人一定会来搬尸骨。那棉花被石村人轮着年年晒，年年打成捆儿。后塬坡根下的扁担庙就是棉花客家人修的。近百年或已过百年，至今还有香火。

野庄子几十万或几百万也罢，一根绣花针也罢，像当年的棉花担儿一样，都是石村人的戥子、尺子、斗。

石有娃没忘他为热丧而头裹的七尺水淋淋长孝，折身对灵柩重重地磕着头，每磕一下，水花四起，三个头磕完，道："大，甭怪罪，救下野庄子，雨住了就送你老人家上山。"石村人把埋老人叫送老人上山。大有"风萧萧兮易水寒，壮士一去兮不复还"的气势，第一个跃入水中，泅向涵洞。石村长再回头时，"扑通、扑通"接连有四五个人跟着跳下去，水中刚泛起的涟漪很快被浪打散。石村长如梦方醒大喊"剩下的人操家伙，决坝"。

十

这场雨直到后晌才渐渐不再狂暴，后坝下一片汪洋，果树淹得连树梢也没了。几十年不遇的暴雨引发的洪灾给石村人留下刻骨铭心的痛。石村长在电话里几乎哽咽着给万福财说"两副棺材，一定要松木的"。万福财呜咽着"柏木的，十二元"。他心里十分明白是石村人的两条命保住了庄子，保住了三十几条命。涵洞被掏开的瞬间虹吸漩涡连一根鸡毛也会被卷走。先被吸卷的是石有娃，去拽石有娃的人被浪打了进去，只见红裤头在水中急促一闪，再也没见人影。涵洞和决口的坝子，给洪水找到了去河湾的出口的同时，雨水、泪水早已把石村人的心浸泡得瓦凉瓦凉。

石福财想让石村长问曹菊花娘儿俩，万福财已挂断电话。他没有再拨手机。他知道万福财比谁都更关心曹菊花娘儿俩。自从万福财来石村开沙场，落野庄子，从那时他就知道他俩在相恋。曹菊花寡了之后儿子就认万福财做干大。

朝哥的爱情故事

朝哥原不叫朝哥的。他俩在一块时她就朝哥朝哥地叫，就没了原名。下班之前朝哥给女朋友李利打了电话说："晚上我请你吃饭，看电影。"

李利在电话的那头很好奇地问："约克小姐生金猪了？"

"哪里的话？"

李利问："那你为啥请我？"

朝哥说："想了。"

李利说："又看猪搭圈了。"

猪搭圈是朝哥这个私有企业常有的事。那么多母猪公猪约克、长白夏洛菜，发情配种时总要人在场照顾。配种过程，人们俗称猪搭圈。

朝哥本来有份工作，就那几张大票子，远不够他和李利消费，就在距城市不远的镇子承包了个猪场，就有了两份收入。

朝哥和李利的恋爱不紧不慢有八年了。在一起什么话都说，却从来不动真格的。不是朝哥不想，是李利不让。这个年龄岁月，看着公猪肆无忌惮毫无虚伪和掩饰，他就十分难耐，难耐了就约李利。李利就是不让，只能让过过嘴瘾。朝哥有多少次下决心和她吹灯了事，又一想包猪场不就是为了坚持这八年吗。再说李利娇滴滴的"朝哥"就把他的念头给打消了。他看她也十分渴望，用她的话说，缺乏勇气。他问她什么时候才有勇气，她就说快了。这一快，抗日战争结束了，两人还没能完整地结合。婚期无望。

实际上，两人背着对方都有过性生活史。李利在和别人干那种事的时候并不是太渴望，也就不需要太多的勇气。这年月守处女膜的是傻瓜。只要出钱随时能修。在李利接触过的男人中，还没有一个让她觉得比朝哥更重要。所以她不想和他把什么都干了，使自己一下子失去神秘和新鲜感。

李利在那头说："鬼才知道你想谁了呢？"

朝哥说："我的心里只有你。"

李利说："你甭给我灌迷魂汤了，猪一搭圈你那羊羔子就蹦蹦跳跳……"

在平日里两人在一块，朝哥说小羊羔想进圈哩。李利就摸，羊羔就不蹦了。

最后说了个地方，两个人约好了见面时间，就挂了电话。

朝哥和李利是电大同学，起初的电大很不正规。上课没几天就一对一对谈开了。毕业不久，他们都抱上了孩子，有的甚至结过三次婚了。只有他俩有一搭没一搭谈得这么耐心。

他们平躺在郊外的沙滩上。朝哥望着蓝天白云不止一次问李利："什么时候嫁给我？"李利扔出一块石头说："说不上来。"朝哥又问："到底爱不爱我？"李利又扔一颗石子说："爱你没商量，嫁给你还是不嫁给你，说不上来。"朝哥说："你拖了这么长时间，拖到啥时候为止？"李利说："别问了。"说着就哭起来。

朝哥身上一股味儿，李利辨不清是母猪味儿还是公猪味儿，臊臊的夹着暗暗的汗香。朝哥不再逼问，让她伏在他身上哭。他觉得和李利的恋爱是举世奇闻。

他每见公猪淋漓尽致的样子，就用棍子莫名其妙一顿毒打。那混血种公猪张着大嘴獠牙，瞪着灰黄混浊的眼睛，不解地呆瞅着他。他下了决心和李利结束这折磨人的马拉松式的恋爱，就决定忘掉她，要忘掉李利的唯一办法就是有人代替李利的角色。瞅上了，而且搞得很融洽，快要到要求羊羔进圈的时候了，李利又突然冒出来，直接到猪场，也不嫌朝哥脏，当着猪们的面，又抱又亲，又摸小羊羔。

朝哥很无奈，他在李利面前永远唯命是从。不管李利多么荒谬，他也没有反抗的勇气。朝哥想如果李利叫自己去干杀人的勾当，自己会不会去呢？他出了一身冷汗，再不敢往下想了。

总之，这世界上再没有第二个女人在他心中产生这么大的诱惑。

李利很少到镇子来，她说不习惯镇子的卫生。约了朝哥见面，也不解释许久不见面的原因。朝哥往日一见面先愣一阵，看她心绪好了才敢去碰她，并把双手塞到她双乳房上。这次见了，她和平时一样等待着，朝哥上去却拍了一拍她的肩膀，就自己坐下去。李利没有得到温存，反倒被拍了肩膀，十分恼火。她犯拍肩膀的忌。

自上班第一天，领导把她叫到办公室谈话被拍肩膀，她没有反抗，上班才第一天，她能反抗吗？姑娘家叫人拍肩膀，说是骚扰算文明，不文明了简直是强奸，又不好反抗。这么多年，换了几任领导，谁也没少拍她的肩膀。她的逻辑，成功女性的命运是从被拍肩膀开始的。她从不考虑什么成功，只叹自己是被人拍肩膀的命。

朝哥再解释李利还是不依。李利说，女人生的身子就是给男人的，不就是想摸摸看看，再就是上床，干吗要拍肩膀。这是给坏女人的一个信号，给不坏的女人的一个试探。朝哥很后悔，拿他和她的关系，实在不该拍。他就去吻她，她无动于衷，吻到耳根她才闭上眼睛。两个人体内同时开始躁动，一种欲望苏醒了。和平时一样，往往到这时李利就说："够了，咱都坐起来说。"朝哥只好把那种欲望掐死。李利以审问的口气道："背着我谈了几人？"朝哥胆怯地说："谈了一个。"

李利没有生气，反倒很感兴趣似的问："是不，咋样？"

朝哥回答："不咋样。"

李利说："啥叫不咋样？是我比不上她，还是她比不上我。"

朝哥说："我说不上来。"

李利说："你们动真格的要结婚？"

朝哥回答："嗯。"

李利吼着："你们上床了？"

朝哥红着脸点了点头。李利不依了。李利哭了，说："好哇，你个没良心的周海朝，我无时无刻不在想着你，你竟和别的女人搞破鞋。"

朝哥说："不是搞破鞋，我们是郑重其事一本正经真心实意。"

李利说："公猪搭圈是真心实意的。那女人莫不知道咱俩的关系，咱俩有八年的基础，咱俩谁的那东西是啥颜色啥形状谁都知道谁的……"李利觉得她白爱朝哥了，太委屈了，哭得更厉害。

朝哥看她伤心的样，就觉得对不起她。把俩女人一比较，他试不出分量。一个圈门大开，一个圈门紧闭，谁对？谁不对？回想漫长的八年，他有几分歉疚地把手伸向她的手，几次都被她打了回来。朝哥没敢再碰她。这时正哭着的李利说："甭缩手，抱抱我，你这良心叫猪吃了的东西。"朝哥只好去抱李利。

像小母猫似的在朝哥怀里的李利说："从现在开始，你必须和那女人分手，不要辜负了我的真爱，做一只迷途知返的羔羊。"边说着一只手就伸向朝哥的裤裆。"羊圈门口随时为你开着。"朝哥木讷着说："听见了。"

接下来的一段时间，朝哥和李利又重新好起来，几乎天天见面。搂搂抱抱摸摸，没完没了地亲吻。朝哥耐不住了，羊羔要进圈了，李利突然说了一句："办公室不方便。"就为这一句，他十分费解和疑惑。朝哥像被喷了灭害灵的蚊子，欲望的翅膀飞不动了。

朝哥系好裤子，说："咱俩到底能成不能成？"

李利说："这就是对你背着我和别的女人胡搞的惩罚。"朝哥问："多久？"

李利说："一年！"

朝哥说："一年就一年。"

李利骗了朝哥。

在没见面的日子，李利谈过三个男人，做对比都不如朝哥好。其中有两个已把羊羔赶到圈里了，她快乐地呻吟、扭动。完了，都不如朝哥那把羊羔赶在圈门口急急转踏实、可靠。另一个就是她的领导，唯一未拍肩膀的领导。她对这领导尊敬爱慕极了。有多少次只有她和领导俩，她既害怕拍肩膀又期待着拍肩膀。终有一天她和领导上了床。不以拍肩膀为诱饵和陷阱，她情愿。

当然，这些她不会告诉朝哥，朝哥也不去问。

朝哥的三十岁生日那天，照例把李利约出来。

从这年春天起，烧烤代替了大街小巷的麻辣烫。年轻人吃烧烤已成为时尚。几乎每个烟雾氤氲、焦煳味刺鼻的烧烤摊都围满了人。一些女孩子吃烧烤怕碰了口红，龇牙咧嘴地吃，吃相很不雅观。

朝哥和李利走了几个摊位，都嫌人多要等候。有一个摊位有空座，摊主却是烧成残疾的手，李利没胃口。

"算了，咱不吃了先看场电影吧。"李利这么一决定，朝哥没法更改。在水果摊称了几个梅子，直奔全城唯一的一家有情侣雅座的电影院。

午场电影，大多位子空着。嬉笑声、娇嗔声和男女相拥的呻吟声，从暗红色丝绒双人座中传出来，谁也不去理会银幕上的情节。这场所不带情侣没人来，来了就没人看电影。

李利坐在朝哥怀里，搂着朝哥脖子，朝哥就正好吻上去李利的脖根。李利取出梅子拿在手上，借着银幕的光亮端详比画，递到朝哥眼前说："你看这是啥?"

朝哥说："梅子。"

李利说："像啥?"

朝哥说："说不上来。"

李利说："像你那个。"

朝哥有些不解，李利的手就塞下去摸，朝哥"嘿嘿"一笑说，像。一场电影，李利的手一直捂着那地方。

从电影院出来，太阳已经快落了。

李利说："下面的内容是啥?"

朝哥说："吃饭。"

李利说："又是吃饭?"

朝哥说："您忘了，今是我的生日。"

李利朝自己脑门拍了一下，"嗷"地叫了声。

朝哥一开始，对今日的约会感到甜滋滋的。可李利依然记不起今天是他的生日，就感到悲哀、苦涩。每年这个日子都是他约她，一是恋人相聚可排遣一下，二是用生日来显示他的年龄不小了，该结婚了。李利每年每次都是"嗷"地一叫就忘了。朝哥却把李利的生日记得很准，五月十二日。就像他把那么多的母猪公猪，能记住几号栏哪一日发情、哪一日配种、哪一日生崽一样牢记在心。李利竟记不住他的生日，他感到沮丧。

李利看了看朝哥，显得很不好意思地说："真对不起，多咱能不忘你的生日。"

朝哥说："没关系的，习惯了。"

李利说："送你一个吻。"就吻起来，朝哥条件反射地激动起来。

吃完饭，朝哥提议到有猪场的镇子去，乡下凉快些。李利说："行。"

于是伸手拦了辆"奥拓"。没有多久就出了城。西边太阳刚落下去的地方，一片姹紫嫣红，无际云海喷洒着夕阳余晖，高远、深邃而壮观。

没到镇子，李利提出下车。朝哥付了费，便牵着李利的手，徜徉在宽畅的河堤上。一排排高大的柳树上已归巢的各种雀儿鸟儿，叽叽喳喳，互诉分别一天的思念，互道平安。

朝哥把李利抱起来走，累了，李利又背上朝哥走。河水很清纯，一轮皓月上来，河水中撒满了碎银子。一阵水草鱼腥味在哗哗水声中飘溢过来。李利兴奋至极，撩起裙子，蹚到水里。雪白的腿肌和粉红色的裤衩，幽幽夜色中撩拨着朝哥。

朝哥李利二人觉得水凉了，才重新上到河堤，蛐蛐青蛙鸣叫，交汇成令人需要爱情的夜曲。

朝哥在猪场，办公室和宿舍同在一间屋。有一间猪舍亮着灯。猪们从来不管夜色多么美好，这时已完全进入梦乡。忙得热火朝天的是那些鼠男鼠女。

朝哥点上蚊香，支好蚊帐，又抱着李利亲热一番，要不是刚才谈妥了，他今晚真想把羊羔赶进圈里。因为李利对着月亮跪在水中发誓，今生只爱他一个人。至于结婚那是不成问题的事。

他实在想说，成就结婚，不结就吹灯。没等"吹灯"二字出口，李利湿润温暖、发散着暗香的嘴唇就捂了上来，甜甜薄薄的柔舌堵住了他的话，渐渐地，他心里郁结的一坨冰似的东西融化了，成了热乎乎的水，流遍全身。

朝哥像哄孩子哄李利睡下，带上门去三号栏帮工人接产小猪。

朝哥在猪圈里度过了他的三十岁生日。

自那天夜里之后，朝哥单位上要出差许多日，朝哥回来后，又押了两车肥猪下广东。一直没见李利，不知是由于忙，还是因少见面隔生了，朝哥已失去了那一日不见如隔三秋的心情，他现在一想起李利就莫名地紧张，不见反而感到轻松。

这一天，朝哥突然接到李利电话，她在电话里用一种掩饰不住的得意口气对朝哥说："我结婚了。"

朝哥说："是吗，敢问你先生贵庚几何？何方人氏？在哪里高就？"好像她结婚是他预料中的事，一点儿也不惊讶。

李利说："这下子你高兴了吧？"

朝哥："我的心都碎了。"

李利说："心碎是兴奋过度。"

朝哥说："我想玩命。"

李利说："这回你解脱了，你现在一定特轻松特高兴，何必装大葱？"

朝哥说："照你说，这么多年我俩是你游戏。"

李利说："未必不是。"

朝哥说："跪在水中对着月亮发誓的是哪个小狗。"

李利说："水中凉爽。"

朝哥说："我当真。"

李利说："你觉得是滑稽还是浪漫?"

朝哥以哈哈大笑作答,两个人同时在电话中大笑起来。

李利的这个消息很快被朝哥证实,朝哥感到痛苦和失落的同时,更多的是轻松。虽然这么感觉,鼻子一酸,竟有两行泪水莫名其妙地流淌了下来。朝哥踽踽地回到本来属于他俩的家里,把一应家具物什全部砸光。在小镇河堤上,确切地说,就在李利跪在水中对月亮发誓的河堤上,醉了三天三夜。扔在河滩上的空酒瓶有半筐。

朝哥醒来的时候,头还在疼。双目特涩,困巴巴地将转包猪场的告示写好贴了出去。

很快,朝哥结了婚。就是朝哥中途终止了来往的那个姑娘,也是有职业的,长相比李利差点儿,脸上一对醉人的酒窝李利却没有。她不计较朝哥有过朋友李利。新置了家具,两人过得非常幸福。很快,妻子的肚子鼓了起来。一个鲜活的生命将要来到世界。

朝哥时常一个人在笑。和李利的恋爱,确实苦苦甜甜都有。他准备把一生全部献给他对李利的爱。不论是上班也罢,承包猪场也罢,一种力量无时不在支配着他。苦累、忍耐都不在话下。日记里也罢,梦里也罢,都是刻骨铭心的真爱,原来是自己在拿金子换废铁。

妻子比朝哥小六岁,小得像温驯的小猫。

她偎在朝哥怀里说："爱我还是爱李利?"

"爱你。"

"假话。"

"真的。"

妻子就乐得真往怀里拱。越是这样，朝哥越觉得过去是场噩梦。

小日子小家庭过得正滋润的时候，李利来了电话，说有话要当面说。

朝哥说："我很忙，就在电话中说吧。"

李利说："再忙你也该来一趟，难道说，我在你心中就没一点儿位置？如果不来我就去你家，去你单位。"

朝哥知道她说到就能做到，只得对电话那头说："我去，你得告诉你们家的地址。"

李利说："我没有家。"

朝哥说："总得去个地方。"

李利说："就去镇子的河堤。"

朝哥的头"嗡"的一声，像谁给了一棍。心想李利到今天了还猫逗老鼠一样折磨他，简直是邪门儿到北了。

朝哥还是去了。

李利又黑又瘦，一身素装，才一年多时光，人一下子老了许多。朝哥心里酸酸的。

二人坐定，朝哥直奔主题。

"你找我来到底有什么事。先告诉你，我很幸福，不想离婚。"

李利说："严重了。这么久不见面，见了面也不问问我过得怎么样？"

朝哥说："你过得怎么样？"

李利说："不好。"

朝哥说："咋不好？"

李利说："因为生活中没有了你。"

李利显得很生气："你过去爱我是假的。"

朝哥说："快说正事。"

李利说："你不是想把羊羔赶进圈吗?"

朝哥说："那是过去。"

李利说："现在还想吗?"

朝哥说："不了。"

李利说："为啥?"

朝哥说："我已为人夫，就要为人父了，你也已为人妇，也要为人母，做事要上对苍天下对地呢!"

李利说："过不到一块儿去了。"

朝哥说："大了? 小了? 长了? 短了? 羊羔不合圈。"

李利"哇"的一声哭出了声，泪水就流下来，唏嘘一阵，翕动一下又说："离婚了。"

朝哥说："咋能呢?"

李利说："犯王法，判刑了，十年。"

朝哥说："咋能呢?"

李利说："我告的。"

朝哥说："咋能呢?"

李利说："是他把咱俩给毁了。"

朝哥说："咋能呢?"

李利就哭诉着她的委屈。

她嫁的人就是没有拍她肩膀的领导。那当儿，她觉得还行。他把房子和家产给了前妻和孩子就和她过了起来。没有羊羔不合圈的事。大把大把票子有人送来，过年过节把多少好东西倒进垃圾箱，一场感冒好了，收的东西能拉两平板车。所有这些李利压根儿没想告。

不知从哪次开始，他不论迟早想那个了，就把李利肩膀一拍。初犯李利原谅了。原谅归原谅，李利的脸色十分苍白，充满不尽的屈辱。一个漂亮女人被强奸后大概就这样。

李利说："我不宜给人做妻子，也根本没想叫你离婚。只是想叫你知道，我今生只爱你一个人。"

朝哥说："又在骗我。"

李利说："我敢发誓。"

朝哥见李利又要做跪状，忙阻拦说："别，别发誓，我信。"

这时有一群黑老鸦从空中飞过，似乎在评判着河堤上的朝哥和李利，"瞎话瞎话"地叫着向远处飞去。

村　子

石村，石姓人占大多半。

感激祖先给村子起名起得好，要是叫张村王村，石姓人就姓不成石了。这话有些谬。这谬话是村会计兼文书石柏树和前任村长石碾子在一块吃苞谷花时说的。

石碾子辈分儿高，石柏树叫他碾子爷。

"碾子爷哎，春打六九头，河边看绿柳，你猫在家里急不急？"

"滚你柏树的蛋，急不急关你屁事。"

"碾子爷哎，你当村长那阵子你不也就这么说，一笔写不出两个石。不关我屁事。我婆急哩，不是枕头下压刀子，就是炕边靠棍子，你和谁较啥劲儿？"

"你婆急是她没拘谨。咱爷孙俩把话说明白。我下台是被人鸡毛蒜皮掀的。村桥修起了，有人就要进局子。等谁在桥头像前个落成典礼一样灯笼火把，呜呼连天用法绳捆了，再叫石村人看谁是金子谁是铁。"

石柏树"噢"了一声，说："碾子爷哎，我替我婆劝你哩，怕把你窝出病来。退耕还林都把树窝子养了，就你没动弹，你真要较这劲儿，我这当孙子的可没办法。过了明日就不等了，就要报册子了。"

石柏树"嘎嘣"又嚼着苞谷花。

碾子爷气不打一处来，把盛着苞谷花的篮子掀翻，吼道："你石柏树也把我不当人看。"

石柏树看着碾子爷由于愤怒而涨红的脸和脖子暴起蚯蚓般的青筋，心里有几分歉疚，是他惹碾子爷生气了。他的喉结一动，咽下嚼碎了的苞谷花，走也不是恼也不是，便弯下腰捡着撒在地上的苞谷花，捡一颗，"噗"吹一下放进嘴里，并不急着嚼碎，捡起第二颗"噗"地又吹一下放进嘴里。

碾子爷愣眼看石柏树冷静地捡苞谷吃，他语塞了。

当村长那阵子，管是姓石还是姓木，只要多占了庄基之类犯规矩以及邻里冲突，他脸一黑，破嗓子一吼，多少棘手事在他的吼叫中都得到解决。每遇这时，石柏树总是打圆场说，看把碾子爷气成啥了，村长爷是声高心眼儿好，那时石柏树耍乖觉给他台阶。眼下自己没职没权，石柏树还这样，使得他从心里怵。

石柏树大约给嘴里填了好几颗苞谷，嘴该是满了，直起腰脆响脆响狠嚼着苞谷，冲着碾子爷淡淡地说："最后只等三天我就报册子。"说毕一转身走出门。屋里给碾子爷留下嚼过苞谷花的香气。

石村桥一落成，泥峪川河两岸的石村人欢乐了不少日子。而且这种欢乐还在继续。不再夏天怕洪水，冬天怕水冷，有事没事，国道的桥头成了乡邻聚会的地方，谁家媳妇过门三年了肚子还是蔫蔫的，谁家种黄芪赔了、丹参挣了等消息得到证实、传播。

碾子爷不整树窝子，就是不愿意退耕，册子就要报上去了，没有石碾子的名字，谁也把不准碾子爷跳的啥脉。

石柏树会计兼文书这个角儿很准。村支书兼村长的石磊比他小几岁，叫他哥。常言说得好，好不好大让小。在他俩之间不是大让小，而是领导和被领导。

"磊磊哎，碾子爷馍馍不熟气不匀哩。桥头恁多的人伙中，他说的那些话叫外姓人听了，都不舒服。"

"柏树哥哎，你甭说了，碾子爷咋捏造、咋搬弄、咋煽动我都知道。"

石柏树说："知道了就该让让，去说说坐坐，哪怕整一个窝子我就报上去，这样别扭下去有啥没啥对你不好。"

石磊吼道："桥没架起都盼着，架起了都窝着。"他把声音降下来又说，"碾子爷气不匀是信不过人，只有最后他自己打自己嘴巴。馍熟气匀的时候也叫村邻们知道知道。"

石柏树脑子活泛，听着听着就悟了道道儿。石村长如是这般地又吩咐了石柏树一番。

泥峪川河也是从秦岭逶迤而来的，贯穿一条大川，水很清冽，每年农历三月三那天河里就泛出许多鱼，不知是哪一潭水通海眼，都说是海鱼。这条河在石村与丹江河交汇。交汇后的水变得混浊，是丹江河垴一个什么矿造的孽。泥峪川河的桃花鱼在混水里中就不再清醒和精神，显得迷迷糊糊自己翻白漂儿。

初春的河道风是凉的。孩子们在河畔捞漂白儿的桃花鱼，大人们则在桥上扎堆儿。

堆儿里碾子爷刚走，石柏树就来了。

其实柏树在堆儿外有些时候，扶着桥栏看孩子们捞鱼，谁也没注意他，而他的耳朵早就支棱着。

碾子爷这几天老是在堆儿里，烟卷儿抢得欢实。当干部那阵子，嘿，他能给谁一支烟那就高看谁了。

村邻们没事儿才在这儿扎堆儿，扎堆儿就有烟抽，有人供烟堆儿就扎得紧。

"碾子爷说，架桥的账目不明哩，几十万，仓子大少不了洞。"

"碾子爷说，只要查账就有人要坐黑庭子。"

"不会吧！"堆儿有人说。

"石村长他没那胆。"堆儿里有人把话挑明了。"啥胆不胆，你知道屎从哪达硬哩。"碾子爷冲着说话人。

"看戏的是瞎子，演啥是啥，你是当干部过来的自然知道沟沟道道。"堆儿里有人在将他的军。

"狗尔的揭短哩，我哪阵子就是把仓子扫了也扫不出几升子米。"

"扫不出米总是有道道的。"堆儿里有人反讥。

"碾子爷，你成头叫政府来人查桥账。"

"戏子看戏能看出毛病。"堆儿里有人戏谑碾子爷。

碾子爷不计较这话中带刺，他在任时村邻谁敢说个不字。人情如纸张张薄，世事如棋局局新。

"碾子爷成头吧，叫政府来查桥账。"堆儿里有人撺掇。

他头像拨浪鼓似的摇着退出堆儿。

石柏树进了堆儿，有人递烟问："柏树哥，碾子爷不退耕册子咋报哩？"

石柏树深吸一口烟鼓着腮在嘴里，一囵囵把烟吐出来，慢条斯理地说："碾子爷不退耕吃大亏了。"

"啥大亏不大亏，不就是按估产补贴。唏。"有人接过话茬儿。石柏树继续说："村上准备按册子供树苗，政策在外按亩数包三年常产，不退耕的村上把坡塬地调整出去……"

石柏树的话很快被传到了碾子爷耳朵。"这是和我石碾子过不去。"他听这话后愤慨不已。这时已是黄昏。

桥头是没堆儿的。他今夜这个觉肯定睡不安生。

石村的黄昏是冷清的。冬的寒意还在萦绕，从泥峪川刮出来的山风带着煮夜饭烧落叶枯蒿的烟熏气。而石村上空的雾岚中则是黄陵煤的煤烟味儿。国道边人家和远离国道的人家有点儿不一样。

石村长被石民家的叫去了。过去的日子他也多是傍晚过河，摸黑又回来，桥架了，能并排走两辆汽车，黑灯瞎火如履平地。一条河把村割成两半儿，一座桥又连起来，猫呀狗呀也从桥上蹿来蹿去。石民家的在黑影处深情地瞟着村长，便规规矩矩倒茶看座，更没敢嗲声嗲气。

刚一落座，石民就开口了："你个磊哥，碾子爷硬是咱哥儿们给告下台的，细想起来都是些鸡毛蒜皮的事。"

石民呷了口茶："唉，碾子爷今回是瞌睡遇上枕头了。"

"不就是对桥账不放心吗。"他淡淡地回答石民。

架桥那阵子，石民从城里回来，用他的话说，门口有钱挣一落一，在外挣钱挣十落三。石民屋里的给他说了话，石民就包了沙石料。

"再甭惹碾子爷。"石民说。

"惹了咋了?"

"他找茬子!"

"不就是查账?"石村长的平静令石民十分不解。当干部吃点儿喝点儿都想得开，桥账查出三桃俩枣，碾子爷再上了台能有自己的好果子?

"石柏树说的对退耕户那些好处是你定的?"

"你不是退了吗?"他问。

"我是退了，可明眼人都能看出你故意逗碾子爷的毛，和他较劲儿。"石民说。

"不逗这毛不较劲儿，谁告我？没人告就没人查账，没人查账就没人相信桥账没问题……"他和石民叙了许多话，直到石民屋里人煮好晚饭吃了才走。两口子送他到河边，石民一再说用着了捎个话。他把手重重地按在石民肩头算是回答。

石民屋里人仰头看着夜空，几分怅然地打着农村老妪病态的饱嗝。

同是在黄昏的时候，石碾子和现任村长石磊一样没在家。不同的是没人找他石碾子去，而是他憋着气坐不住。

他刚走出院门，经风一吹才意识到太鲁莽了。到底是石磊和自己过不去还是自己和石磊过不去？掀下坡碌碡有石磊，石磊得手了。把石磊告下台，自己图啥哩？首先，再上台是不可能了，再则告不倒，日后有自己的好果子吃。他想退回屋里去，却发觉已经走出很远，已到刘广才家门口。

刘广才正要出门，便停住了脚步。"老村长老支书到门口了，可上屋里去？"

石碾子道："这不是往你屋里走吗。"

刘广才道："两个树上结一个杏，稀罕。"说毕笑吟吟地把石碾子让进院门径直到上屋坐定，刘广才对着里间喊道："声关小。"立马电视声小了。

刘广才是石村唯一能和开饭店的刘社民脑瓜相比的人。他在冬天贩天麻蚀了本，眼下还没瞅到什么可干的事。

人闲生余事。从桥头扎堆儿人口中得知，小石村长和老石村长较劲儿，心里煞是高兴，谁输谁赢都是石姓人的事。思谋半天，该出去走动走动，好使自己在这没事儿的日子热闹热闹。临出门前还没个准先去谁家，正好遇上了老村长。他是个有心计的人，知道石碾子为啥而来，却不露自己的牙齿。

"老村长这一向心宽体胖了。"刘广才绕弯弯说话。

"广才啊，我来听听你这能人的口风。"

"啥口风，是不是你又要上了？"刘广才语毕，一双生意人的鼠眼狡黠地瞅着。

"狗戴着嚼子胡勒（来），我是想问问桥账的事。"

刘广才像牙疼似的只是"噢噢"两声，并不急于回答。两人沉默着。

到底是石碾子没撑住先说开了。

刘广才听罢，鼠眼滴溜一转道："告不得的。我不敢说桥账有多大问题。你下台那阵子石磊蹦跳得欢实。你现在一告，不是明摆着私仇公报？"乍听他是劝架，细想则是给人递棍子。

"你签名不？"石碾子把话引入实质。

"嘿，容易。"刘广才回答得干脆。可石碾子憎恶刘广才，知道他是一条泥鳅，又一想毕竟不是石姓，应属于基本力量，便接受了刘广才的建议，去饭馆听听刘社民的意见。

石磊过了桥去找石柏树。

石碾子被刘广才厮跟着去刘社民饭馆。

村后塽塝下两间低矮瓦屋里显得稍微有些热闹。这里挤着老妪老翁和几个不愿看电视的孩子，是五保户马三爷不行了。马三爷一生未娶，人硬朗到北了，还是要走。前多日还对人说他才九十六，小着哩。啧啧。一昏迷就喊："嘿，哪天。"谁也不明白是啥意思。也许马三爷的生命之光已黯然失色了，弥留之际盼见天日。

石柏树一进门就把鞋脱下来，"梆梆梆"磕土。他知道村长会来的。

刘社民饭馆有人聚着喝酒，说是账给碾子爷记。碾子爷则骂道："狗尔的胡勒勒，酒账打死我也不开。"

"今日不开明日开。不为告石磊叫喝也不喝。"

"磊哥听见砸死你。"

"砸谁？告碾子爷那阵子咱还不是吃了喝了。"

"那是石民挣钱了才吃才喝。"

"反正酒没断。"

屋里人不少，吵吵嚷嚷。石柏树没有进去，他知道自己进去不是场合，他们早就把他和村长划到一个括号里了，便折身踏着暮色回家。按他这角儿，按情分应到后塬堎下看要走的马三爷，而老村主任和小村长这场不触即发的战争比马三爷要走更大。谁叫自己是石柏树呢，不是石柏树也就罢了。

说实在的，石柏树给几任村长支书当小脚儿，鞍前马后，写材料报册子大腿小腿都跑。像庄基整顿拉皮尺掐头去尾、税改试点、谁家婚丧嫁娶伢儿生病，没有他石柏树不到场不操心的。料定石村长会来找他，就怕人拦着到刘社民饭馆或去看马三爷，于是没敢走村道，而是蹚麦地，初降的夜幕下谁也不会留神是他。麦地很松软，脚踩下去就泛起一股泥土和麦苗儿气息。

石磊村长果然来了。

石柏树见村长和往常一样坦然无事，自责没有大将风度，碾子爷他们都剑拔弩张了。

"哎，柏树，明日你把村上给退耕户的补贴兑现了。"

石柏树说："黄泥台的鱼鳞坑是牛蹄窝子，九面坡的条田只能栽葱，这么急急兑现谁还重整？"

石村长皱着眉头子，猛吸一口烟道："能吹圆就能打瘪，就不信三个石头一摞撑不住一个碌碡。"这是石村长和碾子爷较上劲儿以来的口头禅，形象生动。

石柏树说："就那点儿家底，见折腾就没了。弄不好又惹你一身骚。"身为会计他知道村上家底，要不是碾子爷当家时把林场卖了，到眼下早就被人偷伐光。碾子爷得了一点儿好处给村上办成一件大好事。吃的那点好处成了碾子爷下台的罪状。石柏树对那点儿家底心疼哩。

石村长说："关于这档子事已给乡上汇报，乡上很高兴，村上补贴促进退耕是要受表扬的。几个支委村委都同意。再说桥账一日不给村民个明白，日后我还搞不搞工作？碾子爷要告是好事。也算是一级政权，没有一面镜子老明晃晃照着就不知道自己……"

石柏树赞同镜子一说，这镜子就是碾子爷。按往常村长不给会计说多余话的。一朝天子一朝臣，换石柏树的角儿比换双袜子容易。至于架桥是石村人几代的期盼。石姓人还没掌石村权力的时候，村上的民国遗老们手拄拐杖，合着罗盘在河边指指点点，谈风水道阴阳。当时已着手准备钢索和板子。石姓人老坟上的参天古柏就是那时伐的。红光油亮散发出柏木香的柏木板因架桥不成，也没了踪影。为此，石姓人很痛心。外姓人因不能为架桥贡出祖坟古柏而歉疚，趁着机会把当时的支书推举给石姓人。

石姓人掌了权却败了耕读为本的门风。

桥在石磊手里终于架起，竟是五墩四孔双车道钢混预制桥。桥还没剪彩，碾子爷的儿子考大学走了，送大学生走的那天石磊自然是要去的。不知谁在席间冒出一句："石姓风水是桥给的，才出了大学生。"人们似乎想起了什么，年龄大的议论起祖坟古柏和祖上曾中过"榜眼""探花"。年轻的则说："不是磊哥，风水屎去。"

没人时石磊就想，石姓人确实该发达发达，可偏偏石姓人又没有上进心。

夜静了。马三爷昏迷中"嘿，哪天"的声音从后塬塄塄飘过来，凄厉而寒碜。十五瓦的灯泡光很暗，屋里散发着潮湿的霉味。土炕上的马三爷蜷缩着身子，不住地哼唧呻吟，地上或站或坐还是有不少乡邻。屋子本不很大，瓮瓮罐罐占了许多地方，就更显挤狭。刚有人给烧过煎水，敞着锅里冒着热气，锅台脏兮兮的。没儿女的人最终还是可怜。炕头一只深红色桐木箱子，算是最显眼最像样的家当了。箱子嵌着古老的一脚蹬铜锁，显得有几分令人期待知道内容的神秘。马三爷睡倒之后，看望的乡邻中有人就问马三爷铜锁的钥匙。

石磊和石柏树到来后，屋里亮了许多。村长指使人换上了大泡子。

村长俯下身子喊："三爷，我是磊娃子。"炕上的身躯只动了一下。

"三爷，是村长来看你了。"有人摇醒马三爷，他睁开已完全没有光泽的眼睛，眼皮像灌着铅一样沉重，使他抬起来又放下。石磊望着这孤寡老人不由得心里酸楚。记得去冬老人在场院晒太阳，脱去棉袄，用镰刀在胳膊和膀子上刮，刮得银屑飞舞。几个顽童用一拃长的皂角刺在脊背松弛的肌皮上扎了一排排，他也不知疼，只是叫孩子们给挠。活到这状态，生命实在失去了意义。

马三爷有一丝游气，从被子里十分吃力地取出一只手，手上是一把磨得锃亮的铜钥匙，有气无力地说待他过去了再开箱子。又用那只枯瘦油黑，像鹰爪的手在空中无端地挥舞着，乡邻们明白马三爷要给村长单独说话。

屋里只留石村长了。退到了门外的乡邻们只听见叽叽哝哝无法明白的呓语。

　　许久，马三爷又昏迷过去。石村长对石柏树说："看给马三爷做饭轮到谁了，前后三家一同守马三爷，炕跟前不能离人。"又将那把钥匙在人面前一晃道，"这钥匙就先放着，柏树写个封条先把箱子封了。"

　　石村长安排过就走了出去。

　　一颗流星划过天际。石村明天肯定还有很多故事。比如要埋马三爷、政府要来人查桥账、退耕……

瓜滚在园里

"……噢……我知道不容易，可村上的断头路就指望你这些瓜说事哩，政府要来调研，你不是我哥，你是我爷，求爷爷再等几天出园……"

村长这是第一百次电话给他了。

村长是从县城给他打的，而他就在瓜棚里。

瓜棚又叫作庵子，是金凤山一带庄稼人看秋的窝棚，木椽架子棚上茅草，外边四周刨些水沟，就算成了，纳凉歇脚夜里看贼。有这个庵子，秋田苞米和红薯就能放心地疯长。"噼哧"一声，绵绵的苞米裂开身，籽儿从苞衣中露出来，把脸笑成金子似的。别看是茅草庵，白日遮荫，夜里隔寒，拿来钢丝床，放平了人躺上去，听田野蝉鸣，看蝴蝶飞舞，偶尔一只草蚂蚱图凉钻进来，"吱——吱——"，那份情趣要多惬意有多惬意。

此时的宫元没有那份心情。

他和村长是本家平辈，骂不成娘。挂了电话，跨出庵子，仰头太阳有些刺眼。他眯着眼，蹦起来恶狠狠地骂了一句。

骂是骂了，连那一群无聊知了也被惊吓得没了声。可他仍不解愤懑，提起脚下一窝香瓜，连瓜带蔓齐根儿拔断，气急败坏地扔到地坎下。地坎下是通沟沟壕，香瓜和它的蔓儿在空中纠缠、挣扎着，最终没有扛过瓜田主人愤怒的用力，在太阳的光芒中像一串灯笼相继追往沟壕。瓜被摔得粉碎，瓜汁四溅，瓜气又迅速弥漫到瓜田。

宫元很心疼，又后悔，一头倒在庵子里竟呜呜地哭了起来。

今年雨水少，宫元的这片香瓜田从长苗时，靠他一截儿一截儿刨出毛水渠，把蝎子沟那股山溪引到地里。地不亏人，今年遇上了好价钱，但必须是宫元把瓜送到大路边上。尽管村上的断头路有三四里连人力车也去不了，可山坳坳人或背或挑还是能送到断头路的那头。搭庵子过去住是防贼，现在贼不在庄稼地里瞅，嫌脚重。就剩下防野猪，野猪糟害人那才叫狠，金凤山一带的庄户人家差不多都领教过。

正在他喜上眉梢的时候，村长来找他，要他别急着卸瓜出园。

他说："瓜熟自落，人挡不住。"

村长说："瓜滚在园里。"

"那是大半年的血汗啊，你忍心吗？"宫元几乎在吼问村长。

宫常章面对宫元的吼问和不恭并没有急躁，或者动火。那会儿正是早晨，庄稼也罢、野草也罢，经一夜休息，挂着露珠十分精神。宫村的早饭炊烟在浓浓绿荫遮蔽的角角落落中升起，几分袅袅，几分缥缈。

宫村长用手指了指宫村或宫村上的炊烟，慢条斯理地说："断头路这回再不修，宫村的烟火会一年少出一年，有一天就断烟绝户了。"

宫元说："几十亩的瓜园能留住烟火？"

"能，能留住。"村长回答着宫元的同时，又似乎在自语着，"看今次还怎么说。"

宫元知道这是在骂谁，更知道为这断头路，村长到政府求人时只差叫爷。更要命的是宫村这条路能不能修好，事关宫村在县级地图上还能不能有名字的大事。

话还得从四年前说起。

那一年，宫村的通村路眼看就到头了，一夜之间机械撤走，连最后两斗子浆灰也被工人在地上堆成一疙瘩。宫常章去了县上才得知，政府在口镇建了几千套楼房没人住，才决定把宫村也纳入移民对象，过城里人的日子。宫村将不存在，修通村路何用？

宫村长觉得突然，宫村人却说是村长把宫村人给卖了。再后来只有不到十户去口镇住楼了，没一年又回村住。宫村人说，几百年不通路的宫村人没饿死，政府不能把宫村人一个一个背上楼，路就断着。镇上、县上把宫村低保给取消了，民政局救济减了，宫村人就是不去。后来省上某个领导视察口镇移民点，批评说是堵了河道。

政府忘了宫村的断头路。宫村长找政府，他说，村民害急症下不了山，瓜熟出不了园，猪养肥了变不成钱，政府就决定来宫村调研。

宫元这才记起春天村长为啥劝他种瓜哩，还说上边有补贴，原来他自己掏腰包，蓄谋已久啊。

手机响了，是瓜贩子打来的，叫他明天无论如何也要把瓜送去，差一天就要少价，差两天要退订单。宫元满口答应，因为按日期已推后三天了。

午后庵子有些闷热，加上瓜贩子的电话，他在庵子里的钢丝床上如卧针毡。昨夜三次起来，敲锣赶野猪，今天有些困了，打个盹也行，却没有一丝睡意。之所以起来三次打锣是宫元今年的香瓜从长势、结势，都太好了。一面坡两条沟，瓜香四溢，馋野虫哩。白眉狐也叫果子狸，只要有野果子它能攀上任何一个树梢，吃饱了睡一觉，不等天亮下树懒洋洋走回去。野猪上不了树，只要头一次找到食物地，先是一只或两只，它们会每天晚上都来，渐渐地可能引来一群，直到把一块地糟害完，连根带叶一丝渣儿也不留。"不怕贼偷，就怕贼惦记"，就说的野猪。宫元对屋里的说："快了，要不了几个晚夕，卸完瓜就好了。"

宫元卸一笼香瓜带在摩托上，他要回村逐家逐户请人明天帮他卸园子，再送到路上，少不了给人家留两三个瓜尝尝鲜。并言妥了帮工的工价。瓜尽饱吃，中午地头有屋里的送饭，豉豆包子绿豆汤。

盛夏的宫村，青藤绿树，山高水长，村畔渠边，潺潺泉水，哗哗山溪，村邻三五一伙倚荫戏水地乘着凉，接过了宫元的瓜，一番夸奖。当说到明天卸园子帮工时，却支支吾吾、阴阴阳阳不是要去口镇，就是红苕要翻蔓或苞米要薅拔藜子草。

突然，乡邻如狐一般，宫元觉得有些怪。

宫元把香瓜送完天已暗下来，急匆匆回家，屋里的叫桂桂。此时桂桂正忙着上屉蒸馍、揉碱。男人决定明天卸瓜出园，电话打回来有些迟，面和好，发酵占了时间。她一边揉着面，一边对男人说："趁空去看看二大大，他摔腿了拄着双拐，四娘娘闪了腰在炕上几天了，还听说兰婆犯了心脏病。"宫元有些莫名其妙："这几天村里尽是破事儿，撞着哪路小鬼了？"桂桂还说："反正有些怪，平日身子硬朗的只要村长去了他家，他就得有事。听说毛毛屋里的，活蹦乱跳的，一个后晌和村长说着话就有了颈椎。"宫元说："不是有了颈椎，是有了颈椎病。"

桂桂说："还不是和咱那些香瓜不能出园一样，坟头唱戏哄鬼哩。"

说话间桂桂已将一笼豉豆包子上了锅。宫元胡乱吃了东西就要走，他给桂桂说："野虫精哩，瞅着没人钻进瓜园可不得了，那可是一失足成千古恨。"桂桂又说："村长说考验宫村人的时候到了，不就是修个断头路噻，打仗似的兴师动众。"

宫元把屋里人的话囫囫囵囵地听着，推碗折身出门，融进青幕深沉夜色中。

"立秋十八天，寸草结籽。"这话说得好，在这段日子，宫村的田野一片丰收气象，更重要的是没有多少地里活，是犁耙高挂的一段时间。

村长为了那截断头路，给政府好说歹说。昨日进城又说村上有人病了，跌断了筋骨，路不通，看不了病。尤其是几百亩"白兔娃"香瓜出园下不了山，进不了城。谁也不知道政府咋答复，反正他是城里宫村来回地跑。没他闲着的半点时间。

黎明前，宫村还沉浸在睡梦里，夜莺还没归林，有一声没一声在村中唰啾，尖厉的猪嚎一声紧一声地划破夜空，在宫村回荡。按说庄户人家，像类似猪叫狗吠猫叫春是正常不过的事。可宫村长不行，他知道村头宫正家有六头猪，金苗苗家有十多头猪，都滚圆溜肥，半月前就该出栏卖杀房了。是他亲自上门给他俩都叮咛过，猪不能卖，当然，理由仍与断头路有关，说是非常时期，必须步调一致，认识统一。宫正指着猪说："我听村长话能行，猪听不听？它每天要吃要喝要长膘，超过斤两光长膘，膘厚了杀房不是拒收就是压价。"

村长瞅着猪，又瞅瞅宫正，找不出更有说服力的词，说一句："我不答话卖不成，除非你不走通村路。"他气呼呼地又去见金苗苗，还是那一句话。金苗苗说："该有个准日子哩。"村长说："准不了，要准你找政府去。"金苗苗知道村长唱的哪一出，故意道："我立马就问。"宫村长顿觉失口，忙不迭改口说："苗苗爷爷你饶了我吧，就这个断头路咱们落后几十年都不止。"宫村长看上去憔悴焦虑，竟有几分可怜。

确实有人建议过，集资早把路修了。宫村长把一只手竖起来，压倒一个指头说："一、从县城到宫村四十公里，人又不多，这'村村通'班车政府发不发。'村村通'每辆每趟政府有补贴。"他又压倒一个指头说，"二、遇上三年一小修五年一大修，路是宫村自己修的，补坑垫壕的宫村人自己掏钱吗？三、"他又压下一个指头，"谁修路，谁就把村前村后一公里内的路灯竖起来……"他把一个手的指头压完了，在场的村民异口同声地说："村长，你定夺。"

猪的嚎叫把宫村长从黏腻腻的梦中嚎叫起来。

宫村长和宫正、金苗苗吵吵着往宫元的瓜园而来。

这时太阳刚刚露脸，宫村的树梢上披上一层金光，家家户户门前的豆荚花、丝瓜花正迎着晨光绽放。

宫元早就做好准备，却不见帮工的影子，正准备回村时，村长领着两个养猪的，宫元一头雾水。他看看村长又看看宫正和金苗苗仨没一个好脸色。

宫村长指着瓜园说："你俩看这瓜早该出园了，就是元元哥从大局出发，等政府来调研。你说是不是？"他把头转向宫元，宫元只好点着头。

"瓜卖了，猪卖了，金科爷他们没病了，政府看屎去。"宫村长说着见他仨肉脸对肉脸，不由得心生悲悯。且不说宫元的香瓜烂了滚了，低价能卖。大热天，肥猪热死三五头是常事。牲口自己犯忌，会连窝儿接着死。有这一丝恻隐，他咬牙期许说："明天吧，政府说的。"

再说金科爷卧床有些日子，该进城看医生住院的，他劝大热天就别去了，村医暂时给挂了水。真的他要断丝了，碰上政府来调查，那真叫"瞌睡遇上枕头——多好"。"路不通，群众看病难就医难，一个老人硬是病死在床……"正这么想着，宫元屋里的电话给宫元说蒸了几笼馍，一大锅绿豆糁子，没人吃。他回答说："定的三轮车来了又走了，拉不了瓜往返费一分也没少哩。"

"都是村长在捣鬼，谁帮工扣谁的地膜补贴，啥屁东西……"宫元摁了一下手机，电话挂断，宫村长听得仔细，却什么也没发作，须臾勉强挂一丝苦笑。

离开瓜园前，宫元蹲下去，用右手中指十分内行地在瓜上"嘣嘣"地弹着，村长仨住了脚，也知道宫元要干啥。搭庵子不防贼，确实没人偷，谁馋了不论庵子有人没人，随手撸一个两个不是啥大事。加之这种叫"白兔娃"的香瓜自从花中露出时就是浑身通白，日渐长大简直就像卧了一地的小白兔。少几只兔子宫元是数不清的。既然村长领人来园子说话，他送几只瓜正常不过。

刚才还气咻咻怒不可遏的宫正和金苗苗接了瓜放在掌中双手只轻轻一合，"嗒"的一声，瓜汁喷涌，青黄色的黏液从指缝儿往下流，宫正和村长干脆把脸埋进去，一边吮吸一边"噗噜"，瓜园和香瓜把四个人都醉了。宫元从瓜汁喷涌四溢和开瓜的响声判断，如果两天不卸瓜，就可能赔大发了。那个村长却黏黏腻腻地说瓜还行些。犁弯朝下翘，扁担朝上翘，各是各的"窍"。当各自回家时被宫元一把扯住了，他说："吃了瓜就要走，没那么轻松。"村长他们突然愣了一下。宫元说："几笼包子，一大锅绿豆糁子，你都不吃，我敬神都没香炉，走，桂桂把桌子摆好了。"

村长如梦初醒才怨自己早该给宫元把事说明白，免得宫元屋里的张罗了一夜到明。他转脸向宫正和金苗苗道："咱们撑死也吃不完。"又看看宫元，宫元一脸的无奈。

稍顷，村长计上心来，推宫正和金苗苗一把道："你俩先去，给我盛碗糁子先凉着，我就来。"

宫元又一脸茫然，不明白这个宫常章宫村长又搞啥名堂，再出啥臭点子，他真要上吊了。一咬牙一左一右拽住两人手腕进了院子。

桂桂正泪巴巴在院子呆呆地站着，糁子绿豆汤、豉豆大包把院子渲染得热气蒸腾，碗筷干干净净地摆着。见来了人，桂桂抹了泪，装出几分笑脸，让过凳子，片刻一盘包子端了上来。宫正、金苗苗自刚才早就没了气愤，还没坐定，手刚伸向包子，那棵大槐树上的喇叭就响起来，是宫村长那带着几分嘶哑而又被村民既讨厌又权威的声音："凡被宫元请了帮工的村民，听到广播后，请立即去宫元家吃饭，这是任务。饭是绿豆糁子汤、豉豆大包子……"

宫村这个早晨，四山遍野里久久回荡着"包子、包子、包子……"的声音。

村文书石柏树在这几天成了导演的角色。

在政府下来之前，宫村的前期准备是关键。这是镇上安排的，要有形式，有内容，要将政府打动、感动。所有这些，宫村人认为很有必要。地里的瓜、圈里的猪、炕上的金科爷，村上旮旯里有拖着拐杖的二大大，双手捂着腰的四娘娘，手捂在心口的兰婆，梗着脖子，斜眼看毛毛屋里的。就石柏树说，政府肯定会被感动得死去活来，别说一条断头路才几公里，就是重修一条都对不起宫村人。

他给二大大说，折了腿的拐杖杵在地上，应该有坑儿的，即使没坑也能留下重重的痕迹，不能拖着拐杖走。闪了腰的四娘娘要回忆临到炕上时，怀娃婆是咋走路的，双手从后扶着腰嘛，还有……夹道欢迎不兴不许了，一桌工作餐应该有，不显侈奢，又能表示出宫村人好客热情，更重要的是从干部到群众对修路是如何如何望眼欲穿，梦寐以求，或嗷嗷待哺，还有……反正石柏树和宫村长俩坐在挂着大喇叭的古槐下说起来就没完没了。

生在宫村，长在宫村，多么无忧无虑，城里人乘凉散步，谈论最多的是菜又涨价了，宫村人随便一个地坎、地边，大小青菜豆荚儿、韭菜啥的，经从后山过来的那汩泉水濯洗，生吃都是脆儿甜。午后他们从宫村长口中得知政府明天一定要来了。过了明日，紧张了多日的他们就会闲下来，尤其是兰婆、四娘娘、毛毛屋里的。装模作样，装神弄鬼，真不是人干的活。甚至毛毛屋的这几天不错，梗脖子斜眼还真像哩，四娘娘倒喜滋滋的，她说真的要是一不小心携了崽，多美。

因而，宫村人一擦黑赶鸡入坲，赶羊入栏，看几眼电视，带着梦，进入只有属于宫村人自己那份凉爽惬意的梦乡。

宫村长和石柏树俩低声絮语了许久，竟陪着月亮枕在了西山墙。不知道哪一只不知趣的知了偶尔百无聊赖地鸣叫几声，就有几只萤火虫飞来围着他俩，亮着灯打量一番又飞走了。他俩议论的最后一个问题是宫元的瓜过了明天真的会烂在地里吗？

早晨他俩都在宫元家里"吃大户"时，有瓜客电话给宫元说，明天市场上没有外来的瓜，要是能送去，每斤加一块五。宫元摁了免提，在场人都听清了。

"村上赔不起的。"石柏树轻轻提醒村长。

"政府说来，一定会来，他们前脚走，后脚把人轰到园里卸瓜。"宫村长说。

"早晌来就好了，要是后晌来就……"

宫村长接过石柏树话茬儿说："就接线挂灯，连夜卸瓜。"

一阵凉飕飕的山风拂过，树梢儿一阵窸窣，几片槐叶随之落下来。因万事俱备，宫村长和石柏树都感到宫村此刻安详而亲切。风调雨顺，是老天爷的事，国泰民安是大人物的事。宫村人的发达、贫穷、文明或落后就是他俩的事。政府曾经喊"村路通百业兴"，这几年又喊，"要脱贫先移民""奔小康住楼房"。宫村人不赶时尚。宫村人有老祖先留下的大片大片山地台田，有成片的药籽林、添树林，林中有五味子，有参天古树上结的大如蚕豆的松子。只要勤快，别说什么小康，甚至能赶上西方。

断头路一日不断头了，每日里的班车，来来去去，夜里路灯明明亮亮，夜里串门不用打手电，那些野虫也见不得光亮的，特别是野猪、羊鹿不再进村吓人。

宫村长愁眉蹙额，难得一丝舒畅，在村邻面前镇定自若，虽然不曾信誓旦旦，但也胸有成竹。自然村邻就多了一份信心。断头路只要修通晚夕去城看一场秦腔《铡美案》回村都不迟，青年人则向往在城西夜市吃完烧烤再回宫村如行平地。总之这些日子宫村既充满了一种希望和期待而喜气洋洋，似乎又有诡谲与神秘。

那一夜，月亮把自己一番打扮，光辉已走在天上，宫元打过锣之后瓜地一片静谧，瓜香在青幕中弥漫。累了一天的宫元"咣"地将锣扔在地上，无奈地叹息一声。许久，庵子里才传出鼾声与呼噜。

宫村长蹑手蹑脚到瓜地中间卸下两个瓜，又猫腰出地。他不是做贼，却像贼一样，真怕宫元突然醒来发现自己。其实偌大一片瓜地里，瓜蔓、野稻黍等，狗尾巴草在月光下和一个人猫着的影子差不多，从远处谁也看不准。加之还有些夜风，蛐蛐、秋虫、土蚂蚱合奏着无比美妙的"秋夜曲"，鬼也猜不着宫村长能到瓜田里偷瓜。

宫村长像个巫婆闭上双眼，把瓜掬着，口中念念有词，乞求老天保佑，只要瓜瓢儿不成清水和有醋酸味，就说明瓜熟过了，还不到将烂的时候。凭他卸瓜的感觉，瓜蒂儿已不那么水灵，已开始发蔫。真要是一地瓜烂了，宫元不打断自己腿才怪。他念叨够了，却没勇气把瓜打开。远处的狗吠、近处的萤火虫、黑魆魆的树影像魔鬼，在吞噬着自己，更不敢像打开潘多拉的盒子一样把瓜打开，一扬手两只小白兔一跃钻进葳蕤的野草丛里。

金科爷在重症监护室插氧、挂水，金苗苗办的手续。每当他出出进进，恨不能把宫村长咬两口，都是他不让爷爷进城，说老年病不要命。他以为宫村长纯是和他过不去。猪不能卖认了，爷爷前几天就该住院了，夜里发病差点儿把他吓个半死。

金科爷发病时，宫村长和石柏树还没散开，村长判断就是那一阵急促的狗吠时。苗苗叫绑斗子抬爷爷。有帮忙的邻人撺掇金苗苗说，给宫村长说一声，让他也来遭遭罪，黑天夜地，抬着老人，享福啊。金苗苗不同意。他说为断头路村长几乎都要疯了。也不怪村长的，移民搬迁楼一幢一幢空着没人住，政府说群众不赏脸，恨不得把人用鞭子赶上去。这次能把政府说通来调研，亏他为宫村人积了大德。万一宫常章硬着心肠不让送爷爷住院，殁了爷爷，忤逆不孝的恶名还不背在他金苗苗身上？

宫村夜静谧而安详，那一刻月亮刚刚隐去，四抬斗子，走在黑魆魆的村道上，不是磕碰就是颠簸。摩托车倒方便，有人建议金苗苗说："找个人抱上病人，坐上去和苗苗用带子捆上，去城里快当。"金苗苗说："黑灯瞎火仨捆在一起，一出事是三条命，使不得。"就找来一个藤编圈椅，用两根细抬杠绑好。就这，金科爷还一路大呻小唤的，到了断头路的那一头，120急救车已在等候了。

是金苗苗给宫村长拨的电话，话语里能把村主任千刀万剐都是轻的。

接到电话时，宫村主任和石柏树分手后刚进门。他骑着摩托赶来。金科爷年岁大，阎王请了一回又一回。要是夜里不发病，政府调研的当口去医院，那该多好，活灵活现，何其感人。社会如此文明了，还用滑竿抬人。不把政府感动才是怪事。然后，金科爷在半道儿或刚到医院就丝断了。

可这过程和结局不是他能设定的。

他身上就装了几千元，毕竟是为村上的事误了老人家，掏钱给金苗苗时，金苗苗置若罔闻，瞅也不瞅一眼。

他找到医生，说了床号，询问病情。医生说正好要找陪人，他说："我就是。"医生说："你们村的村长真不是个东西，你老人病成这样竟不让送医院，想用一个病老汉换同情，修村道，荒唐。"医生抬起头看了看他继续说，"回去给你们村长捎个话，必要时，我这里可以开个证明，就说你们宫村的病人凡来医院都是延误了最佳治疗时间。"医生边说边写，同时撕下两个单子——转院和病危通知。

他瞅着墙上红彤彤的"静"字，一时竟茫然不知何往，回到病房金科爷气若游丝，金苗苗如临仇敌，不回病房那这转院和病危通知呢？踌躇和犹豫中，金苗苗持手机从重症监护室出来，把手机摁到免提上，是一个女人哭丧似的声音。"……只有出来气，没有回去气，怕是不行了。呜呜……"宫村长狐疑片刻，从金苗苗手中接过手机，回答说："我就在旁边，没有那样重。"手机里女人说："已经开始吐白沫了。"他就在重症监护门口，眼看着金科爷平静地躺着，氧气泛的泡儿均匀无异，并未吐白沫啊。"趁有一口气，叫屠夫杀了，还能卖些钱的。"宫村长越听越是一头雾水，毛骨悚然，他也认出是苗苗的女人。大白天遇上鬼了。

还是金苗苗从村长手上夺了手机，先是对村长说："是那几头猪害瘟了，"又对手机里的女人说，"先烧烫猪水，他这就打电话找屠夫。"

村长这才完全明白过来。他冷静地对金苗苗说："医院这里他先招呼，几头大肥猪也算大事情，用刀子先捅了，血放过，还值几个钱的。"

这时他的手机响了。也没看清来电号码，只听到一个振奋人心的消息说，今天政府派人调研宫村断头路修复的事，要宫村长做好准备。

短短的一个早晌，接连不断的坏事坏消息，哪个都是要命的，可仅仅这一个好消息完全冲淡、抵消了坏消息，如果用秤称，还能称出多余的来。

宫村长觉得划算，觉得值。

他对还在医院过道上帮金苗苗抬金科爷的几个村邻说，他要回去准备迎接政府调研，事关重大，不能在医院。要他们几个留在医院，村上付工资。

宫常章人生路上平坦，或坎坷，作为农家孩子，自幼在宫村长大，踏遍了金凤山的沟沟岔岔，也去过南方几年，经历了一些人间冷暖、世事的艰难，可今次为村修通道这个坎太大了。守住祖先留下的家园还要政府认可，却非要摊上宫村人。是命，不遇坎儿，这个村长还算可以，比如应酬镇上的县上的，有时也溜几句洋腔，说个段子。今次才发现自己无能、无才、无算计。他也曾三番五次讨教人，比如去敲谁的门，三下一顿声要轻，拎上特产，特产下压上红包儿，或故意放开自己，疯疯癫癫地吆喝去泡脚耍牌，准备输三五千。可是形势不对了，到谁家连门也不让进。"有话去办公室说。"这成了新形势下的新气象。稍有动作，那谁会板起脸或恼怒道："你不是来给村上办事，你是逗心来害人的。"他一次次被拒之门外，一次次在尴尬和窘迫中退出来。也想过放弃，可是断头路像巨石压在身上。眼下可以不说，自他放话要把路修通以来，那些打工在外的孩子高兴得发疯，说他们要把小车从深圳从南宁开到宫村。宫正的儿子说有一个客商来查看了宫村人饮用的那眼山泉水，终在金凤山一个半山岩根下找到来源，竟是地下河涌出来的，回到南方经检测说水质纯天然度达到直接饮用的标准。如果头一天通路，第二天就来办瓶装水厂，到时宫村人还不够用哩。

宫村长摩托飞驰到断头路才放慢了车速，太阳又赤裸裸地开始发威，当它的光芒在密扎扎的林子穿过时，就很没有底气，只有林梢间细碎的光斑显得猥琐而无力。

断头路就在林子中间，乱石中垫着沙石，溪水从林下的青苔中渗出，宫村人来来去去踩碎了青苔，于是溪水在这一块潺潺作响。

摩托车、人力车在这里本来勉强可以通过，是他指挥人把村邻垫的沙石挖了。现在只有嶙峋的怪石无序而狰狞地躺着，摩托车从中拐来拐去十分费力。

石柏树电话中兴奋地给他汇报说："宫元卸了两笼瓜，金苗苗的两头大肥猪已杀了挂在架子上，村委会门前场院里摆好桌子，二大大、四娘娘们都到了……"

村长一手拿着电话，一手推着摩托，听石柏树的汇报，突然意识到不用他赶回去，应该把迎政府的地点就放在这断头路上，应该有一大群乡邻跪一长行，应该……

摩托倒下去，压着他，又把他推下石坎，摩托没离开他，很忠实很实在地把他压在下面。在那一瞬，金凤山在旋转，林子在旋转，接着是一群大肥猪向他扑过来，他刚刚闪过身子，又是铺天盖地的小白兔从林子蹿出把他再次扑倒，他挣扎着直起腰，又是二大大的拐杖、四娘娘的拳头，宫正儿子的客商举着水瓶，还有瓜客举着秤砣劈头盖脸地向他砸来，天暗下来，一片漆黑……

许久，许久，手机在一个石头缝中响了，十分悦耳，他在黑暗中摸到手机，是宫元的电话，宫元说的啥他辨不清。

他睁不开眼，任宫元骂他八辈祖宗，一笔也写不了两个宫字，尽他去骂。

镇长的电话来了，说政府调研今日又不来了……

他十分艰难地从牙缝蹦出一句："瓜都……"

镇长说："瓜滚在园里。"

是谁打断了村长的腿

　　清晨的石村还有几分清冷，红砖房就传来猜拳行令的嘈杂。正铺村道儿的震动棒在水泥中嗡嗡闷响。村邻们在初夏清晨也没有多少事儿要干，就围着水泥搅拌机看热闹，更关注着红砖房。红砖房是石村在公路上包活儿发大财的石红红的代称。财大气粗，第一个在全村人面前把小车喇叭按得屁屁响。村上要铺石泥村道，他家本来的六间三层几十多间房，又一夜之间在庄子往外扩了许多米，水泥村道的白灰线就得避开他的白灰线绕弯儿，像河滩淤泥上刚爬过蚯蚓。

　　村道儿晴天两腿土，雨天一脚泥，狗屎猫尿臭气熏天。今次放白线，拆了人家猪圈，扯了几户羊栏，砸了几间茅房。毛坯子村道，宽畅通溜，能出进大卡车，令村邻们很是一阵欢欣鼓舞。突然，一夜间石红红的红砖房长的腿儿一外伸，村道就拐一个大弯。于是石村这几天就多了一个热闹。石村长在石红红门前踅来踅去，石红红头也不抬，只顾在磨石上"嚓嚓嚓"磨着一把锋利的杀猪刀。刀上的寒光一闪，钻进石村长眼窝，石村长就打着冷战儿。他再去，石红红不磨刀了，院子有了几个彪形大汉。他再一抬眼，见都是脸上横着刀疤肉的混混儿。石村长一脸的无奈。村道儿稀汤泥水走了多少年多少代，没把谁腿走短。迎新人送死人，烂泥路还是有些功劳。红砖房不是一般人的猪圈茅房羊栏儿，村长让拆就拆、说砸就砸。该有村长的好戏。村邻们只等戏看。

刘广才是村里唯一的外姓人，在大路边开一小酒馆，算得上能人。他家的羊栏是村长和村会计石柏树给扯的。正好有一只母羊产羔还没三天。羊婆挪窝受惊，产后中风死了，羊羔儿没奶不出两天也死球光。猪贩们风闻石村修村道砸猪圈，肯定有不少膘猪没到成色就要出手。蜂拥而来，又蜂拥而走。异口同声说石村猪染了病。最后以死猪价被猪贩子吆上车，号叫着离开石村。人们才想起猪贩子都姓钱，钱能通天通地通神通鬼，原来他们都通通作弊。只有刘广才把死羊皮扒了在自家馆子卖了好价。从村东到村西好几里地，有一段地坎儿旁兀立着的坟冢逼着白灰线扭头拐弯。石村长叫来施工队用掘机给铲了。确实，多少年谁也不曾留意人走牛踩地坎下的土垛儿竟然是坟冢。却从未记得有人上香点灯、清明挂纸。铲就铲了。

刘广才要村长赔羊是以羊肉泡馍、水盆羊肉、羊杂烩汤的碗数计价。这样，一只羊比一头牛还值钱。石村长自然没有答应，说发山洪死了人，龙王爷给赔不？修村道大伙走，又不是我石磊一个人的路，刘广才放话，不赔他的羊，可以。水泥路要是在红砖房那儿拐弯，他就打断村长的右胯儿。话大，忒狠。

这天夜里，村长石磊上完夜桶时，后塬山林里的夜莺已经入睡，林子里起得最早的红腹雉还没有唱歌，就说明还在午夜，他应该还有个囫囵觉。突然，他右腿齐根儿钻心的疼，疼得他已经立不稳。他以为是抽筋，又觉得不像，分明是腿断了。炕上正在酣睡的妻子仍像结婚时那样娇小地蜷曲着身子，被角露着她白皙的胴体。他没有喊醒妻子，咬着牙一只左腿挪上炕，关了灯。

他辗转不安。妻子被她折腾醒，知道他突然腿疼，就搂着抚摸，柔柔的有些心疼，说："天明了找村医瞧瞧，要不去老坟看看，该不是谁在坟上动土神。"他从妻子温温的怀里挪出疼着的右腿，回答说："屁事不抵，我知道，都怪刘广才狗尔的。"妻再问刘广才狗尔的咋哩，他没再回答，吸溜着，看窗户已映出的那片惨白的晨曦。

红砖房伸腿儿，村邻站在远处看河畔水涨，看一碗煮着老鼠屎的汤，村长怎么喝下去。村长觉得他的右腿彻底断了。早晨起来，从柴垛中砍一根柴棍，撕一件旧衣服缠裹着一头，夹在腋下一步一瘸有些悲壮地走出院子。这一次出门也许不能再活着回来，不定左腿也被人打断。这几年，在外的年轻人回来不是开着小车就是领着满口洋腔的女人。村东石碌碡的女儿嫁的男人比石碌碡还大几岁。进门不叫妈，叫"猫咪"，见石碌碡不叫爸叫"大的"。无关村事，尽他们去怎么称呼。他不想招惹人。外姓刘广才竟敢扬言打断他的右胯腿，石姓人难保不卸他的左膀子。石红红不就是有几百万吗？和那些被砸了猪圈、扯了羊栏的乡邻，同晒一个日头，同饮一泉水，谁也不能辱贱谁。屋里的说是谁动了老坟土神，迷信。老祖宗看他这村长怎么当，是真。

早就扎着堆儿的村邻已远远看见拄拐杖瘸着腿的村长步履有些蹒跚，就有些懵懂。

天灰蒙蒙，似乎还有些呛，堆儿里村邻就有些郁悒，望着红砖房伸腿儿圈的白灰线，胸口感到有一种无名的壅塞。找不到能撕开壅塞的口子。村长竟拖着腿，日怪了。好端端的，怎么能成这样儿？就连吐出新绿不久的柳树梢儿也十分不解，垂头丧气地摆着头。石红红黑唬着脸，身后几个混混儿像电影中黑社会，剑拔弩张，随时都会像鹰犬似的扑上来吃了撕了，砍了村长。

石村长用旷世悲情般的目光从人群扫过，突然扔了拐杖，刚一挪腿，便像牛桩子一样跌倒。看样子他的右腿确实是废了。他再艰难地爬起来时满头大汗，顿了片刻，冲石红红拍着右大腿说："修村道儿，这条腿已赊给刘广才。有本事再把左腿打断。"他说着话，又把左腿往石红红跟前伸了一下，说："双腿无，残了就去住养老院。"他顿了顿，忍住疼又道："屋里的心脏病、高血压，信用社有两万元贷款是村上修水塔经我手借的。"他交代过后事，就向石红红一步一挪地逼近。村邻们也随着村长一步一挪。见村长头上的汗珠像滚豆子似的往下滴，都在心里骂刘广才狗尔的是不是动了真格的。石柏树也在人群中找刘广才，真的打折村长的腿，该他刘广才坐牢了。石红红已被逼到墙根。他在乡政府大院谁见了都是"石老板"地喊，谁都会对他说一句"有啥事说一声"。每次去都是整包整条地撒烟给人。强占村道儿惹得满寺的和尚看秃子——咋看咋都没法（发）。最后他说给村上拿出几万元。

"把我的茅房修起来，给五万。"

"砸了的那个猪圈可是金不换，我那猪婆一窝产二十只崽。"

"我的桃树是麦熟鲜，赛过王母娘娘的蟠桃哩，出十万给我栽活。"

村邻七嘴八舌，像野雀窝戳了一扁担，叽喳不休。似乎多日来的郁闷一下子找到宣泄机会。于是，诅咒、谩骂和牢骚在乡邻中漫延开来，有人弯腰在地上摸砖头块，有人竟操起顺手拿的镢头锄头，石红红犯了众怒，是他意料不到的。村里人在他工队做活的不少，他没少给钱，为啥还憎恨他？这会儿他还得努力劝慰他身后的哥们不能动手。弄不好，把他在公路上包活的底儿抖出，难保他不坐牢。而石村长一步步逼着叫他打断左腿，说右腿给刘广才留着。石红红妻子这时才扭嗒扭嗒从屋里走出来，冲自己男人说："村长不是被刘广才打折腿了，是疯了。"说罢一把拽过男人进了屋。

石村长指使石柏树叫来施工队头儿，又差人提来一笼石灰粉。

经大半天折腾，村长脸色惨白，嘴唇发青。在没有退路的这当儿，他有几分后悔。稀汤泥水的老村道，窄就窄了去，弯就弯了呗，人经几代都那样。东家猪圈往外伸，西家羊栏往外扩，本来还能走过架子车的。春节几天，在外的那些娃把车开回来进不了村，只能停在村边野地里。想办一点儿好事，咋都比吃屎还难。村邻们瞅着村长挓挲着头发，苍白着脸，拖着瘸腿，也在后悔不该撺掇村长。弄不好村长还真的疯了呢。村道儿拐弯不是啥大不了的事情，就是在心里憎恨石红红。给国家保养修补公路，白天补上，夜里又偷偷地砸烂。过不了多少日子又得补修，挣的全是黑心钱。

村长拦着石柏树别动手。瓦罐儿不离井口破，将军不离战场亡。找碴儿玩命他一人担着。死一个背着，死俩他挑着。

起风了，经一冬，还有未散尽的枯叶随风打旋。从北边过来的扬沙像冤魂儿围着人不愿散去。村长显得十分孱弱，已无力再站着，带着一股雄风，爬着用手把原来的灰线一节一节抹去，手掌上已磨出了血。又眯着眼睛，瞄着村道又一把一把撒着白灰。没皮尺、没线绳，竟把灰线撒得笔直、端正。服了。这一场悲壮，值。

他依旧在地上坐着，拍了拍手上灰粉，对施工队头儿说："看清，这灰线端了，直了。偏一分都是你的事。谁敢拦一锨灰浆，就用掘机往死压……"

槐花开，麦花扬，石村四野飘着麦花和麦子灌浆的五谷香。笔直宽畅的水泥村道竣工那天，挂鞭响彻石村旮旮旯旯，就是不见村长人影。石红红自买下鳖盖车从未进过村子，村道通了，他竟把鳖盖车直接开进院子。从心里感激着村长修村道，天色刚刚暗下来，石红红放的烟花炸响炸响，绚丽斑斓，刘广才却在夜幕中冲烟花吐口水，呸！烧哩！缺德钱。他的口水没有烟花屁股高，终究没淹住烟花，散落在黑暗中。

村道儿通，百业兴。乡上领导还真会说哩。麦收过后刘广才在石村收花椒。这是他又兼做的小买卖。好几年了，石村后塬坡垴儿，山梁畔上，沟岔里的花椒，一股脑都是经刘广才的秤，价格高低刘广才说了算，图个便当。今年刘广才成了腊月二十四的灶王爷不灵了。就刘广才的话说，都怨修了村道儿，那些小贩才把三轮车小卡车直接开到村里，开到山脚底下。他把牙齿咬得嘎巴响，扯起叫魂儿的嗓子喊："花椒有价情无价，肥水不流外人田，砸断骨头连着筋，低头不见抬头见。"几天过去，哑了嗓子，石村人好像没听见。

刘广才踏着夜色去找石村长，手里叮叮当当提着烟、酒、糖、茶四样礼，说他愿意出同样的价收乡邻们的花椒，只要村长出面把外来的贩子们撵走。

石磊瞅了瞅刘广才放在桌子上的礼，又挪过眸子盯着刘广才的鼻子尖问："大路朝天各走一边，你觉得有理不？"刘广才气不打一处来说："不生伢不知疼，大路朝天各走一边，这多年咋不走呢？烂蚰蜒样，球都过不去，就石村日能，村道儿修得宽畅通溜，乡上看县上夸，村长戴个大红花，风头出够有盐有醋……"刘广才是叫街的嘴，还没说完，石磊提着他的礼，塞过去，又推着刘广才往外走，说："我这小鬼使不了你这檀香木拐杖，你这酒我喝不起。"刘广才打死也不会走的，他还有话要说，折身又将礼堆在桌上，慢腾腾点上自己的烟，说："村长，你为修村道，逢人就抓住我的一句话不放，传到外村，我够恶了。也怪我嘴骚。可村上在我馆子欠的那些吃账该结了吧。"

这一句像一块铁砣压在村长胸口。那些招待了交通局、乡交通干事还有平日乡干部们的吃账全是经他手写的欠条，对那些人他只能恨在心笑在脸。吃完饭还得说一句人家赏脸了才吃。有一次局长竟夹走四条中华烟。好像路过谁家韭菜地，撅了几根韭菜一样随便和不值钱。刘广才讨账，走到三岁娃面前自己都说不过去。可当刘广才的面他依旧有着村长的势。刘广才有些急了，翕动着，半天从牙缝里蹦出一句："村上的吃账三勾免一。"似乎有些空穴来风，他用眼角余光睥睨着刘广才，不作惊讶，亦无漠然，村长就得像村长的样儿，骤然临之而不惊。经见过义方君子，也经见过狎邪小人，明天得给会计石柏树说说刘广才三勾免一的事。

浓稠的秋夜，鸣叫着许多不知名的秋虫。从石村后塬传来的夜莺嗝调有些阴森。刘广才走后石村长瞀乱着无法入睡，努力回忆着碾子爷当村长如何色厉内荏，又是怎样八面玲珑。他记得有年春天，碾子爷实在揭不开锅，正好有百多斤救济粮要交大伙评议，碾子爷的原话是："大伙说话吧！还是大家都不要，让给我呢，还是让给我，大家都不要嘞。"碾子爷时代没有了，石村人日子好过了，事情咋就这么难？日前去乡上开会，政府人用异样的目光看自己，问他腿好了没？还要注意，可别上山下岭，小心才长的嫩骨头。有的说应该叫派出所把刘广才给铐了，等等。原来修村道瘸腿的那些天，话传出去，说他腿肿啦，人疯啦，吵架吵得没声啦。水泥村道儿和县道儿一样宽，同时能过两副八抬轿。他抖抖精神就在乡长办公室前蹦得老高，做了劈叉，完了说："不像吧。给他刘广才一百个胆他也不敢。"乡长笑答："看我不扒了他的皮。"实际上刘广才虽说不是村干部，可小酒馆开得比他石村长都脸儿熟。谁下石村或路过石村都是在小酒馆吆五喝六。

明天又要和小贩们绊牙，石村长的右腿又剧痛起来，连半个身子都在疼。应人事小误人事大，免村上三勾一吃账属公事，可是石村的花椒再多也经不住人驭车拉。刘广才有一百个不对，却没点过自己一个指头。要不是他放话，自己腿不疼，豁不出去，保不准村道儿还修不出这样儿。这话只能想想，不能对外人说。应拿上礼去谢刘广才。他想着想着，就给已经睡得有些迷糊的会计石柏树通了电话。会计石柏树一听能免三勾一的吃账，答应明早他也来。

麦熟一晌，秋忙没短长。从摘花椒开始石村人就算进入秋忙。四山架岭，渠畔沟汊，地坎坡坝，花椒都熟透了。好多的人不等花椒屁股红就开摘。遇上暴晒，一天红出一天，再不摘就炸椒开口，红椒黑籽像刚到世上来的婴儿，刚睁开眼睛，十分喜人。一旦这时，花椒就开始熟落。乡邻说摘花椒赛过麦忙天。不等天亮就背着水和吃货去了椒林，连狗也跟着上山。

石村长和石柏树一连三天没离村头，两人都是拖着瘸腿。村长还挂他的拐杖，石柏树则是挂着锄头。理由很简单，修村道儿被人打折了一条腿，谁有本事再打折我俩另一条腿再碾村道收花椒。在石村凡公事都有村长挡着，就是天塌下来也砸不着石柏树的。自答应和村长为刘广才撵小贩，他的右腿也疼起来。仔细回想，没有人放话要打他、砸他。莫名其妙的疼，原本没有像村长挂上拐杖，只想拿个锄头为村长助个威势，却当拐杖挂了。"鳖有鳖路，虾有虾路，石村的路不是给'王八'修的。"村长对每一个小贩都这么说着。做生意图顺当，闹气开秤戥星儿不准。小贩们蹩不成，突突地放着带怒气的屁烟走了。小贩们不进村吆喝了，刘广才挂秤，一收就是到大半夜。他俩又指着刘广才说："坑乡邻我俩要砸你的酒馆，叫小贩来砸你的秤。"刘广才点头哈腰递上烟说："我叫爷爷都来不及，还敢坑人嘞？"

那些日子，石村巷巷道道、角角落落都散溢着新花椒沁人的清香。庄户人家的房前屋后少不了牛栏鸡寮狗窝，就有些气味。摘花椒季节，村上原来的气味全跑球子了。石村长有几分醉意，在村道上走来走去。但他依旧挂着拐杖。刘广才收的花椒沿村道码成垛，他站在垛边见村长拖着跛腿，每走一步拐杖都要随之在水泥上划拉一下，留一条浅浅的白青色的印。他心里一颤，好像那印子划拉在他心上。他追上去把村长拦住说："你把拐子撇了吧，我心里难受。"石村长蹙了蹙鼻子，吸着椒香说："盐罐儿发潮是天要下雨，蚂蚁上树要起洪水，我腿疼不见好，村上还有事哩。"刘广才不屑地瞥过一眼说："不就是狗连蛋猪跑错圈，牛吃青草过了畔，鸡毛蒜皮。拄拐子是埋汰我。"说着话，刘广才一脸愧疚样儿。石村长离开花椒垛，身后又留下拐杖划拉的青印儿。

青印儿曲曲弯弯，像水蛇似的进了石柏树的院子。几张苇子席上晒着炸口儿的花椒，椒籽在太阳光下一闪一闪眨巴着眼睛。石柏树屋里的端着簸箕在簸椒梗，"唰唰唰"随着椒梗落地，一簸箕花椒装进袋子。她弯腰在苇席上铲籽椒时，见村长站在地上是三条腿，心里一激灵，怨自己忙花椒，咋忘给村长让座了，村长可是断断腿啊。她红着脸扔下簸箕，端来一只椅子，拂动一阵椒香。

见村长坐了柏树屋里的说："柏树前几天也闹腿疼，几天没上山，椒在树上炸口了，头天才去镇上雇来几个人上山，拿油纸铺在树下，用棍子敲，折损大，没办法。"村长喝着她端来的水，看着她又扭着浑圆的屁股簸花椒。他知道柏树和他在村口耽搁了几天，苦累了柏树屋里的。她却不知底细，还熬椒艾柿叶水给洗，柏树说他还真的舒服了一阵。"没良心，刘广才，开酒馆村上养他一半，还打村长。"柏树屋里的又完成一簸箕，往袋子倒椒时头也没抬这么说着。石村长说："刘广才没吃豹子胆。"柏树女人又"唰唰唰"簸着说："不是刘广才打了你，石红红伸出的桩基腿儿还砍不掉，村里人不服气，弄不好连累柏树哩，芝麻大个官，不值。"石村长想了想没再做解释，尽他们骂刘广才去。自修村道到村通道，村邻流传刘广才为羊的事打了村长右腿。而石红红又放话，迟早要打断刘广才的腿。于是石村长留下话，柏树抽空儿过来一下，有事要商量。

花椒刚下完树，一阵闷雷响过，早秋雨撵着脚后跟一连半个月不住滴儿。去大田看庄稼，摘豆荚，或摘几条黄瓜，搬几穗嫩苞米的人，从泥地出来都少不了在白光光的水泥村道蹭着鞋上泥。水泥村道就有不少花泥瓣儿。一连几天有小车把花泥瓣儿给碾成齑粉了，村道就留下车轮印花儿。是政府来人找村长的，听说要在石村搞新农村试点，还要借丹江河水湾修水上乐园。每有小车进一次村就有激动人心的好消息。三扯两扯，竟把石村扯成市级试点村。石磊村长有几分后悔，都是村道儿惹出的。当官的口，没底的斗，无不夸他能力强，说石村背靠静泉山，面对丹江河要不了几年就是新的旅游小镇。石磊连说："别，别，别那样，石村风水太浅养不了大路神。白天有碗饭，夜里有张炕足矣。"最终小腿没拧过大腿，以石村静泉山为重点的开发，上报纸、上广播、上电视。石村人想象着自己居住的破地方要赛过骊山卸花宫，石姓人这回真的要发达了。

却说石村后山那片茂盛浓密近似原始状态的林子，有松柏、苦楝、五角枫、山毛榉，春华秋实，微风泛过，阵阵林涛滚动，草药香、花果香，把石村人滋润得眉角眼稍都舒舒展展。林中有一岩洞能容三间大庙。洞顶有一滴水，不论天旱雨涝，这一滴水在石村人的记忆中从未间断地从岩缝中落下，砸在青石上。水滴石穿，就有了一个石坑，而那坑里的水也从未满溢过。紫藤花把洞口像彩楼似的罩着。光溜溜的洞壁岩石上有四句诗曰："苍松翠柏石影绕，问安洞中大神仙。瑶池一滴千年漏，侧目犹闻石上泉。"静泉山因此得名。尤其是诗的最后一句成了石姓人对这片林子拥有绝对权的佐证。"石上泉"的"石"正是石姓。谁也说不清是何人何年何月所题。石姓人有理由那样理解。

这一日，平静的石村人和平静的静泉山，被一场噩梦惊得再也不能平静。几台胶轮挖掘机从村道上震天价响开到后山，修出一条宽畅便道，接着又是几辆大车停到山下。政府说要开发，乡邻谁也没在意。接着伐树的油锯声从林子蹿出来，和着树倒下来时的巨响打破了石村的寂静。有人往车上抬木头，而长相古掘、苍劲虬髯的树被连根刨出，像病人一样挂上吊瓶儿上了车。石村人一下子惊呆了。石村长和石柏树赶上去问那伙人："这是做啥哩？"回答的只是"嗡嗡嗡"的油锯声。每倒下一棵树石磊心就疼一下。再问，竟被人搡到一边。石磊拨通乡长电话，乡长说："开发哩。"他说："开发非要伐树？使不得哩。"乡长说："石磊目光短浅，小脚女人走路，不好嘞，今次乡上招商引资是省城一家有名的火柴厂……"不等乡长说完他就挂了手机，脸顿时青了。分明是政府把山林卖了。开发，开发球哩。他刚吼毕，右腿立刻又疼起来，头上又滚汗珠了。他对石柏树一阵耳语，石柏树火急火燎地回村了。

石村长腿不疼没胆子也没勇气，每遇事就犯疼，见犯疼就有事，每犯疼浑身都憋着劲，这劲儿可以赴汤蹈火，视死如归。

随着嗡嗡呜呜的油锯声，一棵棵呼啸着倒下的树木惊飞栖在树丛中的红腹雉、长嘴雀，抖落的羽毛在树梢上飞舞。猫头鹰瞪着迷茫的夜眼子飞往远处。一只野羊惊魂未定，竟迷失在白花花滴汁液的树茬桩里。他们有人从背上取下猎枪……石磊早已把一树枝当作拐杖挂着。他瘸着扑上前去欲夺猎枪。那人恶狠狠地说他能打对穿眼，竟败了他的兴致。石磊说："这是石村人的山林，不是你这野雀儿搭窝的地方。滚！老子这条腿为修村道……有本事把这条腿也打折……"又是那些话却沉稳而铿锵。说着他照准油锯手就要抢拐杖，拐杖没等落下来油锯就哑了。瞬间，林子里蹿出火药味，一边是手执拐杖瘸着腿的石磊，一边是手持猎枪、油锯、油刨机的开发商。他们没想到开山不利，遇上跛腿儿的"山太岁"。那个头儿模样的人歇斯底里地道："打断你一条腿，赔你一百万还赚哩！""打！"一阵排山倒海般的林涛滚过来。林涛卷来了石村的村民，和石磊站在一个方向。每人腋下都挂着棍棒儿。石村长说："打吧，打断我一条腿你能赔起，打断一村人的腿也能赔起？"这时领着村邻从另一条道上山钻林子过来的石柏树再次一招手，树丛、树丫里又冒出无数乡邻，呼地拥上来，一阵噼噼啪啪砸了油锯，夺了猎枪摔在山石上，一声脆响，猎枪成了两截。有人搂着白花花的树茬哭诉着说："这是一棵铁梨木，没有四五百年不挂果，我吃过这棵树的铁梨果。"

林子静了下来。乡长电话里骂石村长，又问石磊就不怕有人真的打断腿？石村长似乎没听准，问乡长是打断他一个人的腿，还是一村人的。

一阵山风刮过，静泉山林子许久都在窸窣。多日后，村邻还在议论，说，都是村道儿太宽畅。有人提议炸了静泉洞省得招惹。石村长说，只要他的腿一日不断就方保无事，村邻一阵嘻嘻，戏谑道，真的，那一阵子腿像是被谁打了一闷棍似的疼，不玩命由不得人嘞。

归去来兮

冬至，冬眠中的公貉不经意就渐渐发情，食欲减少，像人类相思中不思茶饭一样，性情急躁，肿胀的卵子红光光的。

夜里，以公九号貉为首的逃亡队伍，顺着野兔、羊鹿和野猪出没的山道，漫无目标蹿向林子。它们没有像亚马逊鱼洄游的本能，却有对森林原野的向往。要不是被乡长们激怒，绝无勇气咬断笼子。回归自然的貉子们暴露出祖先的野性，窜崖越涧。公九号和母六号一次次交配，不尽的激情。发情不到火候的其他母貉，对它俩有几分醋意，咬着公貉尾巴往下拽。

九号自然成了领头，它十分自得又尽责。一路走，一路在每一只母貉的屁股后用嘴哄着嗅着，"咕咕咕"叫几声，算是调情或是鼓励。不是配季，貉们不会有"咕咕咕"的叫声。母六号十分霸道地不离开九号，而对九号和别的母貉骚情也不去制止，只是更加亲昵地叼一叼九号耳朵。

貉们不知道逃亡之路的凶险与代价。

秦岭山脉绵延不尽，有不同气候带，同一片林子，树枝发芽参差不齐，时值初春，依然寒风料峭，枯叶下冰雪未消，林隙朝阳处，白头翁花和羊蹄儿草是貉子们唯一可找到的食物。它们忘记被人类饲养了几十代，养尊处优已经退化得几乎没有了野性。杂食的祖先凭鼻子找黄鼠洞，找土鳖子窝、土蜂窝。清明前，枯叶下壤堑里的土蜂窝成千上万的蜂蛹、蜂浆，吃了一冬松子的黑背鼠，又肥又大，是祖先春配时增强体质补充营养的好食物。眼下，貉们沉睡的嗅觉一时无法苏醒，蹄蹼细嫩，经不得林地石砾碜。

换水土拉肚子，树丛中就有一声声懒散凄厉的貉鸣。它们的祖先在冬天森林里的日子，就是完全冬眠，以减少消耗。从开睡的那一刻，就把嘴扎在屁股眼，排泄物就是食物，污染气味没有了，就不怕黑瞎子、土豹子寻着气味来袭击。

寂静的山林，貉们突然闯入，野兔、獐子、麂子、黄羊们不安起来。这些草食动物平静的日子没有了。白头翁、羊蹄儿草无名被啃，林中弥漫着一股臊臭，消融的林洞溪水旁多了杂乱的梅花蹄儿印。松鼠们不再专心剜食松子，从这个树枝蹦到另一个树枝，昏昏地审视着这一群不速之客。红腹锦鸡、白嘴儿雉、披着祖母绿颜色羽毛的岩鸡，再也不能立在树下，仰着头等松鼠们掉下食屑，享受牙惠。一群群灰雀被惊飞，抖落下片片冬羽。

阳光一天比一天暖和起来，冻酥了的坡坎完全消融，有两只母貉在坡坎跌入深渊，一只被铁夹子套死了。九号痛失同类，"哇哇"嚎吼。成群黑乌鸦从四面八方飞来，饕餮着死了的貉肉。那是一只锈迹斑斑、早已被偷猎者遗忘的铁夹子。周围长满了野韭菜、野山葱，却没有谁敢去吃，林子里的"老居民"早就知道这温柔陷阱。危机四伏的森林练就了它们的机警和智慧，那只血淋淋的貉子挣扎着，它们远远地"哞哞"着，说不清是庆幸还是同情。被铁夹子死死钳着的貉子，绿黄的眼睛灌着血，滚出来的泪也是红的，它乞求着九号，发出痛苦的哀叫，不停地舔着汩汩淌着的血。九号和六号拼命撕咬着拴夹子的铁丝，仅仅只是在锈迹上留下齿痕。九号很惭愧地垂着头，也不时地帮着舔血，努力发出交配时的"咕咕"声。血流尽许久，它才在夹子里"咕噜"一声咽了气。三天之后，九号和它的妻妾们无法驱走乌鸦和秃鹫，最后只留下森森白骨了，才一步一回头地离去。

终于，貉们找到了可以为家的地方。明媚的阳光穿过树梢照耀着，颠沛流离了许多日子的貉子们享受着难得的安逸。它们早已不闹肚子了。厚厚松软的枯叶下，沉睡了一冬天的土鳖子、小火车一样的千脚虫、从毛水杨根部爬出来晒太阳的蚰蜒都成为貉子的主要食物。母六号和它们的姐妹腹中的胎儿，一天天长大需要增加营养。觅食占去戏闹的时间。九号曾叮当响的卵子早已萎缩成两个小豆粒隐入阴囊，不再有欲望了，一心保护妻妾。安家的地方高且背风向阳，是一处许多年以来住着飞禽的石缝。居高临下，远远能听到砍樵声。

正月十五的灯笼还没来得及卸下来，貉子们就开始发情。这时候，林喜儿两口子就有些手忙脚乱。要给貉们做饭上食，要忙着逮出母貉亮出屁眼，看颜色，看肿胀和分泌物，以便决定为它找老公。母貉自然有母貉的矜持和自尊，四爪在空中乱抓。同时喷出一股恶臭无比的黑糊糊，来不及躲闪，就喷到林喜儿的脸上。他忙不迭只顾擦脸时，母貉瞅准就一口，他疼得嗷嗷叫。放回笼子的母貉一夹尾巴，冲林喜儿瞪着白眼。

林喜儿屋里人正提桶给貉上食，见男人手滴着血，放下桶走过去解开衣扣，掏出奶子，挤一股汪汪的奶水冲洗伤口。林喜儿嗅到奶香，心疼地说："够毛毛一顿饭。"她看了看男人痛楚的样儿，回答："一会儿多吃一碗饭就是了。"说着披好衣服。

"叶叶，你说这么整也不是个法。"林喜儿叫着屋里人的名儿说，"前日咬的伤还没好，女人咋不咬人呢？"叶叶"噗"地笑了道："也许貉子也有个火候，不想哩。女人不想那个了也一样。"说着话，上完食，天就黑下来。说是正月天，节气还在九里。罡风在貉笼中蹿，貉子不怕冷，那一双貌似茫然的眼睛，在夜里闪着绿黄色光芒。

林喜儿没经验，只知道惊蛰过后公貉就完全失去功能，他心里十分焦急。不料，貉子们竟群体逃亡。

村邻们对林喜儿办貉子养殖场十分新奇，死了鸡、猫、狗、牛崽猪崽啥的就给送过来，少不了打老远来看几眼稀罕，有说像狼，有说像獾。夸叶叶恁胆大，夜里貉子"哇哇哇"叫也不怕。林喜儿就递烟点火，貉子是肉食性动物，他就一脸谢意。那天又来一拨人，空着手，或者说连一只死老鼠也没拿。头儿是乡长，他滔滔不绝地介绍政府如何重视发展毛皮动物，将来还要发展豺狼虎豹。那当儿公九号貉和母六号貉配对儿刚刚成功。公九号热火朝天，亢奋激烈，母六号温驯配合，并发出类似叫床样的声音。按往常，当貉子在这个时候，林喜儿会背过脸去，或者走开，不惊动貉子，等完事，把它们分开之后，给公貉打两只鸡蛋，算作奖励，更是营养补充。乡长只顾大声演说，惊得公九号停止动作，母六号翘着粉红色鼻子，嗅到了陌生气味，冲着乡长和他领的一伙人"哇哇"地叫，使劲儿挣脱公貉，迅速背过脸，夹着尾巴和公貉并排儿给乡长他们一个爹着针毛愤怒的脊梁。林喜儿心猛一沉，乡长怎么也不知道貉子们会对他留下仇恨。乡长指手画脚的同时，还少见多怪地说，貉子配对儿还像人一样哼唧着。临走叮咛林喜儿别忘冬季给他留两条貉吃火锅。

乡长领人走后，貉子在笼中愤怒未消。一放进公貉，母貉们像发誓一生不嫁似的，拒绝公貉爬胯，并且拼命撕咬。春天耽搁一天误一年，林喜儿怨村长爱张狂，把他办貉场当政绩汇报给乡上。叶叶牢骚不休地数落男人："不就是毛货吗，有球的看，一狼一伙的，他婆娘没尾巴挡，咋不看哩。"林喜儿就解释说："乡长能领人来看，也是抬举人。咱正经八百庄稼汉，保甲长从门前过，老先人拿水烟请都请不来，是身份贱，知道不。千家百户，咱算老几？红砖房给他妈过生日，从西安饭庄请大厨，拿中华烟到政府去请乡长，结果呢，一只狗也请不来。"

　　林喜儿说的红砖房是村上包工程，有几百万那家人的代称。叶叶想了想，觉得也是这个理。人们传说狐狸成精变白胡子老汉偷着钻被窝，狼有瘆人毛，三丈远能使人打冷战儿。貉子带着毛，说不定还会跳大神。貉子们没有跳大神。公九号和母六号做爱高潮被冲散，羞愧难当，受到侮辱。第二天，林喜儿给貉子们放对儿时，有七只貉子走失了。其中就有公九号和母六号。貉子们都一个样，只有编号挂牌才能分清。围墙根水道口留着杂乱的貉爪印和茸茸的貉毛。难得一年一度春配季节，貉子们无法经受伤害，逃为上。尤其令林喜儿心疼的是母六号貉，那是他从兴安岭引回种貉中为数不多的红毛母貉种之一。她身材修长，尾巴粗壮完整，四足匀称，个儿高大。一双清澈的貉眼像美女一样动人地扑闪着，称她为美女貉一点儿也不为夸张。林喜儿盼望全群都能像她一样优良或者优秀，卖种、卖皮都会是好价。

　　自貉子走失，林喜儿拒绝任何人走近貉笼，用红漆在一块木板上写了"养殖重地，谢绝参观"像桃符一样立在门前，气得乡长指令信用社不再给他放款。他走遍了能到的地方，寻找貉子的蛛丝马迹。山野广阔，林子更大，也有到不了的地方。也许他曾到过貉们的林子，那一次他发现了一处粪便，却无法确定是野猫、果子狸、狗獾，还是貉子排泄的，俯下身子用鼻子嗅了许久，终于从那散发着骚臭味中确认是貉粪。那当儿他像走失了儿子的父母突然找到了儿子的一只鞋子一样，高兴中又有痛苦。庄基批下来几年了，买砖买瓦都指望着貉子。

山岚烟霭笼罩着林子，不论是峡谷还是山岗随处都是湿黏黏的搓响，林喜儿总以为貉子弄的，就在林子里拼命钻、窜、攀登。不尽的山峦、岩垴，丛林荆棘，他早已一次次疲惫不堪，蓬头垢面，宁可否认响声显是风弄的，也要肯定自己的判断。确切地说，林喜儿不全错。然而属于犬科毛皮动物的貉子更为机灵，一点儿风吹草动，它们都会隐蔽或跑去。春天的林子，百鸟啁啾，"咩咩"的黄羊，"吭吭"的野猪，"哞哞"的獐子群，合奏着激昂澎湃的森林之歌。听不到貉叫，见不着貉，他却期待着貉们自己归来。当他偶然看见林子上空盘旋着的秃鹫、白鹰、枭隼忽然俯冲到林子，一阵喊喊喳喳时，他意识到那下边一定有受伤的牲口或野虫。他跟父亲赶过山，到他手上，老套铳挂在老墙早生了锈，可山场上他多少还学了些。植物腐烂的气味中，他嗅到一股动物的肉骚臭。枭隼最先看见他，带头冲上天空，一副白森森的骨架，夹子钳夹着大腿骨，尸腐味儿在弥漫，骨架龇牙咧嘴。也认得是他曾经下的"狼牙夹"，也不知啥时套住了这野虫。对囫囵囵囵的骨架看了又看，终于从两颗锋利的獠牙辨认出是貉子。顿时，一阵自责的痛楚，令他伤感与悔恨交加。分明是山神爷和他作对，自己的"狼牙夹"套着自己的牲口。他轻轻地卸了夹子，就地刨个坑儿埋了骨架，用土堆起一个小冢。砸扁了夹子，郑重地放在冢上。像是给人祭坟，三揖六叩九磕头，而且十分虔诚。再起身，不由得泪眼婆娑。

日子在指间流走，配上的母貉两个月以后先后临产。林喜儿做貉子档案，记录谱系，也记录公母貉之间的相爱指数。感情好产崽就多。还有相互拒绝的，哪怕一个配季结束，也"不嫁不娶"。貉们的爱情观超过人类。

临产前一天母貉停食，捋着肚皮儿毛，露出迎春花骨朵一样的乳头，为孩子降生做准备。食盆儿装着红糖水，还要有豆浆，貉崽就不愁没奶吃，叶叶嘻嘻着说她在毛毛月子里也没喝几回豆浆。

"今年是貉子的大年，窝产不少于四只哩。"林喜儿和妻子议论着。"六号是怀着走了的，要是还活着，早该到月子，林子里哪有豆浆啊。"林喜儿说："芋奶子熟了，六号知道吃不?""喊，刚到月子，浑身瘫着哩。"叶叶冲男人一撇嘴，"没生过娃，大外行了吧。"

那天，他对妻子说要去林子，叶叶就说别瞎子点灯白费蜡了。"不，是黑夜去。""你疯了?"他就说，夜里能听得着貉子叫。母貉护崽儿，夜里叫得忒凶，牵挂貉子，更替男人操心，却拦不住男人。

碎银般的月光洒在林间，夜莺叫声在林子回荡，不知名的夜行动物被他惊吓得箭一样奔去。熟透了的"芋奶子"——野樱桃打在脸上，溅到嘴里，又酸又甜。他一边走，一边听，捕捉着每一种声音。

月亮在西山巅隐去，朦胧恍惚的森林完全陷入后半夜的黑暗。森林"公民"们在黎明前才完全进入梦乡。只有在这时，森林才有一种特别的静谧。一股山风轻轻刮过，树梢儿一阵"唰唰"声之后，又恢复了宁静。在那一瞬，他听到随风传来貉子叫声。似乎遥远而微弱，又似乎近在咫尺。他仰起头，透过婆娑的林梢，看着斑驳幽灰的夜空，以风向判断貉子叫的方向。接着第二声、第三声又传来了。山林有声纳功能和回音，叫声像是东边又像在西边。不论在什么方向，林喜儿相信走失的貉子产崽了，至少六号的孩子已经满月。充电手灯在密密匝匝的树丛中十分微弱，他还是凭直觉在黑暗中向一个方向摸索着。"呼"，林喜儿像荡秋千一样被悬在空中，在那一刹那，黑魆魆的林子在旋转、颠覆、倾倒，一下子坠入无底的深渊。他头"嗡"的一下膨胀着，脑子一片空白。"秋千"缓了下来，他依旧在空中被网子牢牢套着。他知道自己碰上"阎王套"了，这种套子是拴在四个树干上设置着活套儿的铁网，这种套子能套住几百斤重的野猪，越挣扎越箍得紧，甚至能把猎物活活箍死。黑暗中，他只能随着越来越缓的晃悠在空中荡来荡去。舞动着的夜风在他身旁"嗖嗖"作响。这时他从空中看到了黑暗中的一对对绿黄色的光点，接着是九号和六号窃窃私语般的貉鸣。他在空中嗅到了熟悉的貉骚味。判断出是九号和六号领着的貉崽，貉子们在地上仰着头看着他，绿黄色的小光点齐刷刷地朝他照着。前两天他就接貉子尿洒在衣服上，为上山做准备。此刻他一身貉味，貉子误把林喜儿当同类，当他摸索着找到了套子的活结的时候，才想起这个"阎王套"正好是他自己前两天才安的，因为每个人下套儿都有与人不同的活结，他打的结他熟悉，不料套着了自己，他十分懊恼，息声屏气一丝一丝摸索解套儿，套儿脱了，"嗵"的一声他落了地，屁股重重地撞在蓬松蒿草上，回弹的树梢儿便制造出带哨儿的呼呼声。貉子们上了大当似的，四散逃开。

惊魂未消的林喜儿瘫坐在茅草中，再也不敢轻举妄动，幸亏碰上自己下的"阎王套"，要是别人的，不知要在空中吊多久。说不定哪一丛乱草下就是插满竹锥的"母猪坑"，很显然貉子们还活着，还产了崽，但在这广袤、苍莽的林子里，根本就逮不着、撵不上。除非像自己刚才一样，碰上套儿、夹儿、坑儿的。沮丧中他还有一丝兴奋，在厚厚的茅草中打盹儿。

清晨，林子醒来了，林喜儿却在茅草中酣睡。当渗凉若冰珠的露水溅落在他脸上，他才突然醒来。有几只羊鹿翘着肉嘟嘟粉红色的鹿唇，迷惘地瞅着他。却不见貉子的影儿。

叶叶对男人兴奋的叙说毫无兴趣。第二个黄昏，她早早哄睡了儿子毛毛，闩了门，死活不让男人夜里再上山钻林子。自跑了貉子以来，男人垂头丧气，几个夜里她想那个了，男人一声哀叹，她就蔫下来。昨夜她一直亮灯等男人，灶间煨着火，水开着准备随时给男人做饭。直到天明也不见男人回来，不是遇上从老岭下来的黑瞎子，就是碰上野猪群。后悔这么久以来夫妻该做的活儿没做。男人说貉子，她说貉子算个球，男人站在她面前才是真正的公貉子。

夜里她没有放过男人。正到欢实时，男人说："你听又是貉子叫。"她睁开惺忪睡眼嗔怒道："笼里貉子叫哩，心魂叫貉子吃了。"显然，这一夜夫妻间的活路肯定没做好。

九号一家终于度过孩子们艰难的哺乳期。好年份遇上好雨水，芋奶子果又红又大，潮湿植被下肉红色的蚯蚓熙熙攘攘。这得感激食草动物的粪便，才使蚯蚓繁殖生长。貉子们不经意有时会刨出天麻、茯苓，吃不成，就白花花地在那里晒着，林子里就有了幽幽的药香。茂密的林子浓荫遮天蔽日，紫藤和五味子架把"家"门前笼罩得严严实实。一串串珍珠一样的五味子果在貉子们眼皮下一天天成熟，那是一种上好的安神补血中药，熟了的原果和野葡萄是动物们最喜爱的果子，也是药农采摘的主要品种。

夏季的雨天，其他动物水淋淋地望着天空，不时抖身子甩雨水，貉子们一家透过雨帘，看对面山上的瀑布，听阵阵林涛。当一道彩虹出现在林子上空，貉崽们又在林子尽情玩耍欢乐。就这样无忧无虑地送走夏天，秋天的脚步声紧跟就到。

貉崽长成半拉小伙子和它们的父母一样要长毛，就得有更好吃的。硕大的草蚂蚱，没有完全羽化的知了，味道十分鲜美。偶尔远远地能遇到采蘑菇和挖药的人，貉子们就藏起来或悄悄走开。

忽一日，有三人来到林子，不采蘑菇，也不挖药，其中一人扛着双管猎枪。九号和六号认得另一人就是那天在笼子前指手画脚的乡长。猎枪戴着墨镜，凶神恶煞的他们边走边议论。对树枝造型好的做记样，那些长了几百年、像虬龙样儿的五角桐更使他们兴奋。乡长说能卖五万一棵，猎枪说五万不好分，九万好掰。乡长说只要事情成。猎枪手看着另一个人说，有林业大局长在，不怕事不成的。没有说话的肯定是局长了。他煞有其事，若有思索。那三个人在一个大树下坐下来，他们打开包儿，摆了一大堆啤酒、烧鸡火腿，空气中散漫着香气。貉崽们流着涎水在远处的树丛中蠢蠢欲动。貉子们听不懂人类语言，却从三人神色的诡秘与得意中理解到大体意思是，乡政府把这片几十万亩森林作为次生林改造，交给猎枪的公司，并上报林业局批准。而猎枪公司早已和某一座城市签了绿化合同。那些被做了记样的树就被挖走，挂上吊瓶，在城市安家。其余的树木也被火柴厂、线材厂包揽。乡政府还要按招商引资把路修到半山腰，再由猎枪的公司栽上人工林。

貉子们不明白，乡长五马倒六羊，图的是啥。当猎枪从包里取出一沓沓人民币，花花红红摆在地上时，乡长、局长的眼睛突然成了貉子们一样的眼睛，发着绿光，死盯着不放。接着局长、乡长把钱装进自己包里，貉子们这才知道他们为啥要五马倒六羊。肮脏交易完了，三人满脸喜悦地走远，地上的吃货原地留着，正当貉崽们一拥而上抢着去吃的时候，九号一个箭步蹿到三人面前，吸引视线，那三人先是一惊，接着端枪向前追去，他们不知道身后还有一群。貉崽高兴地抢食，而以六号为首的母貉们惊魂未散，眼巴巴地望着远方。

不久，几声枪响从远处传来。母貉们彻底绝望，声嘶力竭，肝肠寸断，凄厉哀吼。孩子们抢食的那一刻，六号也感觉到了危险，它和九号同时跃起的时候，是九号用后爪蹬翻了六号。毕竟九号有保护它和孩子们的责任。枪声把姐妹和孩子们的梦打碎了。回到岩缝中的家里，貉们谁也不再吭一声，母貉们郁郁地回忆它们在一起的日子，明年配季蜜月，哪里去寻和九号做爱的不尽欢乐，虽然九号十分彪悍，但是爬胯温柔，在那一刻的吻咬有度。一场做下来，瘫酥酥舒服一整天。六号想到了即将来临的冬天，以及冬天成群结队饿极了的野猪、防不胜防的陷阱……六号暗自伤神，轻轻地泣着。就这样，失去公九号的貉群度过了沉闷忧伤痛苦的午后黄昏。夜幕刚刚降临森林的时候，也是百鸟归巢的时候，公九号瘸着腿，带着伤回来了，妻妾们兴高采烈，十分心疼地用嘴舔被子弹穿破还在滴血的伤口，并亲昵地哄着，咬着，叼着彼此的耳朵或尾巴，这是它们用肢体语言在欢庆重逢和团圆。同时也感到了危险。乡长的勾当要毁这片半原始状态的林子，别说貉子自己，就连作为邻居的那些岩畔崖缝中的白鹰、猫头鹰一家都将暴露在光天化日之下，无处安家。

公九号这一家之主，不耐烦地咬着妻妾的耳朵，又用爪在它们身上用力抓，这是焦急与焦虑的动作。共同努力回忆孩子们没有降生时它们曾经去过的那个洼子。群山环绕，茂林修竹，几座山林溪流在洼子汇聚成偌大的海子。雾岚氤氲，鸟啼鹿鸣。也许那里能找到安全，没有怙恶不悛的乡长的地方。

于是，貉们举家连夜迁徙，那是越涧跨壑、攀陡崖迎山逢水的艰难历程。拖家带小，不是这个貉崽在溪潭看鱼，就是那个母貉瞅着金钱果不想走。林子成熟的秋果有十多种，唯金钱果最适合貉子口味。似乎六号最懂事，她狺狺着跑前跑后招呼着貉群。逃亡以来，曾经细嫩的蹄蹼早已磨出厚茧，也能嗅到几公里外的气味。当终于来到记忆中的地方时，却远远地惊呆了。

海子周围的林子不再是鸟语花香，继而代之是红砖绿瓦的"农家乐"。机器轰鸣的铲车正在毁林扩建山庄。从满目疮痍的洼子刮来的风腥臭无比。海子漂浮着五颜六色的食品袋、卫生巾、避孕套。不时有人扛着猎枪，上面挑着山鸡、野兔，牵着妖艳的女人走出林子，在海子边开肚拔毛、砍野椒树、香椿木烧烤起来。也有狗男狗女撅着白花屁股儿做爱。貉们只知道春天是配种期，人类做爱咋就没个季节？

随着清脆的枪声，一只肥大的灰鹰在空中翻腾，挣扎哀鸣着，鲜血像花瓣儿一样落下来，灰鹰用一只翅膀努力拍打滑翔，不久，还是没头没脑地跌落下来。远山近岭，秋林红叶中还不知有多少黑洞洞的枪口在猎寻牲灵目标，多少夹子与套儿隐藏在红叶衰草中。又是乡长、局长和猎枪，旁边多了几个女人在海子边的林荫搭肩勾背。一见那猥琐的狗样儿，貉子们义愤填膺，撅起屁股，朝那狗男女的方向喷黑糊糊臭屎。它们却不敢轻举妄动，在木瓜树丛中等着天黑。

夜幕还没降临，洼子里"农家乐"的华灯就亮起来，也映照着混浊的海子。弯弯山道车来车往，刺眼的车灯在林子晃过，使那些曾在海子喝水洗澡的"居民"迅速逃去，它们忍耐着，只有等到人类闹腾够了累了的后半夜才能靠近。

貉子们垂头丧气，在林子漫无目标地躲藏、游荡，又有一只貉崽离群而去，尾随着狗獾不再归队。犀利的秋风中到处弥漫着肃杀之气，树枝枯了树叶落了，无以安家和藏身。每当夜幕降临的时候，秋风一阵阵呜咽，潺潺溪流惊悸的声音哀哀怨怨传来，像从坟头或灵柩而来，如泣如诉。好端端的林子兀地长出了水泥桩，铁蒺藜在水泥桩之间绕来缠去，貉子们大惑不解，被挂得遍体鳞伤，它们想不到，这里正在围圈着狩猎场。那一抹即将暗淡的晚霞，在山岗林梢隐去，九号和六号无助地看着远方，又看看貉群，一声声哀嚎、饮泣，浊浊的貉泪不断涌出眼眶，艰难地越过毛茸茸的脸颊，滚到嘴角，粉红色的貉舌轻轻一舔，"咕噜"一声，涩涩地咽了下去。貉们漫无目标地游荡、躲藏，偶尔难得一只野兔、松鼠，眼看土鳖虫、土蚂蚱一天一天少起来，森林中秋风一天比一天更加寒冷萧瑟，貉们深知，不久，森林将被埋在雪下。大秦岭的冬天一定寒冷而漫长。

那天，它们听到了同类们熟悉的呼唤，是那样殷切、轻松而诱惑。浓烈的貉骚味从叫声的同一方向传来。貉子们兴奋极了，不再失魂落魄，它们沿着气味和叫声的方向，顾不上路途险恶，向前冲去。身后的森林一阵一阵嘶哑地低吼，那是林涛或叫山潮。碾压着林子滚过来的还有另一种轰隆隆的声音，振聋发聩，夹带着呛人的硝烟，给森林一种不祥之兆。森林居民们无不惊慌恐惧，睁着一双双迷茫的眸子，四处逃散。被称为山魈的野猪仓促急剧狂奔，整群跃入深渊，左顾右盼的羊鹿撞在树杈上，顿时鲜血喷头。森林末日排山倒海的怒吼，震撼得山摇地动。仅有的那一缕阳光洒进林子时也显得苍白而孱弱。

貉子们回家了。貉场的门正好开着，毛毛已经挪步，叶叶正在扶着毛毛走路。惊喜万分的林喜儿瞅着九号、六号和它们的孩子时，泪水涌了出来。他买来挂鞭，脆脆的响声淹没了乡长们炸山毁林修路的炮声。整个貉场"哇哇哇"着沸腾起来。

黑　油

　　黄昏那阵，耿叔说再给添点儿蒿蒿柴把炕煨煨到底能好些。于是夜里很暖和。"小山，睡着了？""没。"耿叔说："没睡就好，我想给你说说话。"他就躺在他被窝说，"快过年了，工钱没到手，走不成。唉，咱俩不定回不了家，谁都要把谁的尸首送到谁家。"我本是想睡着的，耿叔这么一说我醒了，睁大眼睛瞅着黑咕隆咚的房顶，听他说话。"这几天风声很紧，老板还有两车油年前要赶着炼完，前些日子政府炸的都是好罐，要开这炉子我担心会出事，不出事则罢，要出就是人命……"他说着说着声音低下来，完全是气语，像黰夜时分从古墓出来的幽灵在窃窃絮语。

　　炕很热，我却打着寒战。屋外起了风，呼呼啦啦呜呜咽咽像一个人在伤心地号啕大哭。一种预感，很可怕。

　　出事那天，都怪我沉浸在老耿夜晚的晦气话里。如果他出事死了，我无论如何也要送他回去，并一定把工钱丧葬费什么的一五一十送到我应称作姨的女人手中。如果是我死了，老耿会不会吞了工钱，或者不等翻过秦岭就扔我于毛草壕里？一走神，我被油烧了。

炼油厂在长满刺槐林的塬塄下，十分僻静，稍微有点儿风，那黑乌稍长虫似的黑烟就蹿进林子。那阵子要是没有举报，政府就不会来炸炉子。

我从医院回来时，脸部烧伤才结一层黑痂，毛发的焦煳味一阵阵钻进鼻孔，令我恐惧，更不敢回忆被烧的瞬间。我的眉毛、头发肯定是没有了。初来时觉得挺新鲜，黑乎乎的稠糨糊，加上火烧，就能从管子流出汽油煤油、柴油。日子一久，吃饭喝水满鼻子都是油味儿。老板对老耿说："小山伤没好净，住在油厂太碍眼。"在当天傍晚，耿叔用油厂拉煤的架子车装上我的铺盖卷儿，扶着我坐在草帘子上，一步一咯吱走出炉火正红的炼油厂。

田野麦苗因一冬干旱，枯黄的叶梢在寒风中颤抖。几只野兔被惊动，竟在耿叔脚下箭一样奔去。渭河岸边的万家灯火在晚饭的炊烟中闪耀。空气中飘散着玉米秆燃烧的气味，氤氲的暮霭中，偶尔一两个急匆匆的行路人，朝着有灯火的地方走去。要是这时在家该有多好，伤难中的傍晚，我十分想家。想到木讷而贤惠的妻子，虽然她不像城市女人油头粉面、香气扑鼻，在这样的傍晚一定是在忙着赶鸡入埘、灶间生火……

车子停下来老耿说这房主人搬走没几年，他中午来打扫过，还不错，清静避背。我知道我脸上的痂是整个一个怪物似的黑面人。很吓人，老板把我安顿到这儿。老耿取来蜡烛点上，窑洞里有了微弱的光亮，他劝慰我说："咱给人扛活就是为了几个钱，有个窝就行，将就着。油炼完结了工钱，咱回家过年。"

耿叔怕我夜里寂寞，也把铺盖卷儿背了过来，一日两餐都在他下夜工时给我带回来，第二天或冷或热我也饿不着。趁着西北风不刮时，我独自坐在土窑门口，眯缝着眼睛看着远处油厂来来往往的车辆，计算着该有多少日子，该炼几炉了。耿叔下晚工回来迟早，没个准头，被废弃了的这口破窑住着一家子老鼠。因为我的入住影响了它们。大白天肆无忌惮地在我面前抓耳挠腮、嬉戏调情。那只硕大的母老鼠还在哺乳期，在地上打滚儿时能看见那两排迎春花似的乳头，红晕晕的，一到晚上，不论我把蜡烛放在啥地方，它们不是跳过去用长长的尾巴把蜡烛打灭，就是用身子把蜡烛撞倒，我用笤帚掷了几次都没有起作用。每遇我吃饭它们就像乖猫一样蹲在脚前，仰着头等我掉下的馍花面渣，后来干脆我也给它们吃，只吃一两顿，它们也不再袭击蜡烛，我不分给他们吃，它们也不偷吃。看来这窑洞主人曾是大户人家。土窑常掉土屑，时不时好像在土层深腹里传出怪怪的像哭号呻吟的声音，又像锣鼓大戏。窑里浸漫着渗入骨髓的空寂和生冷。老耿回来迟了，我竟蒙上被子躺着。

老耿回来不光是带回第二天的饭菜，主要是带回来油厂许多新鲜事儿。

"今日又打架啦。"

"谁打谁?"

"还能谁打谁，水蛇腰来了，闹得那个凶。"

我是知道水蛇腰是油厂老板的三房女人，瓜子儿脸，丹凤眼，长腿细腰。要说那风骚和杨贵妃差不多。最早兴起坐台她就出道，这个黑油厂每遭查封、炸炉子，她就被包月了。不知道给老板挽回来多少损失。他心里过不去就娶了回来。从良的水蛇腰十几岁就在风月场上混，耐不住寂寞，每夜不搂个胴体就睡不着。再说着老夫少妻，房事很不和谐。水蛇腰自坐台起房事带套。按理说是为了卫生，可习惯是从第一次养成的。到现在不戴套就不受用。而老板带上套就不受用。两个人不是一个不叫房就是一个不呻吟，没有合拍的时候。"小山，你知道为啥不?""不知道。"

"不知道好。"老耿吹灭了灯溜进他的被窝干咳一声，拿出了短话长说的架势。

　　"老板这几天是去甘肃拉油，甘肃长庆那盗油的说没去。被水蛇腰从歌厅找回来，一下车老板那脸色一阵像猪肝，一阵像土布袋。他给她解释道：'没办法，风声紧哩，得陪啊，年前这油不炼，年后没好价。''屁话，你是嫌老娘了。'开始在屋里吵嚷，后来没声了，两个厮打在一块。水蛇腰肯定吃亏了，她号着蹦出来，在地上打滚儿闹，一边撕衣服扯裙子，实在可惜。"

　　老耿边说着边啧啧，"那奶罩粉红粉红的，那奶子又大又白暄腾腾的。水蛇腰自己扒了长裤子，把肉嘟嘟的大腿拍得噼噼响说：'比哪头老娘不如你，狗尔的知道不，昏死过多少男人，嫌我，我还嫌你太土帽。'要不是人拉开，说不定连内裤也扒拉了。老板被人拦着，他那个号劲儿像是气疯了：'就是嫌，年龄不大，窟窿不小，多少不够吃……'"是实是虚，老耿这一说，我有几分惋惜自己没在场，窑外面西北风刮得正紧。被窝燥热，下身的物什已经不安分了。我一只手不自觉地挪了上去。都怪这该死的老耿说得太荤。

　　第二天我一直在发烧，土窑在摇晃，随时都要塌下来，到吃饭时，我不吃饭，老鼠们不耐烦了，翻碟子搬碗。一缕淡淡的冬阳从窑门隙透进来，没几分钟又消失了，苍白的死亡气息又在窑里萦绕弥漫。脸上的灼疼，身上发冷，两眼直冒金星，莫非我要死了？真的死了今晚就会被人拖出去，老板会指使人用镐放倒一个土塿埋了。团年饭时一家人为我点了三炷香祷告一番并献上一碗蒸饭，为远在外乡成了孤魂野鬼的我洒两盅酒，再吃饭。吃着吃着一家人哭成一团。那叫什么年啊。孩子们的书费、学费、开春化肥农药需要的钱，妻子一筹莫展，哭了又哭……

　　老耿好像又有啥高兴的事要说，见我病成这样，火急火燎去请医生。

医生来已是半夜了。暗淡的烛光里，我看清了医生是个老头，细看比这土窑还陈旧阴森。土不拉几的药包被一双公鸡爪一样的手打开，红包儿绿包儿摆了半炕。八辈子谁都不会相信他能治好什么病。七摆八弄毕了，像一个化妆师给名角化妆一样给我涂涂抹抹，并说："獾油调方子治烧伤一点效应，你们掌柜是有钱人，叫我给他治过烧伤的工人已不是一个两个了。"

老耿强留医生住下来吃点儿饭明早走，他一边推辞一边叮咛我千万不要那个，那个伤好了会留下青印子。老耿说："出门在外不会那个。"医生说："就连手也不能那个，皮肉连精，懂吗？"医生走了，留下满土窑的药味儿。

寒冷的一勾月亮斜挂在天空上。夜风吹来一股炼油厂的气味，我倒觉得几分可亲，不论老板多不好，活路多么苦，总是给钱的。卖苦力还得有人要。

"睡吧，别把医生的话放心上去，医生的怕怕，铁匠的不咋是常理，他不说厉害点儿不显他手艺高。"

他还想说什么，见我没有回答便打住话头。看样子一定有什么好事在等着他，使他兴奋、希冀。他睡梦中，呓语喃喃笑出声来。我捉摸不透，搬出油厂没多日子，油厂不会有他啥好事，莫非拾得物事或交了桃花运？不可能。首先横财不发穷命人，再是那跛腿女人早就好上了。莫非水蛇腰看上他？我被医生调治后轻松很多，没有一丝睡意。

他家在甘肃陇东一个叫碾子梁的地方。一年四季靠窖水生活，遇干旱年吃水要赶二十里土路去驮水，上辈人一生没洗过澡，所以他打工十多年没离开过渭河岸，挣钱供孩子念书。更让他舍不得的是渭河人用水就像碾子梁人用土一样方便不心疼。洗澡下水扎猛子打扑腾似乎要把上几代人没用过的水全用了。一年就回一次家。我曾问："一年回一次家想不想？"他说："惯了，饿惯了，回去吃死呗。"我说："外边有女人，何苦呢？"他说："咋能呢？在外有女人看上咱肯定是看上汗水钱了。咱这样能有女人看上，下一辈吧。"

其实，他对我说了假话。

那女人就是渭河岸村上的，男人犯了大狱，公婆孩子全靠她一人。憔悴的脸上过早爬上了几道皱纹，然而，素花衣下高挺的乳房仍洋溢着一个女人的本色，张扬着她未褪的青春。偶尔也和邻居来油厂在炉灰中捡煤渣。

那夜，风高月黑，老耿当班。油厂煤堆距炉口还有几步远，他每一转身就觉得有人偷煤，再折身，一个人影钻进了苞谷地飞跑起来，苞谷叶子唰唰响，他提着火钩随影子追去。狗尔的，不就是一笼子煤，值得跑？这是后来老耿对我说的。当时只听"哎哟"一声，一个女人已连人带笼跌进一个土壕里。尽管是渭河平原，可这几年卖沙挖土，壕堑坑洼到处都是。老耿跟身跳到壕下，那女人已完全站不起来了，见老耿下来，想挣扎着逃走。他心早就软了。"大妹子，别吓着，不就是一笼子煤？"好像捉贼欠了做贼的，狗尔的，那一夜的风恁凶，野坟上有鬼笼灯，猫头鹰叫得不住声。这可咋办哩？

他给我说叙时我都为他作难。后来，他硬是背着她送回村里，折身又送去一笼子煤。那女人是小腿胫骨骨折，没请医生没去医院，落了个跛腿，却和老耿好上了。那时候我还没到油厂。

这晚他回来迟了，朦胧中我听见土窑外面有人说话，细听是老耿和那女人。

"回来这么迟，小山的饭咋弄哩？"

"昨日带的有哩，老板人好，饭不亏人。"

"照看好些，他比你小，怪可怜见的。"

又听耿叔嘤嘤嗡嗡道："你一个人回去我不放心。"

"本乡本土，熟径熟路不放心啥哩，早早歇着，明天要掏锅子哩，把我心疼死咧。"

听她这么嗲声嗲气一说，我才恍然大悟，噢，这几天老耿高兴的是掏锅的事。

掏锅是这个黑炼油厂最挣钱的差事。炉子未炸之前是五个炉子轮着歇，其中两个炉子空着，每一炉子油炼完，油锅底渍着油渣，需停火放凉，人下去用钎子锤砸油底子，然后一块一块扔上来，又灌满原油再架火烧。没有十数八天那叫作锅的大油罐是冷不下来的。就是冷了，进得罐内，那闷热气也能够谁喝几壶。三四小时计一个班，另加五十元，二斤白糖一斤茶叶。今次只是一个炉子，停了三天就要掏锅，老板是赶年前这段时间。他摸黑钻进了自己的被窝。"小山，睡着了？""没，醒着哩。明日你要掏锅了？""嗯！""小心闷在罐里。""不打紧，大冷天，没事儿。"

他说："老板今日买了十斤白糖、二十斤粉条二十斤大肉，作为明日掏锅时一百元以外的奖励。啧啧，一百元呐，白糖、粉条、肉，年货都有了。今次老板大方哩。"

他高兴了这几天就为这事。我为他也为自己感到了一丝悲凉。

这日，冬阳始终藏在云中，青灰色的天空显示出的冷寂与空旷，令人无论如何也没好心情，老耿一早就把昨晚带回的饭菜替我烧好，自己扒拉了两口，喜滋滋一抹嘴，下到离土窑不很远的沟壕里，提回两桶水一放下就忽忽出门，到门外了还大声要我把水烧好，晚上回来要喝。

望着他远去的背影，我默默祈求着老天保佑。完了我又自嘲，人家现在有俩女人操心，何必我杞人忧天，再想，正因为有俩女人牵挂，更不能出事。

于是我站在土窑口扶着一棵老刺槐树，远远地向油厂眺望。许久，才从油厂方向传来大铁锤砸在罐里沉闷柔弱、悠远的声音。我想他一定光着膀子，只留一条裤头，大汗淋淋不停地轮锤，更需要有人不停地给他递水喝。他关照我，我却关照不了他，我有几分歉疚，赶紧烧开水，等他回来，也算是一份关照。

常言说，怕鬼就有鬼，痒痒就有虱。还不到后半晌，耿叔就被跛腿女人背回来了。

他把罐掏完时，几乎爬不出来了。回到地面了还像在罐里一样热，喝了两大碗水就想瞌睡。胡乱穿上衣服，跌跌撞撞走出油厂。老板及在场人都说他好劳力，尤其是能耐高温。

他双眼冒着金星，瞅不准回土窑的路，在松软的麦地里走一步蹲一下，他把麦田当成河，他要喝水，要在河里扎个猛子好好凉爽凉爽。这里是渭河边，不是程碾子梁，有的是水，尽管水一股油味儿，却多得舀不完，用不尽，起码用到孙子手里没问题，于是他要好好地喝。他扑下去捧上来的是土不是水，他怀疑自己咋回到碾子梁？再走几步下去掬上来的还是土。水、水、水、要喝水，他沙哑着嗓子吼。然而谁也听不见，旷野里谁也看不见。跛腿女人本来是在折向土窑的路口等着他的。在他吼的时候只有她一个人听见了，看见了，等她一跑一跛奔过去，他已是满嘴的土，昏倒在麦地里。

跛腿女人进土窑的一瞬间看见我便猛地愣了一下，肯定是为我结黑痂的脸孔吓的。但她知道是我。

"小山，快倒水。"她一边说一边把背着的耿叔放在炕上。我真佩服她的力气，一个瘦小的女人竟背得动一个牛高马大的男人。她手脚麻利地倒晾着的开水，自己抿一口，觉得还热，干脆掺上凉水，递到他干裂的嘴唇边。只一口，一碗水就完了，再掺再喂，保温瓶已干了他还要喝，不停地喊热喊渴，两只眼睛完全被血丝蒙严了，很怕人的。他扑下炕，勺一盆水就要往已全部成了烫发一样的头上和身上浇，被她夺了盆子，嗔怒道："脱光衣服都比这强，伤人哩，把心激炸了就没命咧。"疯狂了的耿叔像一个十分听话的傻大个孩子般地乖下来，被她利索地脱去衣服裤子只留下裤头。不脱衣服不打紧，脱了衣服吓死人，耿叔浑身颜色很眼熟，稍做回忆，分明是过年上油锅炸油货时烧的熟猪肉色。"妈啊！"我喊出声，而她已唏嘘成泪人。没有一丝力气而平躺着的老耿喊："热、热、水、水。"她干脆连裤头也替他脱光了，蔫巴巴的阳物无精打采，也成了烧猪肉色。她无顾忌和矜持，拧湿毛巾，像母亲给婴儿擦身子一样，又轻又匀地擦着，生怕连肉皮擦下来。她指示我不要把水烧得太热，不凉就行。本来我是主人，此时她说了算，一锅水刚热，耿叔像牛一样头也不抬就喝完了。

天哪，罐里有多热，他脱水脱到这样了，淌的汗肯定有两桶。他给我说过，在罐里汗水一落下来，"滋"的一声响就不见了，套两双布底鞋，脚板烙烫得不停地抬。"狗尔的。"我不知道我在骂谁。

到后晌，他才不喊热了，第三锅水喝得只剩有半碗了他才止住喝。

跛腿女人用她带来的鸡蛋挂面油包子做了一顿香喷喷的晚餐，耿叔却没有吃。有女人的土窑很温馨，尽管是跛腿，但又是泪水不断。直到半夜她一步也没离耿叔身边，一边抚摸一边揉搓。他不喊热了，她才轻轻给盖上被子，说穿上衣服肉皮磨着疼哩，不穿好。耿叔烧猪肉色的脸渐渐颜色淡了，泪巴巴瞅着那女人嗫嚅着说不出话。我给准备了一个酒瓶子问他尿不尿，他摇摇头。喝几锅水，竟没一滴尿。跛腿女人要回去了。叫他好好躺几天，他翕动一下没有回答，我说我会服侍好的。

土窑只有我俩了，耿叔才放声呻吟。一个老男人像公狼一样号叫着的呻吟十分恐怖。我知道刚才他是强忍着，不愿给心疼他的女人制造太多的痛苦。我是咋样也睡不着了，天明时他呻吟声小些了我才入睡。

不知那女人啥时候来的，饭菜扑鼻香时她才唤醒我俩。

这一整天，仁人在窑里说东说西，耿叔也好多了，她说她那几天眼皮儿跳得心慌，就知道有啥事，神了。又说有人到大田里撕下一张票，说是要税哩，她说要睡，黑夜到屋里来，那人说，是税不是睡，她说不是睡是弄啥。那人拿起了架势说她故意捣蛋，她说你想歪了，我人在地里，黑夜才回家去，谁随便把钱拿到地里，当干部心不纯，亏人哩。说着咯咯地笑起来。

外面飘起了小雪花，更显土窑温暖。耿叔身上还是红红的。他披着衣服坐起来对我俩说，他有预感，油厂还要出事。我说昨日不就出了你这事吗？还有啥预感。

"昨日我出事没出人命，再出就是人命。"

"胡说。"我不许他说晦气话。

"罐底子快透了，看起来没明伤，锤砸下去能试着，罐底子薄得厉害，说不定再一炉子炼不完就会失事。"

"你给老板说了？"我急急地问。

"说了，一上来就说了。"

"老板咋说？"

"不会！不会才日怪哩，周围几个厂的好罐被炸光了，没炸的是破罐，油没炼完，老板能在年前停炉子？再说油价这么好，老板会听我的？"他一脸无奈。

"那咋办？"我像小学生一样幼稚地问。

"碰运气呗！"

夜里又落起雪。渭河堤岸上柳树被雪压着，像默哀似的低垂着枝条。几只渭河灰雁落在高压线上，抖下电线上的雪，静悄悄的雪野烘托着渭河的安详和温驯，并只有在这时才嗅不到渭河水的腥臊臭味。从村庄院落升起的炊烟给寂静的渭河天空增加了几分动感。

炼油厂的早晨此时和渭河岸原野极不融洽。罱泥炉灰中留下慌乱的脚印，一摊摊血迹濡染着未融化的雪地。遍厂子的油渍油痕，令老板兴奋的出油管已扭曲成油绳，横七竖八地躺着。爆炸后的油罐被撕成几片，像龇牙咧嘴的傀儡，黑森森、冷冰冰等待着什么猎物似的。曾火焰升腾的炉膛也像传说中的四不像怪兽。飘飞的雪花一落进炉膛屡弱地"滋"一呻吟就永远消失。毛发、皮肉、被褥等燃烧后的气味在整个厂里飘浮，在空气中弥漫。笼罩多日的死亡之神的影子已变成几具实实在在的尸体，被人拖得躺在一边用油污不堪的彩条布盖着，裸露的死人小腿和脚踝上已住了雪，证明尸骨已凉多时，另半具尸体在我和跛腿女人怀里各半躺着，他就是还活着却只有一口气的耿叔。

掏了锅之后，暗灰色的天空就在酝酿这场大雪，黑云急速骤聚，西北风不再咆哮，耿叔只歇了三天，昨天下午被人专门来土窑叫去，说是开炉两天了，人手不够给排了班。跛腿女人两天没离开土窑，伺候耿叔和我。当然我是捎带了。

耿叔脸上身上的颜色还是淡淡的红烧肉色，进水少多了，也有了尿，说明他已恢复身体，平日的蓬头发成了烫发头，咋看咋滑稽。

她和耿叔同时走出土窑，油厂有掏罐的劳保品在等着他。她牵着他蹚过土坎，跨过干涸的水沟。跛腿这时不像是在跛，像是欢跳，我一直望着他俩消失在视野中。

土窑只有我一个人了，寒冷和孤寂又袭上来。脸上的痂和新生的肉芽还没彻底分开。跛腿女人说我这怪相去抢人准成。我真想尾随他俩去厂子，又怕老板怪罪，因为年关在即，像他这黑油厂谁都打主意。据说光是从商洛山拉回来准备送人的核桃柿饼、木耳，狗七猫八就有半车，好烟好酒更不用说，还不算准备了多少红包儿。如果我去厂叫人看见找麻烦，又得花去他多少银子。

我担心耿叔会出事。

跛腿女人是不能随他去油厂的，她踅回了村子。

我无力地靠在那棵槐树上，不眨眼地看着油厂方向。是想看到什么又不希望看到什么，只要挨到明天下午，这一炉子该停了，正是腊月二十三，是送灶王爷"上天言好事，下界降吉祥"的好日子，实在该回家了。我又摸着我的脸，家人见了不知要怎样伤心。

天快黑了，我还朝油厂方向张望，半点儿也不想回土窑，哪怕在这儿站上一夜，灯火阑珊处有耿叔，有跛腿女人。有我一年来的血汗，更有着来年的化肥农药、孩子的学费……

突然，油厂方向的上空，一朵曾在电视上看到过的蘑菇云在升腾、翻滚，随之远远传来闷雷似的爆炸声。

我一直孤独的神情和紧绷的神经这时完全松弛下来，毫无反应和理智地欣赏着蘑菇云在挣扎、翻滚、奔涌，白烟镶边，黑红相间煞是壮观。蘑菇云下是一片火海，一片人的鬼哭狼嚎、撕肝裂肺的尖叫。我有生以来初次尝试到恐惧中的恐惧是什么滋味，浑身抖颤得已不能自主。"耿——叔——"我吼叫着，嗓子是沙哑的。"耿——叔——"当我第十声要吼叫时，已完全是在哭了，像一个孩子突然失去家一样无奈地哭、无奈地号，没命地奔向一片火海的油厂。

这一夜好像渭河平原突然回到了北极之夜，漫长而寒冷。落雪之前，风带着哨子在原野肆虐。当时火海借着风势，惊天动地噼啪作响燃烧，风卷起的火焰在空中翻腾，做着不可一世的姿态。天完全黑下来时，渭河岸的原野竟被火龙照耀得如同白昼，燃烧的油烟很呛人，刺激的呛。滚滚浓烟总被火龙抛来抛去，一阵朝东一阵朝西，无人敢向119报警，那当儿有人还看见老板，再后来就再也没见他的人影儿。

火实在太凶太大了，只能靠它自己燃烧完了自己熄灭。幸亏成品油随手卖光，爆炸燃烧的只是炉子正炼的黑油，火光映红整个天空，无人不为之惊恐，似乎发生在欧洲庞贝城的末日将发生在这里。

耿叔是被爆炸时的气浪推到十多米远的地坎上的，他身上没有火，等我哭喊着赶到时她已经找到了他，我从心里再一次感激这个跛腿女人。耿叔鼻口出血，没有外伤。

油烧完，火光也没有了，天空和油厂陷入黑暗和混乱。老板跑了，水蛇腰多日就不在油厂，更不会这时来管事。

耿叔个子大，我和跛腿女人同时抱住他，这样才能按捺住他的颤抖，好心的村邻摸黑把死了的抬到一块，把受伤的送去医院。当然他们是本村人，至少也是本地人。远在地坎上的我们仨谁也没看见。耿叔艰难地对我说："咱等着，老板没结账，去医院谁开钱？再说我不打紧，老板明天会来管我们的。"跛腿女人哭着说去医院钱由她负责，耿叔说不打紧的。我已没了眼泪。我信耿叔是半仙，他预感要出事就出了事，他说老板会来管的，我就信，只有她不信，她不知哪来的力气又一下子背起耿叔，对我说："走，到村里拿车子送人去医院。"

一声声尖叫的警笛从远处传来。渭河岸灰冷的天空弥漫许久的油烟云终于散去，原野里一片宁静和清新，我想我们仨身后的油厂今天将更加热闹。

孽　胎

　　从家里出走时，我俩谁也没说准儿出去干啥，反正说是要出去挣钱的。我俩就到了远离家乡的一座城市。有半个月光景，我终于先在一家建筑工地找到活儿。妻子桃就跑劳务所继续找活儿。

　　城市的夜永远不能和南堤相比。走出几千里了还说南堤，不由人哪，南堤是在陇东永远的家哟。耀眼的霓虹灯从窗子映过来，嘎嘎的刹车声从大街传进来，实在令人无法入睡。狠心的房东硬是把一间屋用三合板隔成两间，就按两间出租。只是一张床的地方，提供的灶房就是走廊，油盐酱醋之类过日子的东西只能塞在床下。每一次床板的声响不是那边的传来，就是这边的传过去。桃对我说她去我干的工地干活。我说工地没有理发馆。她嫁给我之前在小镇理发室干过。

　　每日早起来，她就煮好方便面，一人一包，汤汤水水算作早餐。出来务工总不比在家，能省就省。她就给我拨一筷子面来，说工地活儿重。每日我临出门去，她总要在我脸上亲一口。到了工地，被桃亲过的脸上还温温地留着她的气息。有一天，桃说她在一家发廊找到一份工作，月工资除外还有奖金。我很高兴，这座城市是养活人的地方。

桃上班的第一天，清晨她起来得极早，把仅有的几件衣服拿出来比画。说城里的发廊不比南堤发室，衣着很要紧的。在我心中桃是世界上最美丽的女孩子，虽然结了婚，可她更光彩照人，高耸的双乳、深深的酒窝。我在心里许诺，等领了工钱就去给她买一件城里人时兴的衣服。

桃上班的地方很远，我就提出在离她近的地方租房子，桃说："一样的。离我近了离你远了，等租期到了再说。"于是，我们就原地未动，像一双燕子早上飞出去，晚上飞回来。

桃身上一股香味，她说城里人洗染发全用进口货，特香。

桃每天都特兴奋，发型每天换一次。我看着她，心里很好受。南堤来的桃，在这座城市里也十分鲜美。我时常提醒她早点儿回来，免人操心。她说："没事的，这城市随时有车，到处是人。"我就说："正因为到处是人才就叫人操心。"她说："放心吧，桃永远是你的。"并说，"以后回来迟了就别等，活儿多，加班多拿钱。"我没再说什么。

城市的日子很平常，不像南堤春华秋实，四季分明，只能从冬装夏服明辨四季。她和城里人一样换上了秋裙，我没拦她。谁不愿自己的女人永远比别的女人更漂亮。该回去种麦子了，她说她回去不回去都无关紧要，在这里一天少说也有几十块，我想了想觉得也是。我就叮咛再叮咛，不要加班，不要吃请……那一夜我给她说了结婚以来最多的话。她偎在我怀里，不住地回答记住了记住了。我像一个布道者或劝善者，自己以为尽职了，其实，并不是那样。

我回到南堤，没有领回媳妇，父母数落我少心眼儿。我对父母拍胸膛说："我的媳妇我最了解。"乡邻竟指责我短一路电，说桃是十里八乡第一个美女子，竟然把她一个人扔在老远的城市里，是把羊拴在狼洞口。他们说得多了，我心里也就惴惴的，晚上睡觉老做噩梦。

从南堤赶到那座城市时，觉得路太远了。走了快近一个月，桃怎样了？我又回到那座城市，不由得心花怒放。并不是我喜欢都市生活，而是这里有一个属于我的女人。在左顾右盼中，她终于回来了。简直不敢相信她就是我的桃，头发散了，睫毛长了，鞋跟儿高了，裙子短了，眼圈儿青了，嘴唇红了，走路一折一闪的。我给做的饭菜，她没有半点胃口，我只好赔不是一样地说："不该把你一人扔在这里这么久。"是夜，两人都趣味索然，她一会儿嫌我汗味太重，一会儿嫌姿势拙笨。干脆不做爱了，开了灯，她先是给我捶腿捏胳膊，说回去种麦子累了，后就是双手合起"吧唧吧唧"在我身上敲打。又跨在我背上捏弄开来，十分舒坦。我说："你还有这一手我咋不知道？"她说才学的。她又示意我翻身仰卧着，一阵插胸，一阵顿足，一双奶子在衣下像两只欢快的小白兔，并淡淡地说了句她上班就干的这工作。我嚯地坐起来。"真的？"我问。

她说："真的。""这活儿干不得，迟早要出事。"她说："弓正伤弦，人正没钱，端端正正给人理发不够伙食费的。"

以后我才知道，在我回南堤的日子里，桃几乎就没有回来吃饭，有好几个夜晚也没有回来。

那一段日子我尽量不往别处想。她半夜才回来的次数多了，我就想她肯定又加班。而加班是给人理发而不是给捶背按摩。她渐渐地话也少了，夜里床上没了兴致，脸上挂着忧郁，每月交回来的钱却不少。再后来竟有两三个夜不回来，我觉得很可怕。我请了假，就按她说的那条街去找。其实那条街是很好找的。至于发廊叫什么名字记不清了。只要是发廊门我就进，那些花枝招展油头粉面的女孩子，一口一个大哥，就把我往按摩椅上摁。我说我是找桃来的，她们就一阵嘻嘻笑说："我们莫非都是杏子？"找桃找屁！偌大一条街，发廊几十家，挨个找，每个发廊都是大同小异，墙上有镜子，镜子下面一排长柜子，柜子上摆着各种牌子的洗发液。桃上班的那个发廊门脸很大，门头招牌大白天也亮着灯箱。我从一个小发廊女孩口里得知桃在这儿，她们毕竟是同行。推门进去的时候就理直气壮的。"桃、桃、桃！"我连喊三声，那些有活儿没活儿的女孩子以及满头泡沫的顾客看着我，大概我不是声高，就是粗野了。

桃从里间走出来，脸上红扑扑的说："你咋找得到？"我说："鼻子下有嘴，北京都找得到。"桃给我倒了一杯水，转身对那伙女孩们说："他就是我那口子。"女孩们起哄："桃有老公了！""傻帽。"桃笑了，又对我说她的活儿马上就完。说毕还没等我做出任何反应就进了里间。

我坐在出出入入的女孩们和嬉皮笑脸的男人们中间十分不自在，就端着杯子向里间走去。屏风隔着的里面是长长的回廊，面对面的各按摩房上一色的毛玻璃，看得见里边人影晃动嬉笑声忽高忽低，却看不仔细。女孩们出来都把门带上，进去了都把门反锁上。

我弄不清桃在哪个门里。回廊尽头一个门开着，我照直走进去，一股臊臭，原来是只有一个坑的卫生间。坑子结着厚厚的尿碱。手纸篓满得溢出来，黄蜡蜡的手纸和殷红的卫生巾，更多的是黏糊糊的安全套。我一阵恶心。

桃从一个门里出来，十分热情地送走她的活路，折过身挽着我，没下班就先走了。望着混入大街人流中桃送去的那个人背影，我说："刚才那个活路是弄啥的？"桃说："不知道。""常来？"桃说："常来。"我想追上去揍他。桃就说："惹财神爷，有病啊。"桃瞅着我脸上暴涨的青筋和怒睁得像铜铃般又布满血丝的眼睛，淡淡地说着。"他亲你了？"我问。

"嘴老臭老臭。"桃回答。

那你……我没词了。我是很有克制能力的人，既没有挥拳打过去，也没有大吼，可眼前一下子黑了，脚下有些趔趄，她趁势挽住我，煞白着脸，我想她一定是吓的。街上人很多，谁也没留意我俩这小插曲。桃轻轻地攥着我手，进了一家名叫"清明茶秀"的地方。她说知道我心情不好，到这里消消气。

瞬间，瓜子果盘，扑鼻香的龙井茶端了上来。

我问多少钱，店小二答："二百四十元，先生不忙买单，尽管用茶就是了。"

桃熟练地削着果皮，声音柔柔地说："别心疼，不花咱的钱。"

"白吃白喝？"我问。

"记账。"

"你常来？"

"常来！"

"记账就不开钱了？"

桃就说，她一个老顾客是个官儿，每次做完活路都来这里，都是记账，都成老熟人了。月底那官用支票结付。

我说："桃，你实在不该陪他到这地方来。"

桃说："不来才是痴葫芦。"

我问："人家官儿总图个啥？不就是占你的便宜？"

桃说："图我活做得好。"

我说："没别的？"

桃说："有，就是亲亲摸摸。一个老大男人哪个不是那样，往往手还没按摩几下，裤裆就撑起来。"桃说着说着就哭开了，很伤心。她说发廊女孩很可怜。她是过来人还好些，有些女孩才十几岁，奶子都被抓出了血，舌头被咬出血泡，还不敢得罪，得罪了就断财路……

桃说得很多，很委屈，就是没说她夜不归宿是啥原因。

我因知道了桃在发廊的情况之后，心里总留着伤痛，就让她辞了发廊的工作，在家只给我做饭。晚上饭罢，桃就没完没了地和我做爱。但无法排遣的潜意识在支配着我。这桃虽然是我的，却已不是昨天的桃了，是被人啃过几回，沾着别人口臭和牙垢的烂桃。而无所事事的她只要每晚有爱做就行。日子对我俩都十分乏味。

城市的阳光和城市人对乡下人一样，总有那么几分傲慢。没有清清亮亮的时候。这种阳光很适合桃。好像天生她就应接受城市阳光，这样才显出桃的鲜亮。去了两天裁剪班，回来把几条裙子改成尿布样说是新潮。租来的房子没有穿衣镜，她就把尿片样的裙子穿上，在大街橱窗镜前扭着身子照来照去，招来几多鄙夷的目光。学几天烹饪，每顿炒菜没盐，放糖。看一场服装表演，走起路来颠儿颠儿的。

那天，看到一则酒店招聘广告，她说她想试试，毕竟学过烹饪。我想凭她那两刷子，一碗家常饭都做不囫囵，还酒店哩。就支持她去。孰料，她竟被招聘了。我心里毛毛的。一个发廊，把原本十分完美的桃捂得像个烂桃。酒店不把桃泡没了？再一想，酒店就吃喝饱了走人，没那七荤八素的条件和机会。桃虽说在酒店，只能给人家洗洗刷刷。其他我也就不往心里去了。

刚去酒店的日子，桃和我一同出门，一同进门。进门的时候总少不了半瓶酒、一条鸡腿什么的。

桃起初确实做些洗洗刷刷的差事。大堂传菜女孩不够桃也给传菜。忽一日被酒店经理看见了。就上去问她："啥时来的？负责哪个雅间？"她就说才来，在厨房打杂。经理就给大堂经理下了指示，桃就坐了吧台，桃在吧台一坐，使那些原本还靓丽的女孩大减姿色，吃客们有事没事来到吧台，喷着混浊老臭的酒肉气冲着桃嬉皮笑脸。

　　不久，桃就当了领班。高开衩丝绒枣红旗袍，配一双奶油色皮鞋，把烫发拉直了，挽个髻。当了领班就不再端着菜盘儿颠儿颠儿，腥汤油水烧手烫胳膊。按她的职位和大堂经理相比较还差一点儿，工资却一点儿也不少。桃学会了喝酒，领班是有了头衔的，要尽量满足顾客，于是就陪客喝酒。陪一桌两桌不太紧，陪多了就有些难招架，就上厕所，到洗手间瞅瞅没人，蹲在便坑旁，也就顾不上熏天臭气，迅速把手指塞进喉咙吐，行话叫"出酒"，有时"出酒"吐出红红的胃液。日子稍久，桃竟能辨出五粮液真假，能品出窖酿酒的年份。而她更乐于"出酒"，酒喝多了就"出酒"，"出酒"有快感，这快感是像夫妻生活一样的快感，伴随着"出酒"时的吼叫和呻吟，和叫床没有多大区别。每一"出酒"，头发就有些乱，眼眶潮潮的，面颊酡红，浑身像散了架，谁看见谁心疼。于是就有了关怀。一般这个关怀是让给席首，席首大多是领导，桃陪酒位置开始是站在席首背侧处，席首略一转身就可以与桃碰杯，或是端着酒杯，肘套肘，头与头的距离很近，能嗅到对方鼻息。席首挪动座椅腾出空，就有服务员添上一个座，桃被按着肩膀坐下来。顿时，席间就有了气氛。凡男食客就把她当成自己人，用自己的脏筷子给桃夹菜，桃怨恨自己胃口太小。酒不过三巡话就多起来。从席首开始讲黄段子。我所说的席首指男席首。段子不等讲完，皆笑作一团。乍听桃也笑，轮到再一次听，桃就笑不起来了，因为有些段子很流行，差不多都说。桃就故作惊异，捧腹大笑，客人就高兴，说段子的人乐不可支。往往时间被段子占了一半。有些黄段子说得桃心里痒酥酥的，脖根儿发热。

　　刚才说的桃"出酒"后被人关怀。来酒店订雅座的，要么吃饭不掏钱，有人请。要么掏钱不吃饭，请人。席首很麻烦，要喝鱼头鸡头酒，要用筷子剪彩。有的席首顽皮，他挑出鱼眼，放在谁碟里，说是高抬一眼，谁就要喝酒。桃"出酒"归来，头晕晕的，被人扶到席首旁的位置上，本来只要不再喝，吃点儿东西就行，席首不依，非要桃坐在自己怀里。开衩旗袍的后襟正好撩起来甩在外边，也就等于桃只穿着短裤儿坐在人怀里，一双奶子被人蹭来蹭去。桃嫌恶心，想挣脱，就反倒被人搂得更紧，席间的笑声就更大更淫荡。桃能感觉出那人那东西硬邦邦。这一桌没闹腾毕，另一雅间就来叫桃去陪酒。桃只好再拿拿精神，说些抱歉之类的话告辞。客人醉眼蒙眬地瞅着丰乳肥臀，说桃是人精，有的说是骚货，又说是个尤物。

只要有人吃饭，桃就没有静下来的时候。这家酒店自从有了桃，生意格外火爆。由于桃的诱人，客人订餐时，连桃陪酒一同订了。桃一副志得意满受宠若惊的样子。我很无所谓。酒店是吃饭的地方，龌龊不到哪里去。女人家就是洗锅抹灶、烧茶待水的命，有钱挣便可。对于她在发廊的日子我已淡忘。对她的反感和猜疑来自她身上的浓浓酒气和男人味，足可以证明她不再是刷碗洗菜了。

作为丈夫，再大的胸怀，也容不得自己的妻子不明不白地半夜不归。我在街口等，我去她常坐电车站牌下等，直等到夜班通勤公交车收班，仍不见人影。在这个寒风料峭的冬夜，远离南堤这座城市，只有桃是亲人。工地就快放假了，放了假就和桃走。

我恨那座城市，恨那些衣冠楚楚的人。桃是多么温顺、贤良、漂亮而传统的妻子。是发廊教坏了桃，是那座城市人惯坏了桃。灯火阑珊，金碧辉煌，掩盖着鸡鸣狗盗行径。变着花样捉弄乡里来的人。硬是把赌博叫游戏，把敲诈叫提取，勾引人家女人是公共关系。难怪到处是狐臊臭，有些人骨子里就是脏物，排出来，水是冲不去的。有人说城市是优秀农民聚居的地方。我和桃算不算优秀？多好一个桃，一到城市就不是原来的桃了。

她早上走时和我说好，下午早回来还要继续去电脑班上课的。实际上她被送到医院抢救了。

我是第二天十点多才被酒店人领到医院。

我见到酒店经理时，不由得举起拿瓦刀锻炼出来的大手揿他两个耳光。他请我到他办公室又是烟又是茶。说桃工作多么出色，多么能干，下一步就将提升为大堂经理。

经理很斯文，他坐在我对面，摸着被我揿红的脸，诉说着他的苦衷。临了，我听明白，他是怕我领走了桃。

医院里，桃静静地躺着，昔日红润润粉扑扑的面庞蜡黄得像用黄表纸贴着，长长的睫毛压着紧闭的眼睑。乍看像死人。我撩起被角，攥着她冰凉的手，心里一阵酸楚。酒店的两个在病房的女孩对我说昨天姚姐整整陪了十二桌，吧台记开瓶费……要不是她俩太小，我又要动手打人。

桃许久才醒来，她抬起眼皮看见了我，却无力坐起来，清亮晶莹的泪水就滚下来，从牙缝中挤出一句："又耽误一堂课。"说话的同时，一股浓浓的酒气随着飘了过来。

我既不能指责呵斥，又无恰当的句子安慰，只能不停地给她抹泪。

"离开这鬼地方，回南堤去。"我以为这话能给她一丝欣喜，或者暂时解脱，她却十分痛楚地皱了皱眉，摇着头。这时护士叫我去办公室，桃就瞅着我，用目光示意我随护士去。

挂着深度镜的主治大夫问我："你是她丈夫？"

"嗯。"

"你妻子有身孕！"

"嗯。"

"第一胎?"

"嗯。"

"知道不，胎儿乙醇中毒，多半难成活，即使活了长大也是个白痴，你看该怎么办……"

我几乎要倒下去了。勉强回到桃床边，而桃似乎比我更知道结果，又用目光问我怎么办。

"回南堤。"这是我唯一的回答。

"我是说这个孽胎。"桃微弱地说。

"孽胎!"我重复一句。

"孽胎。"桃又重复着。

故　土

正当石村人热议马三爷的箱子打开之日时，石民民回来了，那会儿村里人都睡了。月亮从东山坳升起来，刚下过雨的场面积着一大块儿水，经月光一映，石村在月光下显得豁亮。

看着朦胧中村东头的磨房、村西头的砖场，还有村中正在修建的大水塔，石民民突生几分怅然，因为很快这一切只能留在他"故乡"的梦境中。

他站在才建成的村桥上，深情地看着夜的家乡，衣兜里一张被他捏皱了的"准迁证"现在在他手心里潮着。初夏的夜风从河面刮过，他感到几分凉意，匆匆走向自己家门。

石民民一家要迁走的消息在石村不胫而走。村会计石柏树这时拿着皮尺，他很作难。政府给钱修村道，沿村道住户那一段门前路，村上集体出钱，水泥路就铺到台阶下。早听说石民民在兴平的事儿，没个准信儿。

他拨通村长手机。村长在电话中骂他真是榆木疙瘩，人家"准迁证"都在身上装着，给谁铺？

于是白白的灰线撒过石民民家门口。

多少日子，梅梅没闻过男人味儿，睡过头，民民更是叫不醒，梅梅起来，趿拉着鞋，提着夜桶拉开门闩，门开，见路上连石柏树在内有一伙人，就侧着身子将夜桶提到房后厕所，急急走出来。看看石灰线从家门口直直走去，便下得台阶，冲石柏树道："咋就不给我家铺水泥？"石柏树说："石村的茅草窝，卧不下金丝雀，给谁铺？"

梅梅拢一下头发，气咻咻问："铺水泥就是铺水泥，啥猫草狗草？"

忙活的刘广才替石柏树说："你回去问你男人就知道了。"

石柏树一伙继续挨着逐户撒灰线。梅梅再出来时是和男人民民厮打着出来的。

石民民夜里回来就偎上妻子，人显得有些困顿，涨着眼泡儿，嘴里腻腻地和梅梅辩驳着，说自己不是后娘带到石村的，谁敢把他当外人？

梅梅指着从门前直直走过的灰线，他的脸立刻像土布袋狠狠甩了一下似的，没颜色，也哑然了。

他揉揉惺忪睡眼，彻底清醒过来，是"准迁证"惹的祸。可是"准迁证"好端端的还在身上揣着，村上咋就把他当成外人呢？日怪！

他对石柏树说："我是想迁走，可户口没办哩，你柏树哥这么做是不是绝了些。"

石柏树是当了多年村会计的人，经见过些世面，便平静地回答："不就是给人跑腿儿、撮合生意吗，有啥了不起，好八哥说不过潼关，有理找石村长说去。"

这一句塞住了石民民。在石村，从石姓人当甲长的民国时期开始，不论年龄大小，一律代替了族长。中途石姓人曾落魄过一段。石磊当上村长，自然也成为族长。族长说话，想评理也没个地方。他回头无奈地看着妻子，妻子又看着他，少顷，再回头时，石柏树他们又继续向前拉皮尺了。

却说，石村后塬的静泉山，岩缝中有一滴水，不知经历多少年，日积月累，岩下就凹进去偌大的一个空地，石村人管叫岩窝。岩窝周围长年湿漉漉的，就长出许多古树藤条，不论春夏秋冬岩窝那一滴水从未间断，白青石上硬是被那一滴水砸出斗盆大的一眼石坑，从上辈人至今，谁也没见石坑满溢过，也没见干涸过。石村人吃的村中那眼井水，大概就是从这里渗下去的。难怪十里八乡都说水好莫过石村。"东乡的社火西乡的船，石村姑娘赛貂蝉。"说的是石村水养人哩。

岩窝下原有一座庙，那年搞运动被拆时，碾子爷只是民兵连长，他背有长枪，腰里有短枪，却没敢阻拦。庙砖被运到山下修语录碑，几尊神像也被砸，从此断了缭绕多少年的香火。石姓人痛心疾首。几多年过去，关于庙的记忆在年轻一代中似乎更加遥远。

午后，石民民一个人快快地来到岩窝，他想在这里清静一下，或者有一种祈求，妻子梅梅闹得天翻地覆，说金窝银窝不如祖先留下的土窝。他再给妻子解释兴平是大地方，当农民都不用扛锄头，种粮食有订单，在地里就能变成钱，梅梅一口一个不稀罕。而村邻，一下子把他看成从远方来的客人一样，凡见他的人都少不了一句问候："哟，民民，几时来的？"他根本就没走，就不存在几时来，"回"字被省略。还有人竟问他那四间两层房要多钱，给找个买主儿。石民民真想上去给一拳。

去岩窝的路上，脚印儿很乱，路边茅草像是被人踩多了，茸茸的，见有人往岩窝送砖送木料往回走，他才知道乡邻们要修岩窝庙。碾子爷活着时常常提说，那年拆庙砸神像，石村的风水败了下来。那当儿，时隔不到半年，炉火正红的砖窑坍塌，烧死仁人，上边来人硬说是阶级敌人搞破坏。接着一场不大的暴雨，却起了洪，卷走几头耕牛和一个放牛娃子，石姓人曾经平安的日子没有了。碾子爷痛苦地偷偷到岩窝，跪在残臂断躯的神像前，流着泪说都是他的罪孽，祈求神灵降罪于他。直到他在弥留之际，还呢喃着修庙塑神像的事。

石民民一边走一边思索，是谁突然想起来修庙，修村道是政府安排，喊一年多，修庙绝不是政府有这意思。一股山风吹来，潮潮润润，那是从岩窝吹过来的风。他伸手拽过一枝槐梢，捋一把正散发香气的槐花，放在嘴里咀嚼着，少顷，嘴角溢出甜甜的花浆，他"噗"一口唾出去，唾了又嚼，吮吸槐花甜滋滋汁液，似乎要品出石村和兴平之间共同的味儿和区别。

走过一片白刷刷槐花林，就到岩窝。苍松翠柏和正在开花的紫藤把岩窝周围笼罩得十分幽雅恬静，微风夹着花香窜进岩窝，石民民的心情一下子清爽许多。

旧庙址上已堆放了不少砖石、水泥、木料。

空中石缝那滴水还在滴答滴答着，石坑中清凉凉的水依旧不满不溢，被水能浸润到地方，蒲公英和白头翁花在杂乱的破砖烂瓦中绽放。贴在残墙上的两张写满了字的大红纸吸引他的目光，仔细看，原来是重修庙用料摊派和捐赠物料的功德榜。

这时他才明白，重修岩窝庙确实是有人组织。有摊派水泥的，几千块砖的，几千斤白灰的，也有摊派劳务的。

石民民想，这点子只有村长石磊哥想得出来，石村没有几户外姓，也只有他出面了。石民民想象着不久的将来，这里香火缭绕，善男信女跪一行，松涛中挂鞭阵阵，灯火阑珊。碾子爷在阴间也笑眯眯的。

他从头看到尾，没找到给他的摊派，也没找到自己的名字。他又在另一张红纸上找，潦草手迹很明显仍然出自村会计石柏树之手，写的是自愿捐赠善款善事名单，大多是本村的外姓人，也有邻村人，在路边开饭馆的刘广才就捐了三千元，包工程的马柱柱捐了两千米电缆。

他独自暗笑，柏树哥也太粗心，竟然能忘了写他石民民？该不是喝醉了。他又十分纳闷儿。柏树哥咋能忘了他石民民呢？没摊派就没负担，更不用黑水汗流往岩窝送，却是把人放在秤星或不放在秤星上的事。谁再穷也不会对神有怠慢，我石民民更是半点儿都刁二穷，有的是钱。自己虽然不迷信，静泉山，岩窝庙可是石姓人的天神……他想得很多，想到他以后只要回来就常来上香，响最大最长的挂鞭，张扬张扬自己，来的时候身边最好有个女人，比如像今天捋槐花，掐野韭菜，渴了就喝石泉里的水……

他掏出烟叼在嘴上，又在身上兜里掏打火机，却摸出了那已经皱巴巴的"准迁证"，像触到敏感神经似的，一激灵，他明白石柏树会计不是粗心，是和铺水泥路一脉相承，是逼着他走的阴谋，是恨人不死，他的心境一下子跌到冰窖里。

他气急败坏地把烟摔在地上，又恶狠狠地踩一脚，匆匆走出岩窝，他要找村长石磊，会计石柏树，他不愿再叫磊哥柏树哥。要理论理论，门前水泥路不铺今后就不再走，神灵通天下，修庙不摊派，算不算石姓子孙，就连过去逃荒讨饭的，路过神庙都要给神庙门前靠块石头哩。他脚下几乎有些踉跄了。

今年雨水好，后塬上的麦子穗儿抽的很齐整，有的已开始扬花。一个城市打扮的女人大概从麦地小解刚出来，身上挂着淡黄色点点麦花，站在从静泉山下来的路旁和石民民打了个照面。

"民民，你也上岩窝去了？"这女人喷着满口香气地说。

石民民也问，秋云嫂几时回来的。叫做秋云的女人拍打着身上麦花儿说，早上回来就看到村委会门口的红单子上给你涛哥摊派白灰，说是要修庙了，这就去山上看看。

"你就为这回来的?"他问。

"还有。马三爷三周年过了，那只箱子实在该打开了，前格日村上电话说每户都得参加，当面打开，分马三爷宝贝哩。"

秋云说着，不经意掏出一个精致小梳子拢着额前的刘海，她又侧过头，亲昵地问"你猜，嫂子想要啥哩?"

"猜不着!"

秋云把袖子往上一捋，亮出笋白的手臂说："真的有翡翠手镯戴上多美，金钗银簪我都不稀罕。"她说话的同时，一双凤眼儿眨巴一下，一副不屑金钗银簪的样子。

"不一定有。"石民民说。

"唏，恁大的箱子，死沉老重。"秋云肯定的口气说。

"我咋没听梅梅说呢?"

"你不是迁到兴平了吗? 村上自然就不叫你参加。"秋云说这话像空中落下一片树叶一样轻。又满不在乎。"你涛哥忙，我就回来充个人数，转两天。"她说着就扭身走去，老远了又回过头喊："没事让梅梅家里来坐坐。"

秋云在省城一个酒店当大堂经理，一阵从省城回来，可见马三爷箱子非同一般。

马三爷是个五保户，年轻时干土匪，又救过咱们队伍，几十年在村中享受五保，死的时候九十多岁，是村上待大客，请响器埋的。

马三爷有一个油漆明儿锃亮的大箱。谁也没见他打开过，更不知道是啥宝贝。马三爷临死前把钥匙交给村长，村长就当着众人面贴封条。从那一日起石村人就掰着指头数马三爷的"五七""百日""周年"总算等到三年忌日。

再说，石民民在从岩窝回来路上遇见秋云，说话没有几句，留下一团香气走了，却把巨大的疑团和痛苦留给石民民。那年眼看马三爷不行的日子里，石柏树就电话通知在外的人，说三爷不行了，先打个招呼，一旦倒下头，都要回来埋人哩。石民民得信回来。

马三爷临咽气，石民民就在场。他眼见马三爷挣扎着从被窝伸出柴棒儿一样的手，将那把在身上揣了一辈子，被肉皮蹭得发亮的箱子钥匙交给村长石磊。神秘箱子就在他脏兮兮炕头，还有气无力叮咛等过了三年再打开。贴封条是石民民打的糨糊，封条纸是曾经压风箱用的麻纸，这种纸已经不多见，死人盛殓棺材用。马三爷知道自己肯定要死，麻纸早就准备着。石柏树写，又是石民民抹糨糊，有意用指甲在封条纸上扣了三个记样，谁也没注意。其实麻纸作封条是无法捣鬼的。埋了马三爷，箱子就放在村委会。

有岩窝的静泉山并不很高，上后塬不大工夫就到。也就是城里人闲得转秧秧，饭后散步的路程。石民民从后塬下来为抄近便，也不心疼谁家麦子，就从麦地里蹚过来，把麦禾踩一道子，直奔村委会。要开会，村长肯定在这里。

村委会门大开着，乡邻在院子瞅着门口两张大红纸说东道西。那两张大红纸和岩窝庙的两张是一个内容，对着刘广才捐的三千块啧啧不已。"出大血了，舍得啊。""勺头少勺一滴油就抠出来了。"看来他出大血也没人夸奖。

村长和会计在公布栏前用粉笔正在公布冰冻雪灾摸底情况。石民民没头没脑就问，修庙为啥不给他摊派，村长和会计同时回过头，见是民民，便住了手。会计拍打着身上粉笔沫儿，瞅着村长。这已早是习惯，任何事只要村长在就没他答话的份儿。石村长噢了一声，算是和民民打了招呼，他又拍拍有些白的手，缓冲了一下，不紧不慢说，修庙的事村上不管，是大家自发的，比如刘广才不是捐了三千块吗？再说啦，兴平人咋能修石村庙呢？

这时，村邻们陆续往村委会聚，看红纸的人也不看了，围过来，听得出石村长这是要把民民往墙角儿扛死的话。

石民民问道，马三爷的箱子我也成外人？

石村长就说，马三爷是石村人的马三爷，有谁的份儿没谁的份儿，错份儿马三爷在阴间都会怪罪的。

一旁痴愣着的石柏树会计觉得，在石村，羊圈驴就他俩大，得替村长帮腔，于是插话过来，指指公布栏说："冻灾摸底也没你名字。"

石民民像吃了青柿子，嘴涩巴着张不开。涨红着脸，憋出一句，"手续还没办哩。"

村长说："噢，对，清明你没回来，祭坟那天在坟头说本来明年是你过会，你就免了。"

这一句，又是一锤子砸在石民民心窝子上。清明会是石姓人多少年老规矩，就是每年清明在坟头祭完祖先，然后回到谁家海吃一天，最初用意是族门团结，演绎到今天内容就有所增加，比如族内有事就在清明会上说。每年按门宗轮流，上辈人日子艰难，就做玉米干饭炒酸菜，渐渐日子好了就是大米饭，还有了菜，再后来就有了豆腐肉菜，像待大客一样，一家攀比一家。那些小户杂姓羡慕的眼睛都发痴，石姓户门大，轮到谁家一次就得许多年。今年清明会据说更热闹，坟头放挂鞭担了两筐，红炮皮儿有几尺厚。烧鸡，火腿肠，烟酒饮料，花花绿绿摆一大片。事后，像石民民一等子在外挣钱忘了先人的才知道，是故意给没回来祭坟人伤脸哩，有人喝了酒，就在坟头骂开。"亏先人哩，有钱在外泡小姐，没空儿回来祭祖坟。"这话是骂石民民。他在兴平和一个办辣子酱厂女老板好上了，那些在兴平一带摘辣椒，贩辣面的都晓得。今次迁户口就是那女人给办事。听说那女人给石民民包了几百亩辣椒，合伙办厂。

他早就盘算轮自己过清明会时一定要置办得超过别人八热八凉八大炒，外加烩三鲜，在石姓人中显摆显摆，至于挂鞭和坟头热闹不足挂齿，小菜一碟儿。打算头一天晚上就在坟头放烟花，"嗵嗵嗵"，五彩缤纷，那才叫热闹，先人们一定会在土里为他翘大拇指哩。

村长说出这话，他连为先人尽孝心资格也没有了。即使迁走户口，也没卖姓，这分明是断我在石村的根啊，他想。

人堆儿越聚越大，男人们关注村长和民民，女人们则把话题集中在马三爷箱子上，说曾经见过马三爷开过箱子，离老远就听见把银器珠宝摆弄得叮当响。有的说马三爷曾经去过口镇银行兑过现洋。

马三爷是村上的五保户，于是石姓以外人也都到场。刘广才早早到场，见石民民和村长拌开了嘴，在心里高兴。

那多年的日子紧巴，石姓人箍回得像水桶，滴水不漏。每次评救济粮，东家说西家穷得揭不开锅，西家说东家穷得连锅都没有。轮到外姓人只有当垫角儿，三十斤五十斤算是最多。一眨眼日子好过起来，石姓人却开始松箍儿，他更盼着石姓人散箍儿哩。石碾子村长下台是石磊他们掀翻的，石磊这村长早就有人想掀翻。石村是川道，又靠国道边，坐车个把小时就出秦岭通省城，东可达河南湖广，是那些真正山里人眼红的地方。刘广才的小舅子给老村长石碾子送过两副柏木寿方，想从桑树洼迁过来，到底没迁成，石民民要迁走，刘广才又动迁小舅子的心，前些日给石磊揣一条烟打过招呼。"人挪一处活，树挪一处死，凭你民民在兴平咋样也比在石村好。"刘广才说话的同时也给民民递过一支烟。

石村长接过话茬儿："人挪一处活，挪脚不带土，树挪一处死，带泥也难活，你咋不挪呢？"

刘广才说："一人一个脾气，一人尻子一个渠渠，不一样。"他意识到小舅子的事怕是难成。

这时石柏树插过话："石姓人的事轮不上你马槽伸出驴嘴。"

刘广才讨了没趣，他想在石姓人中撬一杠子，没撬成，还招惹了人。

刘广才是从来不服人的角儿，他嗫嚅着，没有一句恰当而有力的词来对付。开饭店结识的全是乡镇、村组干部，很有些人缘。石村人不那么看他，石姓人修庙，他一咬牙拿出三千块，想得一点儿人心，在村里收二花，收核桃多揽些货。他的结论是石姓人的心是石头长的，暖不热。他开着饭店，又做些农特产品小买卖，人很活泛。东来西去，谁见面都叫一声刘师。他心里很滋润。当初是路边摆小摊儿出身，能到"刘师"，也算锅台上的米汤，熬出来啦。更明白那些人也是"千里钉锅，都为吃喝"。无非勺头多弹点儿油，筷头多挂几条面，他认。只要他迟早去乡政府，就有人递烟，叫去房子坐坐。他脸儿熟，也有人求他给孩子办结婚证，催催庄基批复之类的事情。石姓人咋就不拿他这豆包儿当干粮呢？

他干咳一声，往人堆里睃过，指着红纸说修岩窝庙，谁都出了多少？他把目光收回来，又瞅石民民说："人往高处走，水往低处流，没本事人想挪也挪不走。"

石柏树丢来一句："修庙的三千块退给你，石姓人能修起庙，就能花起钱。"

经会计这么一说，村邻们才明白刘广才是在石姓人面前卖乖讨好，并不是对神的虔诚。"退了去，不稀罕！""买得起锅，就盘得起灶，不缺几块烂砖头。"人堆里就有人随石柏树朝刘广才砸洋炮儿。

石村长平着脸，望空中瞅一眼，大概是看到西斜的太阳离压山不远了，又掏出手机，摁一下，看看时间，一摆手对石柏树说：

"开会。"

石民民心里五味杂陈，他把今天所发生的一切在脑子回忆一遍，虽然说话理直气壮，但觉得自己确实矮了许多没有底气。

这时会计已抱出了那只箱子，村长把钥匙环儿套在右手中指上，在空中像摇拨浪鼓似的晃着。钥匙就在空中一闪一闪。

箱子沉甸甸被放在一张桌子上，那把铜锁还在晃荡，封条冷冷贴在上面。时隔三年多，石民民很眼熟，贴封条是他，揭封条没他的份儿。他想上前走两步，看看当初他在封条上做的记样，他却没有那勇气。他似乎又看到岩窝庙开光那天石村人何等热闹，明年清明聚在坟头划拳喝酒，没有他的声音，雪灾补偿，别人哗哗数票子，自己那冻得没开花的核桃树，板栗树在埋怨主人……他回想起儿时玩耍总分不清同样鲜艳的野芍药和狗尾巴花，其中一种带着痒痒粉，浑身发痒的时候也不知道该把哪种花扔了。此刻他已无法掂出兴平和石村的分量。

他掏出"准迁证"拿在手上展平，把正面对着村长，会计又转过身对着人堆儿。

人堆儿静下来。

"故土难离，砸断骨头连着筋，我就是一根浮萍草，这里还有祖坟哩，我不走了，看谁能把我从石村掐的扔出去。"石民民话毕，噌噌两把撕碎手中那张纸。人群中一片惊奇、嘈杂和愕然。

石村长又摆摆手，他把钥匙交给石民民，说："你验验箱子上的封条，把锁打开。"他说得很平静。

又一股风吹过来，夹着槐花香。期待的人堆儿静极。静得就连槐花飘落的声都能听见。

那年 那月 那些事

母亲在她的姊妹中排行最大，嫁给父亲算委屈她了，穷是自不必说，就三姨的话说，找了个过日子的。母亲是三姨媒，三姨夫是父亲的堂弟，墙连着墙。那时间乡间除了手电亮子能给人带来文明之外，家居过日子和衡量穷富，就是谁家有没有缝纫机或一辆自行车。至于手表收音机则是城里人的事。

三姨夫是有面情的人，是因为他会修柴油机，别看一天到晚整得浑身上下油渍斑斑的像个油塞子，人可鲜着嘞。春天拖拉机，夏天脱麦机，他的活不断。口镇供销社的柴油发电机只有他能修转。排了两年，那永远绷着脸的供销社主任拍着三姨夫肩头说："今次给你一台虎头牌缝纫机。"三姨夫一激动用一双油手撸着主任的手，激动得几乎要流出了眼泪，又用袖子为主任擦拭手上的油迹。

缝纫机是三姨夫用架子车从镇上拉回来的。那天正好逢集日，他又扯了三尺红布盖在上面，从口镇集上走过格外显眼，"哇！虎头牌的。""油塞子有面子。"赶集人在啧啧议论着三姨夫。那天三姨夫特别精神，逢人递上一支烟并给人家点上，又故意把目光移到缝纫机上，愣是等人家赞叹、夸奖，问了价钱、找的谁之后，他才兴高采烈地走去，还不忘回头说一句"补衣裳就来"。

这大概是他一生中最辉煌的一日了。他不会给人说是主任批的条子。他说他找谁谁谁，谁谁谁又找的谁谁谁，才弄到虎头牌。自然三姨夫的身价和能耐就抬高了。进村那一阵我从地里回来刚刚到村头，村邻把三姨夫围在中间，我真的不知道发生了什么，在人缝儿中往里钻，几次被大人呵斥："丫头片子往人伙里钻啥哩，缝纫机又不是西洋镜。"三姨夫一边忙着给人回答提问一边给人敬烟，有人就钻进车辕替他拉车子。到门口了有人忙用小石头支着车轱辘。见稳了才吆三喝四像请神般的小心，把机子抬进三姨屋里。

三姨夫懂柴油机，安装缝纫机自不在话下。三姨更是乐呵得抿不合嘴，早早烧就一锅饸饹汤，毕竟是乡邻们帮忙抬机子来着。机子装好了，先是三姨夫给调试，端端正正搬来凳子坐上去，然后用右手一扳手轮，脚跟挨地用脚掌踩上踏板，"噌噌噌"的欢叫声扣人心嘞。在场的人都上去踏两下。这一夜一村人都很兴奋。兴奋中女人们就生出一种怨恨，自家咋就没有呢，就怄上男人，就是脱裤子当袄——寻人钻眼也要买台缝纫机，男人很挠心，睡不着，觉得活得没劲儿，竟不如一个油塞子。至少父亲是这样想的。

母亲帮三姨在锅上浇饸饹，是最后一个坐上去踏机子的。母亲有些羞赧，她从来没上过机子，到底踏反了，机子反转，好在没带线，被三姨夫说了一句"反转会伤机子的"。

那一刻不论母亲如何，我有些忌恨了，轻轻拕了拕母亲的后襟，母亲红着脸离开了机子。

　　母亲的姊妹们长得都不错，三姨手巧，长得更出俏一些。打那以后一家老小的衣服不再长线粗针地补。丁点儿洞都要用机子匝那补丁，我每看上去就像三姨一家人的眼睛在小看人。

　　三姨在村子里的人气指数与日俱增。每日人来人往不是补衣就是缝裤。村邻小补小丁的三姨说啥也不收钱，就是缝一件衣服收钱也比口镇低。日子久了，乡邻心里过不去，少不了摘几条黄瓜，摘些西红柿、大辣子带给三姨，三姨就匀给我们家。但每次只要我知道是三姨送来的，当着母亲面，我二话不说，捞起就扔给了猪。母亲愤怒着："死女子，那可是你亲姨。"我撂过一句"不稀罕"。

　　母亲也学会缝纫机了，帮三姨补衣服、钉扣子。我知道母亲的女红本来就超过三姨的，有人帮三姨家锄地或者浇水，也帮母亲把我家的地锄了浇了。

　　我就盼我们家啥时能有台缝纫机啊，父亲很反感母亲去三姨家，同样是男人不能为妻子买一台缝纫机似乎是他的心结，而我每天从地里回来，最不爱听从隔壁传来的"噌噌噌"的缝纫机声。谁料，就连哗哗的河水声也像缝纫机在"噌噌噌"地叫。

　　不久，我由憎恨三姨而走向罪恶，要报复三姨，不然我真的会疯掉。

　　在这同时，还有一个人和我一样，对三姨一家产生了罪恶，那就是队长。

　　那时的队长，嘿！了不得。

　　别看队长在村里走路都横着，救济粮下来，给谁多少由他说了算。夏天走过堰渠时可以随便堵谁家的水口子，因而在村里睡女人很容易。就他的话说，在石村是羊圈里拴牛——就他大。然而为买台缝纫机求过多少次人，也去过供销社见过主任。人家主任才不把他放在眼里。就这，睡女人时还承诺缝纫机回来了你随便儿来。一年又一年，女人们关于对缝纫机的盼望与日俱增，队长再睡女人时就失去了许多欺骗的勇气，却能咬着牙根儿恶狠狠说，他要让三姨的缝纫机叫声在石村永远消失。

我记得很准，姨夫去水库工地那天，我们家的芦花鸡刚好开窝，母亲把那枚有着鸡体温的蛋送给三姨，煮给三姨夫吃了。去水库有近百里的路，三姨夫去的理由很简单。"水库有柴油机活儿。"这是队长的话。三姨夫临走时对三姨说："咱有事了啊。"三姨是个聪明人，就不住点头，说："油衣油裤儿捎回来我给你洗，破了捎回来我给补。"三姨夫两眼痴愣愣地瞅着三姨，嗫嚅着，翕动一下又没说啥。那场面有几分悲壮。姨夫还是说了一句话之后才出门。

三姨夫说："再别叫老鼠把轮带咬了，没人会弥。"那一刻我的头"嗡"的一下大了，浑身上下爬满了蚰蜒似的不自在。

我自从有了小阴谋之后，就常常去三姨家，趁三姨去厨间或去茅瓮，不注意时就用半截锯条拉断轮带。

紫红色的胶带末还真像老鼠咬的。往往需要几天三姨夫才会买回来新的接上。不久，工地上传来话说三姨夫在水库出了事。三姨很生气，又不住地重复着："怎么会呢？怎么会呢？"流着泪和母亲头抵着头委屈地说："他不是那种人。"虽然我小，但从她姊妹俩说话避人的样子我断定是与三姨夫与搞流氓之类有关。

三姨不大接活儿了，一是因三姨夫的事，二是缝纫机经常出事。例如，常常掉线、掉螺丝，轮带被鼠咬，给人做的衣服，交货的时候，新新的衣服不知怎么就有几坨儿机油印。眼看着三姨一天天憔悴，她的笑容不再灿烂了。三姨夫半年了也没回一次家。

母亲从三姨家回来也很郁闷，有时突然问我一句："大丫是不是你嘞？"我故意睁大眼睛。"娘你说啥？""油渍了一片。""胡诌诌。"我十分镇定。"你踏机子了？""没有。"我依然若无其事地回答。三姨和我们家除了炕是分开的以外，啥都没论过，出出进进像一家人，往往是母亲和三姨都下地的时候，我一瞅没人走上去踩着踏板，管机子带线不带线就猛踏一阵，又快速离开。等到三姨一上机子，机子声就不再清脆了，我偷偷在隔壁橱柜背后笑。

三姨找队长，不久三姨被工地指挥部的车连同缝纫机一块儿接到水库工程工地去。三姨走了的那夜我很高兴，不听见缝纫机叫心不烦。母亲很失落，手上没针线，父亲只是不停地卷喇叭筒，偶尔撂一句都是缝纫机惹的事。大人的话我不掺和，结果这夜没有机子叫反倒睡不着觉。回想缝纫机噜噜的节奏与心跳节奏一致。漫漫冬夜里欢快的机子带来的是温暖；夏日酷暑，噜噜机子叫，就像地窖子出来嗖嗖凉风般清爽，我总以为是我欺负走了三姨。

后来我才明白，三姨夫是队长派到水库的，理由是不务正业，游手好闲，属坏分子。而工地上正缺人手，三姨夫照样不扛铁锨不抬石头。话传回来，队长很恼，就放出话说三姨夫在水库睡人家民工，说得头头是道，一个下着雨的后傍，在柴油机房"推翻柴油桶脸被人打肿"，在地里干活，时不时有人用这句话开玩笑，"小心油桶"，"小心脸肿"，还有更丑的是"油桶倒啦二哥恼了"。每当这时，三姨恨不能钻到地缝里去。

三姨一到工地就被编到后勤缝纫组。姨夫不明白，问三姨："水库不给咱家修。"三姨踩着机子冷冷地说："踩翻油桶，脸被打肿，还问我。"三姨夫终于明白了队长的用心狠毒，后悔不该买缝纫机。三姨明白真相之后，也没有后悔来工地。因为工地上每天能有两毛钱补助，茅草土坯搭的工房虽然粗粝毛乍的，却有明晃晃的牛卵子灯，机子也不出毛病了。三姨每天吃省的白馍让给姨夫，日子一久，他们就捎回来晒干的白馍疙瘩，喷香中夹着柴油味。

自从三姨和机子去了水库以后，我内心由高兴后变成愧疚，看太阳都是惨淡的，每一阵和煦的春风拂过，无不一次次地羞着我的脸。于是在我心里叫着三姨、三姨。母亲把三姨从水库捎回来的馍掰给我时我一口也吃不下去。

日子在指间流走，我陷入了莫大的孤独。这种孤独来自我内心有一种恐惧，例如，某一个漆黑的秋夜，三姨家突然人声嘈杂像是吊丧一样有哭有响器，再细听其实是窗外的蝈蝈在鸣。又例如，在冬天的深夜隔壁三姨家的缝纫机又在欢叫着，是那样的有旋律、有节奏，比学校的风琴还好听。我醒了，黑漆隆咚里一片寂静，只有屋梁上老鼠磨牙的嚓嚓声。

队长还是没能买回缝纫机，乡邻衣服上的小补小丁只好拿到外村去做。偶尔被队长看见了，狠狠撂一句"丢人"。这话他说给自己才对。一队之长白当了。

再说三姨在水库吧，也算可以。指挥部人对扛镢头抢大锤的可以颐指气使，高高在上，可对三姨就不一样了。偌大个水库工地后勤组就一台缝纫机，机子上飞针走线的人浑圆的屁股和对着牛卵子灯用线穿针时，略眯起来那双丹凤眼太勾人了，因而三姨从后勤编制中列为缝纫组，就有了专门房子，夏天有电风扇，冬天有火墙。那一次三姨回来，是指挥部委派的手扶拖拉机。那当儿队长在大田里。打老远瞅见有拖拉机进了村，断定不是镇上书记便是县上什么局来了人，火急火燎迎上去，却是三姨从车厢跳下来，披着短剪头发，穿着红对襟毛衣，那份儿靓队长以为剧团来演《江姐》，咋没听说呢，再眨巴一下干涩的眼睛才看到是三姨。队长把一脸的笑凝着嗫嚅着说："回来了？"三姨不屑地瞥过一眼，从车厢中取行李，队长大跨一步，把三姨的大包儿小袋子全挎在他肩头。三姨还是没说话，拖拉机手问三姨啥时来接，三姨这才笑了笑说："看空儿吧。"队长没敢再瞅三姨。他太吃惊了，三姨的开言动语像镇上的干部一样派儿，至少像妇联主任了。他跟着三姨径直走进我家，局促而尴尬地从三姨手中接过一份指挥部捎来的文件，只看了一半脸就成了猪肝色。

这一夜，母亲赶走了父亲留三姨住下来。三姨也没打算回去住。姐儿俩唧唧哝哝说了一夜，隔墙就是我的床。我开始以为她们说着说着就睡了，我呢也会随着独自入睡。可是三姨竟啜泣起来，母亲可能下床为三姨拧了湿毛巾擦脸，于是一阵水响。我再也睡不着了。一台缝纫机使三姨在石村风光不已，就连队长在她跟前都矮去三分。给妇女派活儿，三姨总是手拿本儿算盘，记账，给人记工分，要不就是赶雀儿吆老鹰之类不沾土的活。队长起了罪恶之心，以后三姨掉了这福分。到水库咋还有了委屈？在后来和母亲的唧哝中我才理出了头绪。

队长说的是水库有柴油机活儿，其实是和那些地主、富农、反革命之类被派往比较危险的工地劳动，像清基坑就十分危险的，只要河水上涨，拦洪水坝随时都会决口，基坑的人就首当其冲地去送死。

那一夜，正好三姨夫不当班了。倾盆大雨，民工抢水泥，加固拦洪时，一台大功率柴油电机发生了故障，机修班、电工班，恁多的人谁也排除不了，工地一片漆黑，基坑水泵不泵水了，没有命令谁也不能上撤，水位在上升，雨水冲刷着沙石往基坑没命地闯，拦洪坝上的几百号推沙浆、草袋、石块的人在夜雨中东撞西跌，基坑已经传来了救命的呼叫声。一个炸雷滚过，闪电中，基坑黄汤中有人在扑腾着，拦洪坝的水位飙涨。慌乱和恐惧中有人想到了三姨夫。三姨夫是人从被窝架着塞进一辆吉普车拉到机房的。那当儿三姨夫真不知道是怎么一回事。他以为可能是要死了，当闻到了柴油机味才明白过来，凭他的手艺，在几支孱弱的手电光中，瞬时工地一片通明，这时机房里几十号男男女女，还有指挥部人突然发现三姨夫竟是一丝不挂光着身子，这时三姨夫由修好机子的释然变为羞愧猥琐，躲在柴油机背后瑟瑟发抖。有人喊着"女的让一哈""女的让一哈"，有人扔过一片麻袋让三姨夫围着下半身。还是指挥部领导，留三姨夫在机房，防备万一出故障。并使人在雨中搬来了三姨夫的铺盖卷儿。

那一夜三姨夫立了功，有人知道有人不知道。工地人知道最多和流传最广的是一个坏分子趁在一个漆黑夜晚借雷雨大作，在机房搞流氓活动。水库工地也是个小社会，宣传部门要写暴雨中有人奋不顾身修电机，保护了四十七条生命。而专政部却要查不顾基坑四十七条生命，在机房搞流氓。话越传越多，越传越远。

三姨去了水库。面如土色衣衫褴褛的民工就多了个理由到指挥部来。水库有个广播室，那从喇叭中播出的声音甜美动人，从广播站调来的播音员叫孔琳，其人比其声还美，是她用甜润甘醇的声音把偏僻枯燥、死气沉沉的水库的角角落落，滋润得温温和和。有人见过她，传说她着一身便衣，高挑个儿，丹凤眼。日子一久总有人碰过孔琳面。"啧啧啧。"那身段，那屁股，那雪花膏的香气熏十里嘞。"啧啧啧。"于是百无聊赖的民工就拿孔琳当噱头。真的谁能见她一面算福分。三姨不是孔琳，三姨能给民工带来由她亲手补过的衣服。一针一线补补纳纳，散发着三姨的气味，三姨带给茅草土坯棚的温暖向往和活力，超过了孔琳。关于孔琳的话题下流鄙贱，像梦遗、手淫、叫着孔琳的名字，却没有诬蔑一句三姨，三姨有几分神圣不可侵犯。就民工们自己说，只有娘才一针一线补补纳纳哩。

直到我长大了，才知道明白，凡漂亮的女人都有故事。三姨是漂亮的女人，她从石村走的时候很单纯，只想去水库看着三姨夫。三姨夫搞流氓大概离家太远，她去了就会好了。渐渐地故事就像在夜幕下无法摆脱夜的夹裹一样。

关于三姨的故事版本之一是这样。指挥部的一班人马是从各级抽调来的临时机构，说临时也有四年了，啥时不临时还是没个头。有司令、政委，下设团营连排，编制军事化。司令姓熊，外地人，水库不许带家属，广播室设在司令部，司令和孔琳的传说已久，三姨去了，缝纫组就挨着副司令的宿舍。用荆笆做的隔墙，糊上泥巴，只能遮丑。隔墙放屁、梦呓、上夜壶听得仔仔细细。

三姨夫和三姨夜里的一切哄不过副司令，他用尿冲出一个小洞，又用一幅美女的画挂在洞口，只要一进宿舍就揭画而窥。那些日子副司令特别有精神，一到工地见民工就一句"同志们好"。突然一天副司令去工地铁着脸，面无喜色，一口一个狗尔的，原来他在揭画而窥时看到一个团长在三姨身上摸摸搋搋，三姨红着脸躲着，团长走了，三姨在哭，那眼泪确实让副司令心疼了一阵子。

版本二，宣传三姨夫的稿子没播出来，原因是因三姨到来，副司令就站出来以正视听，说是他和某某某从被窝拽的三姨夫上的机房，搞流氓纯属谣传。孔琳把稿子拿上，嘴刚挨着麦克风，稿子被人夺了。三姨夫是坏分子，坏分子在工地上不能表扬。还是副司令插手甄别，怎么是坏分子，于是派工作组"外调"。"外调"来到石村，队长煞是一阵高兴，这回一定能把三姨夫送进监狱，说三姨夫身为农民却连锄也不会拿，苞米豆苗儿辨不清，流行说法是"四肢不勤，五谷不分"，队长把他能说的词都说光了，最后突然冒出一句："抚弄柴油机抚弄得恁好。"工作组要走了，队长补充一句说三姨夫小学都二年级了还跑错了厕所，在女生茅坑蹲过。

三姨夫从那个雨夜之后就被留在机电组专门侍弄柴油机。如果外调查不出什么重大问题，就会长期留下来。果然没查出仨桃俩枣，副司令叫孔琳念了表扬的那稿子。三姨很是感激，渐渐地副司令走近三姨。三姨已不在大灶吃饭，和孔琳他们一同在指挥部小灶上吃，三姨也学着孔琳给她自己缝一件白上衣，也把头发绾个髻，用粉绿色绸子扎着，孔琳的脸就不好看起来，缝纫房只有三姨一个人的时候副司令就端着茶杯过来，故事的结果就不用再说。

两个版本续叠起来，三姨夫多少有些什么觉察，自然和三姨吵开。副司令从隔壁走过来，双手叉腰指着三姨夫说："同志呀，要经得起表扬嘞，一个女同志，管着成千人的穿戴容易嘛，黑天白夜没有休息过。啊？"副司令一语双关，三姨夫低下了头，他能说出副司令什么呢？三姨夫终被组织谈话回大工棚住宿。三姨对副司令再三检讨说吵架是她的错，不怪男人。副司令就揽过三姨搂在怀里说："你就要成干部了，应有干部的样子。"一听到这话，三姨就又像小猫似的任副司令揉搓着。

三姨要走了，怀里揣着公社、生产队的介绍信及政审表，那鲜红的印章散发着印泥的香气。我在这几天总是回避着她的目光。三姨拍着我的头说大丫长高了。我嘴里"嗯"着却不敢正视三姨。而队长自接了三姨拿回来的文件之后，再也无太大的勇气用话筒喊着派活儿。他没想到水库上还有招工指标，一个会踏缝纫机的女人都能拿工资了。这是他的错，要不是当初……

手扶拖拉机接三姨又去了水库，一村人轰到村头看三姨上车挥手，手扶拖拉机的屁烟都看不见了，谁也不愿散去。都在羡慕三姨在水库出息了，每月三十八块钱哪，后悔自己咋没去水库呢。队长又铁着脸说：你谁会踏缝纫机吗？如果会踏买一台回来，我送你们去水库。"女人们哑了。半晌，有人冒一句："手巧不如人俏，人俏不如人骚。"人群一阵唏嘘。三姨又回来过一次。

这回我和三姨一同到水库。

那几天母亲拿着三姨那张招工表，上面有几个红章子，她端详着，啧啧着，既然三姨能领我走，就有把握给我再弄一张表。大概三姨对母亲说了副司令对她如何好。好像我不在当面时母亲对三姨说过丫丫还是黄花闺女，千万别惹出叫人笑的事。母亲说："天下男人都是鱼篓子心，没底儿，没足尽的。我知道水库有个铁姑娘排，一个个飞在空中，打眼放炮。"三姨说副司令已答应让我进文艺队，不用上工地。母亲说"铁匠炉子不寄铁"，又说，说坊、戏坊——丢丑的地方。

我在队里每天不是担粪就是挖地。去过公社卫生所，见过墙上贴的农村妇女工作要点中的"三调三不调",即妇女月经期"调干不调湿,调轻不调重,调近不调远"我的例假能给人说吗?队长能把一个队几十个妇女都三调三不调,那活还派不派?有时秧施肥、拔稗草,人前去了,身后水里就有了红。赶紧撩水把红冲散。

这回我不再回避三姨的目光。并在心里安慰自己去了水库,需多帮三姨,比如,给她和三姨夫洗衣服、打饭。这样一来,我对她的恶作剧释然了许多,对母亲说我也要织和三姨那件一样的红毛衣。母亲听罢,说:"喊,你三姨都干部了,你能和她比?"看来,三姨在母亲眼里的形象和《龙江颂》中的江水英一样高大了。

进文艺队要由队上开手续,证明家庭出身、政治表现。三姨夫、三姨被他弄到水库,不料从麸子跳进了面缸,他实在有些后悔,现在我又要去。他先是对母亲说,学大寨妇女能顶半边天,又说联办小学还需要一个队请民办教师,丫丫是苗儿,母亲就说其实她也不愿让我去水库的,托人买的缝纫机有口风了,真的缝纫机一买回来,让丫丫学裁缝也蛮好。母亲又说:"鬼女子就是爱唱爱跳,不去了也罢。"母亲知道队长为缝纫机都快疯了。"丫丫真的去了,缝纫机就成了无用之物,退了去。"母亲说得很平淡,队长先是愕然,继而用几分少有的谦恭口气对母亲说,不管咋样,缝纫机可别退了,能不能留下来,让给他,再给加二十块钱烟酒钱,毕竟求人来着。又对母亲说,日怪了,供销社的缝纫机指标早该到了嚏,咋就没呢?丫丫要去,就去吧。队长本来是蹲在炕沿和母亲说话,这当儿已跳下炕,趿拉着鞋,掀开炕席,取出一个本儿,写了,又从枕下摸出红萝卜丁儿似的章子,塞在嘴里哈了哈热气,把撕下的那张介绍信盖上红坨儿。母亲折身走的时候,队长送母亲直到院门口,还叮咛缝纫机的事。

母亲说给我时,母女俩笑作一团,队长真的是想缝纫机想疯了。

在去水库的路上，听拖拉机手对三姨说："明明知道你不在，还有人抱着破衣服等你到半夜。你没来的时候，他们也没光腚。"三姨听了很受用。

今辈子托水库的福，她当干部了，下辈子再修水库还不弄个妇联主任？因心情好，不觉然天黑以前就到了水库，正值民工吃晚饭的当儿，她脚刚挨地，就有人给她递过白暄腾腾的杠子馍，也有给她端来菜汤，双手烫得不住地换，轮不上三姨夫关怀，就那一个包儿，几个人抢着为三姨拿。三姨的那份感动差点儿没流出泪。"有空儿去看看黑板报。"有人对三姨说。三姨很懵懂，人群中就有人说："不用去，我给你念。"三姨知道那块兀立在去工地路边上的砖砌的黑板报上是用来写孔琳喇叭上喊过三遍之后的各种通知的，偶尔也有宣传组表扬好人好事和大批判文章。几天不在，黑板上有了与自己相关的文章。正思索中，刚才那个人干咳一声，拨地人群端端正正地站在三姨面前，煞有介事顿了顿道："天上的星，地上的灯，缝纫房里亮晶晶，丹江儿女多奇志，飞针走线缝补丁。"这是谁胡诌诌的？三姨在人堆儿中脸有些绯红。她刚准备折身时，那人又像小学生背课文一样道："天上的月亮地上的光，缝纫房里明堂堂，不图三个杠子馍，只盼有人补衣裳。"他刚背完身后人群掌声像听完报告一样响起，这是三姨一生中唯一享受的一次为自己的掌声。她决定不再离开工地。这一次我和三姨同时来到水库，是指挥部点名要女孩组建一个文艺队。

其实三姨心里最明白，副司令是讨好她。我知道三姨是规矩人，守妇道。我来能给她做伴。

我对水库上的一切都感到新奇。人多热闹是其一，主要是大喇叭唱歌，在满峡谷回荡，树叶树梢儿都随之起舞。民工没有几个衣衫不褴褛的，当他们从伙房领到白暄腾腾的杠子馍时，粲然笑起来。

交了队长开的证明，就算报道了。有人领我去了很远的低矮的工棚，已有俩女孩儿对着墙上一个毛笔抄的歌谱，像野猫叫春似的唱着。她俩来十多天了，指挥部说元旦排一台子节目。"这不连你才仨。"一个女娃说着帮我安好铺，墙上的谱子是《洗衣歌》。我看了一眼，对她俩唱的荒腔走板有点儿不屑。清了清嗓子，也对着谱子唱着："哎——是谁帮我们翻了身……"因起音落调儿准确，又有一副好嗓门，她俩很高兴，说明天还来仨，加上几个从工地上抽的男娃，节目不成问题。我一听从工地上抽人，便问："你俩也是工地上抽的？"她俩有些愕然："咋？你不是？"

我嗫嚅着说："从队上刚来。"

夜幕初降，工地上凌乱的灯光把曾经幽静的丹江峡谷点缀得有几分热闹。三姨夫从伙房端着饭菜进来的时候，三姨早已踩着机，有人拿着刚补好的衣服向外走，还有几个人在等，三姨用炸药箱当作床头柜，上面的一摞杠子馍，散发着酵香。三姨夫在机房大多数人是认得的，就和三姨夫讨论起黑板报上的事来。都在猜是谁用粉笔写上去的，猜来猜去，没个准。三姨抬了一下眼看着姨夫说："你把它抄下来，蛮好听的。"不知是谁说了一句是副司令写的，三姨夫的脸立即拉到脚面上。民工们散去的时候已是子夜，一轮下弦月，寒光光地挂在空中。三姨说："副司令好像不在，就别回大工棚了。"姨夫瞅着民工们的衣服还有一大堆，说："明晚吧。"姨夫走的时候，三姨从机子下来送三姨夫，心里酸酸的有些不舍，"要不等一会儿再走。"三姨夫揽过三姨亲了一口说："你忙去，我去去机房就来。"三姨说："我等你。"天神也不会料到这么心灵手巧的两口子在惨淡月光下的对话成为诀别。

三姨折身进去带上门，噌噌的机子声又响起来，三姨夫瞅了瞅三姨的身影，看着从窗口透过的灯光，望着远方的天空，恶狠狠地骂了一句："狗日的倒能写出来。"

夜风在河道上肆无忌惮地蹿，每个工棚都传来如雷的鼾声。黑板报在人们睡梦中被三姨夫用力推倒也没把谁惊醒。三姨夫坐在黑板报的废墟上长叹一声，掏出指挥部给他转干部的文件，一下一下慢条斯理地撕得粉碎，手一扬，纸屑在空中打个旋便四散飞去。他知道三姨在等他，刚一起身，远远望见指挥部早已一片火海……

这天全工地歇活儿一天，因孔琳抢扩大机时触了电被烧死，所有的大喇叭再也没有了那甜润的"指挥部通知"了。干旱了一个后秋和初冬，就连石头干得见火都能着，指挥部一排儿房被烧得连一根囫囵的椽头也没留下。三姨正在机子上，那一刻灯突然灭了时，火包围了她，按说完全她能跑掉，她却几个来回把堆在地上的衣服裤子往外拿，最后搬缝纫机时一根带火的檩条砸中了她。她是趴在缝纫机上被烧死的。

指挥部着火的第二天落下了那年冬天的第一场雪，残垣断壁前，民工自发为三姨搭了灵棚，那些民工抱着三姨抢出来的他们的衣服，像哭亲娘一样地号着。有人自觉地守灵点灯，每一顿属于三姨的那份杠子馍和那碗汤菜端端正正摆在灵前。远山近岭，白雪皑皑，丹江峡谷回荡着揪心断肠的哀乐，曾经的指挥部黑黢黢地卧在雪地上，人们发现孔琳广播室和司令、副司令和缝纫房荆笆隔墙床下地方都有一个洞。荆笆用泥糊着没被烧倒，也摇摇欲坠，那两个洞口却十分显眼，谁都明白，却不减对三姨的怀念和爱戴。副司令当夜不在岗位，被公安从县城家里带走，司令当时受了伤进了医院。队长带着石村人来了，一口老生漆染黑的棺材被石村人一袭素缟地拥着端端正正放在灵前，三姨夫拉着队长指着被火烧成铁疙瘩的缝纫机木木地说："拿走吧，它是那年分给咱村上的缝纫机。"

曾经热闹的日子

康是在腊八这天死的。死得不好，是自缢。腊八是年关前唯一的喜日。过了这个喜日就是送灶王爷"上天言好事，下界降吉祥"的小年腊月二十三了。

石村人这个年本来应有几分喜庆的，康毁了这喜庆。村头的白幡是用一支柳树棍儿插在地上挂着的。凡从石村路过的人都知道石村死人了。少不了打听死的谁，喜丧还是横丧。没有个准信儿不大紧，却使得整个石村人心里压了一个碾磐子，被压得喘不过气，见了外村人像欠债似的，头也抬不起。为啥？只有石村人自己知道。

这个冬天少有的冷。电视上说地球变暖了，石村人感觉不出来。特别是在这个冬天。秋上，石村长满了荒草的湾子里还有人赶回来种了几坨麦子，就那一点点绿绿的麦苗儿，不但养眼，还给石村人一点儿希望，很简单，种麦就要收麦，收麦的时候，人就得回来。只要有人回来，留在石村的这些人就高兴。至于那些坡塬地随艾蒿、黄蒿们去疯长，野猪、野兔钻到里边，也算作村沿子的邻居。可是收麦尚早，一场雪盖了麦田，看不到麦子的绿星星，却没忘"猪过清明人过夏，人过小满忙大活"，过了小满就是开镰割麦子的日子。那一阵阵布谷鸟叫着"算黄算割"，那份憧憬和期待着实喜煞。

麦子刚露出地缝儿，那场带哨儿的秋风一夜摘完了石村的树叶，渐渐地风一日逼一日地呜呜，这呜呜的风在夜里更加瘆人。灰叽叽的天下面是灰叽叽的石村。康说，任它灰去，穿亮些。于是绿的、红的、紫色的、米黄的各种颜色的衣服换着穿。不了，康瞅瞅这个，又瞅瞅那个，抻一抻衣襟，又无奈地叹一声。种秋的人一走，擦黑天，石村刚亮了没几日的窗户又没了灯。狗也怕孤独，凄厉的叫声像哭。石村早早融进死一般沉寂的冬夜。几个棺材瓤瓤子穿啥都一样，和这灰叽叽的一切分不出来。

康站在麦地垄上，捏一把土焐热了扬出去，要么拨去土坷垃，看麦苗几天能长多少。接着他们都赶过来和康看麦苗儿，就说玉石爷吧，他那惨白的眼睛叫人发冷，当他们看着麦子时，说话也有了兴头，颤巍巍换过挂拐杖的手，捏着手心里的土，说康到底年轻，会乐子。麦子长有盼头，嗅一嗅麦子的青草味、泥土味，心里也舒坦。

说康年轻，只能说是她没有大毛病，也不拄拐杖，两年前还能去镇上赶一次集。

去口镇赶集，要起早的，她走不动了。才二十里地的口镇就像天涯海角那样远，她只能在夜里隔窗户望着那片有光亮的天空。天空下就是口镇。儿子在口镇搞建筑，渐走渐远，竟去了南方，她不知道南方在啥地方，回来一次就得走五年或者更长。

每日一早，她的门没有人敲，老槐树梢上的一家喜鹊准在这个时间叫醒她。她无法去树梢看喜鹊窝，就仰着头，脖颈困了，困得有些眩才看清，是老喜鹊觅食回来，这个时间喜鹊一家就在早餐时说说笑笑。她恨自己咋不是喜鹊，每天也有这个时刻呢？她要去敲门，约有四户，灶娘、兰婆，还有比自己小几岁，却有一身病的织娘、叶嫂。说好了的，打三下有回声说明起来了，打五下没回声说明还睡着未起，打十下没回声就要喊人破门，十有八九不是过去了，就是犯了病。她说在阎王门口转悠的这些人，就要有人间的呼喊、提醒，不然说迷糊就迷糊，一迷糊，阎王答个声就随着去了。

那是中秋前的一个早晨，太阳还在东山坳羞答答红着脸时，她去敲织娘的门。织娘的家在村子边上，几簇簇马兰花上是一架佛手瓜。紫色的马兰花映着空中脆生生、浅绿色的瓜，坐在织娘院子那个馋劲儿别提了。

院子静悄悄的，连一只鸡、一条狗的影子也没有，她心里一阵凄凉。织娘多能干呀，办过挂面房、开过油榨。那时的石村几百口子人，年轻的织娘，只要一看谁碗里的油少面多，或油多面少都有一股说不出的喜滋滋的感觉。突然一下子石村没人了，榨油机卖铁，挂面架当柴火烧锅。连鸡、狗也不去养。

去敲织娘门，当敲到第五下没回声时候却听到织娘的呼噜呼噜鼾声。不对啊，织娘不会大清早睡觉的。再一使劲，门就开了，其实织娘这门夜里没上闩有许多日子了。织娘发烧昏迷，挂三天水才退烧。三天里她没离开过织娘。过后织娘才想起发高烧之前的事。

织娘早年是妇女队长，浓眉大眼，哪像今天烂红眼儿，眼角儿总有坨眼屎。那两根有粗又黑的长发辫子甩过屁股蛋，是石村的女人稍子，老伴是民兵连长出身的军人，开油榨那阵子，一肩能扛三包菜籽。虽然走了没几年，也是老头样儿走的，可她老想着死鬼年轻时的魁梧英俊样儿。那夜她睡不着，不敢闭眼睛，一闭眼睛满屋子的毛人，龇嘴咧牙，她知道村子空哩，招鬼。这时哪怕有一声狗叫也行，却没有。一想起身边曾经的男人，来了胆子，披上衣服就去坟园。

秋夜，蟋蟀在草间曜曜鸣叫着，空中萤火虫排成队把去坟园的路照得通亮，就像开油榨时油坊里的灯火一样，乡邻排着队等榨机。她搂着的坟头，咯碜一下了。这才想起她是从屋里走出来的。再看，这确实是她送祭饭时那只大花碗，说明是男人的坟头。有男人在这里，她心里踏实。她太困了，需要一个肩膀靠一靠。她想和人说话。她靠在坟头，呢喃着，他大，你这肩膀硬郎啊，他大，你说电灯电话神鬼不怕，你还说，七成油，吃穿不用愁，八成油，住高楼。旷野里一片死寂，无边的黑暗裹挟着秋草的香气、野荞麦的芬芳，夜坟园就像男人的双臂搂着、箍着，那样温暖、那样坚实。

坟园里是鬼聚的地方，不到清明，或不死人，石村人是不会来的。这里有人可以说话，说石村人自己的话。

织娘说，她没有害怕。她知道埋在这里的都是石村人，谁谁谁叫啥，谁谁谁是啥辈分。

那一夜她睡得踏实。发高烧是在坟头着凉了。

从此，石村的某一个深夜，就可能有一个人称织娘的人精神抖擞，踩着月光，或没有月光，如行白昼一样去石村的坟园，絮絮叨叨与曾经的石村人说话。她说孩子们不种苞米了，不扛锄头，伢们认不出麦苗、韭菜了，说柿子红了没人夹，大缸酸菜没人压，扯家常，问收成，也没人答。说着说着，织娘就在男人坟头睡了，第二天能看得出来，她红光满面，皱纹也少了许多。

玉石爷充当了洪常青的角儿，说织娘夜宿坟头不好嘞，睡得倒是踏实，但会丢魂儿的。说到这儿，康倒觉得应该找个不会丢魂的啥。于是，她捏了几十个泥娃娃。她坐过月子，还个顶个，北京、上海、深圳的，可捏的泥娃娃的鼻子不是鼻子，眼不是眼，找来柴棍儿在泥娃娃脸上划拉，有样儿就行。自从有了这些泥娃娃，她再也不羡慕织娘夜宿坟头有人与她说话，又能睡踏实觉。

与泥娃娃说话得有名有姓，总不能没名没姓的，白搭话。起什么名呢？就从栓狗开始起吧，栓狗这名是土了点儿，眼下不时兴，可栓狗是自己的男人，在部队就这么叫，然后栓牛、栓锁、栓良、栓金、栓银……呔，咋一下子就起出名来了，再一想，栓狗这一辈人没几个活的了。按她的想象，泥团团子想把谁做成大个小个，或瘦子、胖子都很容易。大早颠儿颠儿地去把织娘、灶娘、叶嫂的门闩或门环打得震天响。她有事情要做，没有工夫温柔地敲。织娘起来了，披着儿媳退给她的衣服，从门缝里冒出一句："康娃这么急，有事?"她"嗯"一声，又说："把门开了缝，我看着你就放心了，要不然，你躺着回话，我没见嘞。"织娘"吱呀"开了门，"喊，织娘你身子咋恁嫩白呢?"织娘把衣服紧了紧，可一对蔫塌塌的奶子，像倒空了面的两个面粉袋似的挂着，使她想象着织娘年轻时袋子盛着面的时候该多馋男人。她急匆匆说："忙哩，把你叫醒我去忙哩。"织娘说："忙去，没事。"

灶娘已经起来了，正在洗脸，她完全可以不进门，也不用打招呼，能站在水池边洗脸，香皂、洗面奶，喊，棺材瓤瓤子，臭美，她想，也许阎王爷也会怜香惜玉吧。这时灶娘看见了她，还是那句："没事。"她说："我忙嘞。"灶娘只腻腻"嗯哪"一句，又对着水池上的破镜子在爬满丝纹的脸上搓巴。她真想让灶娘问自己一句："忙啥嘞?"她会神秘而又开心地说："做人哩，能做人多好啊。"可灶娘没问。

泥巴土是她过了筛子的，泥巴活她干过，累、脏，黄泥像靛，染相重，干脆关上院门，脱去衣服，两个泥手印在胸前还真的像有人抓揉过。

反正几个月见不到一个活人。她长叹一声，再也没心思捏别人了。泥窝久了，像乡间人擀面条时窝面一样，劲道，皮实。她每捏好谁就把谁放在一个凳子上，努力回忆着这个人的故事，尤其是能让她找到话题的故事。捏到栓银时，她自己红脸了。她把栓银的鼻子眼剜出来，觉得这个死栓银的贼眼像刀子似的还在看自己，她不由得把双手捂在双乳上，她忘了自己是泥手，乳房呢？噢，只碰到了没有一丝感觉的乳头，像两个风干了的红萝卜头，硬巴巴、死瞪瞪冒在缺肥少水的坡坝上一样。

太阳挂在半空中，淡淡地把她的影子投在地上，有些恍惚，空气里似乎有一种熟悉迷人的气味。

死鬼栓银，那一年看秋，田野里的苞米地，噢，书上叫青纱帐，除知了在聒噪之外，啥声音也没有。你死鬼怕是想急了，在庵子搓弄你那东西，那天我正好提笼猪草从庵子后边走来，你大喊大叫的，我猫下腰以为碰上红事了，透过密密扎扎的苞米、大豆秆秆叶叶，我见你搓弄得欢实，你那家当还真大，死鬼知道不，我真想走过去，可迈不动腿，你栓狗哥对我好哩，对不起人的事嫂子做不出来。你没看见我，我却把你看得清。完了，你死人一样软瘫在庵子。我扇了自己，啥不能看，偏看你那丢人事，噢，不丢人，总比偷人婆娘、当强奸犯好。我也浑身瘫了老半晌才悄悄走出苞米地。一笼猪草平时不重的，那天就像提了一笼铁。一到州河的水潭边，由不得我要下水。反正恰好是中午下晌，水潭被槐梢林子罩着，我浑身燥热，一股子味。死鬼，你不知道，那一阵我真想走过去呀，你和栓狗一样帅，就是穷，噢，那年你快三十多了，我不是坏女人，但我是女人啊。我在水中泡着，漂着，回想你那可怜相，怪疼人的，不知道过了多久。"扑通"一声，你死鬼从河岸上跳了下来，天再热，水凉。我急了，冒了一声："使不得，会害病的。"你瞅见了光身子的我，你脸红了，我把自己泡在水里只露出个头，你愣了愣，还是走过来，我急了，我说甭过来，再过来我给人一说，你一辈子就那样去，甭想再找婆娘了。你还往近走，我说，我是妇女队长，你再敢走我喊社员了。你停住了，你可怜巴巴地说了一句："康嫂，你漂起来我看一眼奶子就走。""不行。"我说。你又说："只看一眼，谁也不说谁的啥。"我动了心，"哗啦"一声我刚把上半身冒出来，水淋淋的，不知你看清没有，反正我又沉在水里，你扭过头就走。后来你有了婆娘，嘿，傻呀，嫂子傻呀。

刚捏好的栓银被太阳晒着，身上开始干起来，她这才觉得应给栓银把那东西弄上去。把泥拿到手上却想不起栓银那是什么样，就努力回忆，还是回忆不起来，反正都一个样。端端直直，再细看还真是那么一回事。正好鼻涕下来了，脏手泥爪的，捏着鼻子却擤在手上，顺手把鼻涕抹在栓银那上面……

这个后晌是许久以来最为愉快的一个后晌。

夜里，她把有名有姓的泥人逐个儿点了一次名，台阶上下、院门两边都摆上了。进屋关门前说："栓银啊，馋过嫂子，要不你夜里来陪嫂子吧。""吭"的一声，像是抽水烟人打呛口。"别吭哈了，算了，嫂子还是一个人睡好。""吱呀"一声关了门，一束细碎的月光从门缝儿挤进来，她从门缝儿对着栓银他们说："夜里规矩些。"

这些日子，她睡得很踏实，脸上总是泛着红光，每天一大早就敲门叫人时，从不绊磕和趔趄。玉石爷哑吧一下像没有封严墓门一样黑隆隆的嘴，说康娃有人夜里陪伴着说话，出门进门有人招呼，多好，喜欢谁了就把谁抱进屋。康"喊"一下，说："把谁能抱在窗子下都是谁的福。还想进屋，死蛤蟆还能蹦上坑不成？"玉石爷说："男人的眼能穿过三寸松木板，要不棺材为啥要染黑。"玉石爷的话康当下再没反驳。夜里她还真的用一黑色布单把泥胎子蒙上了。也许玉石爷有过年轻时的经历，她不得不信。"都睡吧。"她说着，折身关门闩的同时，院子"嘘"声一片，她在门里说："馋死你们这些男人。"

"麦收八十三场雨。"只要能在农历八月、十月，第二年的三月，老天爷不吝啬就能保证麦子有好收成。

康料不到的是十月这场雨在这天夜里下了。

就是听了玉石爷说，男人眼能穿过三寸木板的那个后晌，棺材瓢瓢们不是这个说脚下冷，就是那个说起夜多。只有织娘嫌夜里露水重，康说她最怕傍晚石村没灯的窗户。那时偌大的石村曾经穷得烧屁吃。再穷夜里窗户亮着灯，或蜡烛，或松树明子，再后来是牛卵子灯和电光棒子。晚饭的炊烟从烟囱中喷涌而出，又袅袅升起，一家又一家的在空中汇合，随风在石村上空飘忽。烟岚夜幕，石村多好啊，东家串门到西家，西家串门到东家，说庄稼收成，说林子蘑菇。如果是俩小媳妇则说夜里的故事，那份温馨，那份儿恬静，渐渐夜深，随便走在一个村巷，不是鼾声，就是上夜壶的滴溜声，也有惊心动魄的小两口行房的叫床声。树林枝头的夜莺几声啁啾，鸡寮鸭舍中，偶尔几声"咯咯""嘎嘎"。而有谁家因因闹夜的哭叫，瞬间又住了声，是噙住了乳头……凡这些在康关于石村的一切，都归纳到现实中的傍晚和夜里。

每当太阳压山，这群棺材瓢瓢挂着拐杖，拖着行将就木的身子各自回家。康不愿意看到没有灯火的石村。如果遇上冷风秋雨时的傍晚和深夜，村巷一片死亡的气息时，她更觉得那些窗户像魔鬼，无时不张着血盆大口。谁在这样的夜里睡安稳，谁才算是鬼。

雨夜石村，水泥村道上被冲刷得一尘不染，排水沟哗哗的雨水欢快地奔向州河，从谁家楼顶落下的积水砸在水漏管上的声音是那样的清脆。康这些日子的夜里睡得憨实，这一早，刚起床，就看见下雨了，可是屋瓦水砸下来，那样有气无力，软塌塌的，才记起来，昨夜把布单下的男人们淋坏了。开门定眼再看，黑色布单平展展摊着，栓银、栓锁，那些能被她起上名的石村男人化成了泥水，阴魂不散地在院子里漫潓、流淌，泥水黄黄的，红红的，她觉得像他们的血水。"哇"的一声，康哭瘫在地上，她怨自己太粗心，骂自己不是人，不会心疼人，昨夜还说说笑笑的，一场雨咋就说没就没了，她哭够了，通身透湿，沾满了男人们变成的泥水，才努力站起来去揭开布单，经水沾泥的布单死沉老重的，她用力拽过，试图能看到某个人的囫囵样儿，结果只能看见泥中几团苞米须。在其中的一团苞米须中寻出一个有一拃长的铜管管，她记不清，这是安给自己男人栓狗身上的还是安给栓银身上的。用手捋净了，装在身上，觉得脸有些热。这东西还真有些怪，一个生铜管管，外面还裹了泥，咋就成真的一样，此刻在衣兜儿里贴着身，咋就还温温热热、嘎蹦嘎蹦的？都是栓狗栓银俩死鬼活着就馋，就骚情。

雨到午后才小了，渐渐停了下来。空气湿湿润润，湾子里麦苗尖尖上直挺挺地顶着水珠，闪儿闪儿的。极少见到人迹的村道上，光净得像谁才洗的面板儿，几只斑鸠十分好奇地随着她，叽喳着停在玉石爷家门前的吊吊树上，竟弹落几个皂角下来，成两截。咖啡豆一样的皂角核蹦跳到在屋檐下的台阶上，有一粒竟蹦到正在台阶上望着天空发呆正在咀嚼孤独的玉石爷怀里，他一转眼才看清拖着一屁股泥水的康。

"昨日夜要下雨了，你咋不说呢？"她立在台阶下对台阶上的玉石爷说。

"咋哩噻？"

"雨把人淋没了。"

"谁?"

"男人,村里的男人。"

"?"玉石爷一双混沌的眸子·更加茫然。

"夜里没管,隔着布单,也都成了一摊泥,连个人形也不见。"她说着竟呜呜起来。

玉石爷说:"不就是几个泥橛橛子,又没上炕,看把你心疼的样儿。"她冲玉石爷瞪了一眼,抹着泪说:"这多日了,我睡得多踏实,你说同是男人,泥胎咋就恁不经雨。"她说着又弹起眼泪来,似乎要与玉石爷讨论一个关于泥胎子·男人的深刻话题一样。

玉石爷颤颤起身,离开台阶,说:"康娃,甭说你一院子男人经不住雨,我一群牛在一夜都没了。"

她一脸愕然,随玉石爷去屋后围墙下,那里曾是玉石爷家的菜地,现在只有玉石爷勉强挣扎着栽的两行葱。葱绿部分已白成蔫皮皮。

玉石爷抬起拐杖指点给她说:"二十多头牛哩,挨着葱行子摆着,还有没有?我要是知道下雨,早就把它们赶回圈。"

她瞅不到一头牛的样子,只是玉石爷孙子在家时的一个玩具拖拉机在小土坑边上。

原来,就在石村这些棺材瓢瓢百无聊赖的孤独与寂寞中,突然有了关于织娘夜宿坟头,康捏了一院子泥男人、夜里陪她睡觉的话题,日子一久,话锋转到另一个方向。比如说织娘夜里搂着丈夫的石碑子睡。在石村的坟园里,谁知道织娘夜里睡的是谁的坟头,开油坊那会儿,去油坊的不一定都是为看油榨,男人去转乡收药籽、椿籽,收麻籽,织娘夜里门吱呀过多少次,谁知道是谁。

说康捏了一院子的男人,还有名有姓,眉毛是眉毛,眼是眼,鬼才知道她念想的谁。乍听是康和村里人在絮叨，真正要听出子丑寅卯，还不是她在过去当队长时和谁在渠里洗过身子，又和谁在月亮地里割谷子，内急了蹴下去，屁股比月亮还亮骚。

玉石爷听着听着，咂吧一下嘴，咂的回数多了，就想自己该做些啥事。于是就干起老本行，侍弄牲畜。

足足有二十多头牛。这些牛都是他自小以来养过、调教过，耕过地，拉过车，很有些功劳可记的。当然也有他经手卖过的牛，用泥堆出来，也算赎罪。谁也记不起玉石爷曾在四邻八乡给人塑过"爷婆像"，后来，只有逢每年元宵灯节捏面狗狗灯，这时才用得着，再后来有了电光泡子，娃们曾把院子布置得像龙宫，面狗狗灯盏也再没有人见过了。

牛堆好，犍牛乳牛，长犄角短尾巴神态各异，后院菜地里他像当年一样，两头牛一副犁，也称一犋。南沟二十亩，东岔十八亩，凡是有牯牛的肯定亩数多，一大早派活儿，后晌收工，他用个柴棍儿逐个点名，说南坡地石头多，今天肯定打铧了，东岔地里营草多，地难犁，别把轭拽撒了。他兴奋地对牛们说着过去的事。村上有几亩蓖麻籽就是专门给你们这些牲畜种的，每年冬至是给你们灌蓖麻油的时候，你们像人一样老早就围在油坊前赶不走，谁犁地卖力就能多灌一勺油。有一年春耕，七十步台上那块地向阳，过山雾又缠着，墒好、肥地，岩畔畔老早就冒出绿油油翠生生的山蓝菜，畜生馋绿，坠到岩下，跟着也拽下犁地人，天哪，就那点绿星星送了两头牲畜一条人命，不值。他的柴棍儿在一头牯牛身上停下来，说："就是你，又壮又肥，一个坡场能霸占两头乳牛。"他再端详着，肯定的语气说"就是你"。许久又叹息一声，自语，"可惜啊，太可惜。"

有了牛们陪伴玉石爷，他很少离开院子。他说今冬墒饱，冬地要翻，不然冬冻一定很深，说他刚把活儿派了，夜里一场雨，他比康还心疼，自责自己咋不把牛赶进圈呢，一院子的空房啊，就容不下泥疙瘩子牲口？真是老不中用。他的眼神凄然、忧伤与悲戚都在其中。

她说："天晴了再堆，再捏，冬天夜长天短，和泥胎子人说话这些日惯了。"玉石爷说："后塬上猫头鹰叫了几个夜晚了，过了秋的叶子隔不了夜，说落就落了，还说啥天晴。"玉石爷的话冷冰冰的像是刚从水里捞出的压菜石，沉腾腾而冰冷，哑然若丧。太阳在后晌终于从云罅中露出半个脸，水泥村道不经晒，瞬时干得连水痕也没有，白光光像一条杠子或弯镰插在石村。没有人影儿鸟影儿，杳然的石村，要不是灶娘家升起的那股袅袅炊烟，外来人真会把这当成死人村。而叶嫂家的烟囱则有一晌没一晌地冒烟。做一顿吃几顿，基本上是吃熥饭。

静悄悄的石村，没有暧昧如网的人群，只有被人淡忘的失落。

一个后晌她和玉石爷，就静静地坐在台阶上，谁也没啥话可说，偶尔玉石爷说一句："不知明年芒种在啥时。"这一句像从墓土中钻出来的一样，阴森而没有活力，许久了她说："四月芒种正搭镰，五月芒种不赚钱。"玉石爷没有回答康，又是一阵死寂。

刚放晴，太阳压山早，两山垭的那坨红云被黑云盖过，天渐渐趋暗，康踽踽在村道上，又是老槐树那一家喜鹊叽叽喳喳归巢了，她更感到凄惶，甚至有几分恐惧。尤其是浓浓的夜幕里。村子没有一点声息，谁知道孤魂野鬼在哪个角落瞅她。她刚踏上台阶，院门自己开了。"回来了？""嗯。"她回答着，折身关门，再折身立定时，寻找是谁和她说话，当脚踩上黏黏的黄泥时，一个趔趄，有人喊"小心"，且一把扶住了她，她没有跌倒，有一股暖流蹿到心里。

会说话的黄泥又被堆好，她找来了更多的柴棍儿，又找了许多苞米须，她要把那些死鬼男人连夜捏造出来，玉石爷说了一犋牛两个男劳力，要赶冬翻地，她要给玉石爷的耕牛派犁地的男人。

这一夜，她没睡。

"邻家本社，不就是早上打打门闩子？"这是织娘的儿女冲她说的。她记得织娘在时只要她的儿女不论谁回来都左一个康嫂右一个康嫂地叫，好听话能说一箩筐，还不是图自己能照看照看她妈。自己咋就这么对不起人，对不起邻家。确实那几天她也病了。都是那些死鬼泥橛橛儿。怀胎十个月，只生一个囡，捏几十个泥胎子，鼻子眼睛那个的，只是有些累人。当她用笼子提给玉石爷时，先是惹他一阵又一阵忍俊不禁，继而是抱头痛哭，哭得伤心劲儿令她手足无措。一个风烛老人咋能经起大悲大痛，那两行泉涌似的老泪滴答滴答地滚下来，掉到地上竟是白森森的花花点儿，不消不散。不知他的眼泪有多么混浊。她是一笼子提两个，一个整上午小脚碎步来来回回的，竟惹玉石爷如此伤心，差点儿过去了。随后织娘无端地死了，老鼠竟剜了眼睛，吃了耳朵，那个惨与玉石爷无端的大笑、痛哭不无关系。她想是福不是祸，是祸躲不过，石村人的命就是这样的。玉石爷没过去，阎王爷请走了织娘。

玉石爷把牛摆在后院，思来想去还应该有个啥，颤巍巍老半天才想着一定得有个鞭子。那时候，他的长杆儿鞭子在石村算头条鞭哩，只要蛇信子一样的鞭鞘在空中一绕，"吧吧吧"的那个脆响，像打五十粒似的。这回他努力了许多次，甩出去，鞭鞘儿不欢，发出的响声也秧打了一样有气无力。她的泥橛橛儿男人捏造得却十分夸张。眉毛眼睛说不上有多像，她用柴棍儿裹上泥，再用苞米须给泥胎子们做的那个人根一下子把泥胎子做活了，包括玉石爷在内，石村的男人肯定就是这样。她一个人时也做着许多遐想，竟觉得泥胎子上的那些阳物还在蠢蠢欲动，闪闪的。玉石爷的大笑、玉石爷痛哭的缘由她似懂非懂。

织娘死了，换玉石爷活着。

埋织娘，石村人回来帮忙，村道上，村巷儿都是在外石村人的小车，亮儿锃光的。几天里挂鞭、烟花、响器，坐台子秦腔。石村这多年两个不冷清的时段，其中之一，就是死了人，埋人的时候。再就是收麦的时候。

玉石爷说得对，坟园里有鬼。织娘是被小鬼勾走了魂。但总得有些因儿吧，比如伤风感冒，闹肚后走。康自己那些天昏睡着，怕自己就这么走了，她想挣扎起来去喊一声织娘、灶娘。浑身瘫啊。

她去了坟园，织娘新坟上的花圈纸扎还十分鲜艳，但呜咽似的寒风像人在哭号。她跪在织娘坟头自诉自己的过错，三个早晨自己咋不能强撑着身子呢？织娘啊，你是倒在门口的，你没上门闩，就是怕你醒不来，谁去了叫不开门。也想你不该夜宿坟头，魂儿早去了。你安然了，有老伴陪，有石村人陪，我该怎么活？对不起你儿女，对不起石村人，我不缺德我缺的是心，石村人不需要我做多大的事，就是跑小脚摇门闩，我咋就没做到呢？

从坟园回来，玉石爷和灶娘几个人把她拦在村口。别看这一伙风吹就能倒下去的棺材瓤瓤子，凶起来还有些威风。先是玉石爷说："去坟上了？猫哭老鼠假慈悲。"灶娘将拐杖在地上砸得"嘣嘣"响，说："那时妇女队长你咋当的？"她像犯错误的小学生任他们东一言西一言斥责、挖苦，说她光知道想男人，夜里也不怕弄死，羞不羞。最后棺材瓤瓤们意见一致，说她是石村最靠不住的人，不就是打打窗户敲敲门，喊一声人？灾星、丧门星、扫帚星。她垂着双臂低着头，任他们指责谩骂、秽语相加，不知谁还向她"呸"地唾过一口，那腥臭令她恶心。她羞愧难当不敢抬头，只感觉到对她指点的拐杖是恶狠狠的。责骂声中她也听到了曾在院子听到过泥巴糊糊说话的声音。包括栓银他们。

　　渐渐那些带着恶痰而沙哑，或带着哮喘而声歇的棺材瓢瓢，拖着拐杖的剌啦，沉重无力的橐橐声远去了，她才直起身子。她瞅着玉石爷的背影想对他喊，明年芒种是农历四月二十八，是她从日历查出来的没错，她却没有勇气喊出来，她还想给玉石爷说今天还捏做了一个玉石爷，年轻时的样儿，还是没勇气喊出来。她想喊一声明天是腊八，早晨别忘了煮腊八粥时给多做几碗献给她和织娘，再插一炷香……芒种那天别忘了给石村一个叫康的女人上香烧纸，那一天是她的百天忌日过后的亡人生辰……

闹　丧

连续几个夜晚，后塬林子里不断传来猫头鹰的叫声。能挣钱的都出去了，每到天黑，偌大个石村，没有几个窗户亮灯的。猫头鹰这一叫，更觉得旷寂和瘆人。石村要死人了。

早晨，雾岚还没散去的大田，正在扬花的麦子十分张扬地吐着将成熟的芬芳。村长石磊这时就在大田里。他弯腰把鼻子贴在麦穗上，深深吸着气，一股清香就钻进他肚里。他又撅几穗儿，用麦芒婆娑着脸，痒酥酥的，他有几分陶醉了。一村之长不就图个五谷丰登、老少平安吗？

手机响了，是石涛打来的。说是他戴着白孝，去家不方便，要请他过来商量商量他爸的丧事。他嗯嗯回答着挂了机子，恍然大悟，跺着早已被露水打湿了的脚，自责咋就想不起猫头鹰叫是给碌碡爷催魂儿哩。碌碡爷卧床，断五谷有些日子了。一村之长，像婚丧嫁娶之类，本不是他分内的工作，可谁叫他姓石呢？石涛请他，他也就无法推辞。

碌碡爷家门前有人正在挂白纱。几辆锃亮崭新的鳖盖儿小车停在门口。硕大的折叠式花圈正被人往开撑着。石涛跪在院子给他爸烧纸，院子就飘着纸钱灰和香表的气味，浓浓的丧事氛围，不由得石磊生出几分悲痛，一片虔诚三揖六叩上香点灯。石涛赶忙跪在石磊对面，向他还三个磕头礼。按辈分他把石涛叫叔，然而重孝在身低人三分，必须向每个吊唁行丧礼的人磕头还礼。

石磊在满场院逡巡着。肃穆中烟雾袅袅，随着一股香气，秋云过来，搀扶起跪着的石磊。

秋云比石磊小，是石涛的妻子。石磊便道："秋云娘可一直在家侍候我爷？"

"不，我刚回来还没多大时辰。"秋云回答。

碌碡爷家的哭声早已惊动乡邻。本该下地、上山、赶集或进城的都改变了计划，共同一个目标，就是给石涛帮忙丧事，不等到半清早，场院就挤满了人。

石涛披麻戴孝，给来人散烟。接了烟的人就少不了安慰石涛几句，说八十多岁，是应走之人。而更多的话题落在那几辆小车和秋云身上。

说秋云回来竟有小车送。

说秋云脸上没有一丝悲痛和眼泪。

说秋云该换孝衫，穿白草鞋，戴脸罩。

说秋云蓬着烫发头，挺一双大奶子，啥时候了，还显骚。

石磊是被石涛请来商量事的，虎死如猫，人死如虎，只有入土为安了事，也就不管他们对秋云的指责和议论。请阴阳先生，出执事单，安排坟上活儿，正忙得一佛升天十佛涅槃的时候，他被几个石姓老者神秘地叫出场院，领他径直到碾子爷家里。

石磊大惑不解，是山向不利，还是碌碡爷死的时辰犯灭门太岁？

碾子爷是碌碡爷的门中堂弟。那些年在石村可是他说了算，后来石磊就接了他的村长。

"你碌碡爷的事咋安排哩?"碾子爷一手拿打火机,一手拿着还是那只磨得发光的铜水烟锅,问。

"五十大桌,四荤四素八个凉碟,五大五小,三蒸三炒,三鲜烩菜,酸辣豆腐扫席汤,十三花的石村全席。"石磊一气说完,没引起任何人的兴趣。当然,在石村不论红白喜事,娃十天满月,当兵考大学,待客好坏,总管的脸面比主家还要紧。

"不是席口咋样,说的是披红的事。"有人替碾子爷把话引到正题。

"披红,噢,要披,要披。"石磊在恍然大悟中没弄明白,他们到底是要披还是不披。

"披不成。"碾子爷霍地站起来,几乎在吼了,"知道你磊娃子撑不住舵。今次再说这红披,你一个人把棺材背到坟上去。"

碾子爷的女人,碾子婆在一旁劝道:"你吼个球哩,披不成有披不成的道道,叫磊娃子知道知道,他心里就有个数。"她的话刚一落,在场的石姓人七嘴八舌议论开来。

有的说:"碌碡爷算过卦,能活百二,咋就走了?"

有的说:"秋云自过门就没给公公端过一碗水。床前孝顺赛黄金。你秋云竟到今早才回来,啧啧,还是小鳖盖车哩……"

石磊又是被石涛打手机叫走的,临出碾子爷门乡邻们的激动和愤怒还没平息。石姓户大,他平时也难把石姓人逐家的辈分、亲疏远近弄囫囵,他有一村的事要管。修村桥是石村几辈人的心事,在他手里修起,碾子爷却领人告状,桥账查了,没一差二错,还他清白。这不,他家一只猫被人闹死不久,刚查清原因,碌碡爷又死了。披红是石村乡俗。实际意义是对那些孝顺老人,而又贤惠媳妇或女婿的表扬,后来就演绎成儿子儿媳。唢呐声中，孝子白孝衫上披着红被面，在席间走上一圈，吸引来的目光是夸奖和尊敬。如果没有披红，似乎待客就少一道大菜，吃再好，酒再多，也少一半风光。

那当儿，先是石涛在省城一家叫秋云斋的酒楼打工，诸如订餐外送，给客人洗车。石涛说吃饭的地方也叫这名，心里美着哩，秋云后来也就去了。秋云来到秋云斋，酒店人惊叹了许多日子。狗日石涛还有这么好的女人，柳眉杏眼，一口石榴籽儿牙，咋看咋动人。她穿那件碎花格子衣，从上班那天就成了酒楼姑娘们膜拜的时装了。侧看侧好看，顺看顺好看，没过多久，秋云斋女员工的工作服全部换成了碎花格子衣，典雅、古朴的美，令食客们好生赞叹。又不久，秋云就被升为领班。老板对石涛和秋云说，这个酒楼是祖上传下来的老字号，怕是因祖上积德，广种福田修来了秋云姑娘。石涛就明白，酒楼进项翻几番了。

碌碡爷苦汉子出身，硬朗的骨板到底还是卧床了。石涛两口子得信儿，便向老板告假，老板就沉默着。他无法考证斋名起因，但总以为冥冥中确有轮回，时隔多年，秋云姑娘便是了。财源滚滚，名流云集，点菜时连同秋云一同点。秋云淡淡一笑，拿上自己的酒杯，只陪两杯。按眼下世风，食客们在酒店姑娘们面前说几句打趣的下流话，或动手动脚是司空见惯了的。可一见秋云，有种神秘而高尚的东西从灵魂中生出来，便是任何稍不文明的语言或动作，都是对神一般的她的亵渎和不恭。尤其是她嘴角每每微微上翘的笑状，谁都会觉得无比灿烂妩媚，美轮美奂。凡是见过她的男人，都在心里领略了，什么是女神，啥叫美女。

那一日，酒楼来了一个叫作邱局的人。他潇洒倜傥，气度非凡，包了一桌菜，就他一个人。也点了秋云。秋云和往常一样去了。邱局先说给解决户口。秋云说："石村人八辈子户口没在城市，谁也没少啥。"邱局就问嫌咋。秋云说:"石村人骨子里没脏东西,更见不得脏。"邱局说给找份好工作。秋云说:"乡人下苦惯了,这差事就行。"邱局又说给石涛找份差事,正式的。秋云说:"一不沾亲,二不带故,城里的黄鼠狼给乡下的鸡拜年,弄不明白笼子提的啥礼物。"邱局讨了一根鸡肋,就去拉秋云的手,秋云顺势"砰"的一声打了杯子,说酒里有苍蝇,随着又是淡淡一笑,说:"我去拿。"再等到她回来时,和刚才一样彬彬有礼,好像什么事也不曾有。叫作邱局的人,刚结完账走人,她就叫人把邱局用过的酒杯茶具,全部扔到垃圾筐里,说一句:"脏。"

秋云就像石村后塬下那股山泉一样,清冽,剔透,把一个酒楼滋润得爽爽朗朗,如幽竹秋林,只要有她的影子,就有细雨风过,一种梦幻中的美意。她寒泉一般的眼睛从任何一个地方滑过,都将带出一股清淡、从容。凭谁咋样想也不会知道她是从石村来的。她脸上总挂着浅浅的笑,打老远能把人拘到跟前,到了跟前却不能再近一分一毫。近不得,又舍不得去。秋云斋的生意于是就令同行们大惑不解,至于蝇营狗苟屎尿盆子,按常规,都会泼给秋云的。可是谁也没有泼。

石涛回去了,老板仍旧给一份工钱,怕的是秋云离开酒楼。作为儿子的石涛,在床前侍水服药,接屎接尿总比儿媳妇贴心。而秋云就怕族人和乡邻说闲话,现在果然是了。咳嗽带起伤疡,什么闲话也都跟着出来。同吃一泉水,同经受一个日月晒,十亩地里一棵谷,就你秋云能,眉梢眼角都在勾人不上算,就连此刻穿麻披孝,珠泪滚滚,声声泣诉,下跪作揖,都在拂动着一团香气,更张扬着绝伦的楚楚凄美,那些难以克服的惨伤与毁灭,被她演绎成另一种形式而存在。

石涛一句句逼问石磊:"族人和乡邻凭啥不叫给秋云披红?秋云脚拐鞋歪了?虐待老人了?"那阵子他一个人回来,有人就说他把恁俊俏的媳妇留在省城，是把羊放到狼群里。说他脑子灌水了。他心里明白自己媳妇是咋样的人，尽他们去说。猪嘴好捆，人嘴难封。眼下老人家尸骨未寒，丧事如天，蝗虫吃过地界，竟然干涉到他的家事上来，岂不有几分欺负人。

石涛要村长拿出三桃两枣，石磊实在说不出子丑寅卯，更不能说是碾子爷在起哄。

秋云一声哭诉一腔泪地也来找石磊。掌管着千十口子人，曾经和县长一个桌子上吃过饭，在州城剧院介绍修村桥、修村路经验，曾侃侃而谈的村长，今日面对一桩并不是什么事情的事情瞠目结舌。

是夜，石村人一下子都拥来看热闹。碌碡爷是高龄，属于喜丧。喜丧就会灯火通明，就要有唢呐、乐队和殡葬司仪。这样一来，悲悲戚戚，天哭地凄人已去、月垂星低五更寒的丧事就显得轰轰烈烈、热闹非凡。诸如电子吉他、西洋管弦乐器只有以这种形式，走进石村普通老百姓的生活，通过大功率音响，伴随着噼啪的挂鞭，在石村夜空中回荡。灵棚一左一右贴着"勤俭持家缘今朝抛子不能训，贤名传戚里黄泉路上难甘心"的哀联。场里场外站满了人，这些人里边也有邻村赶来看热闹的。在司仪低沉的语调声中，众孝子程序式地请灵、升灵，现在到哭灵。

哭灵这一节是喜丧中，或叫白喜事中最讲究的一节。不论男女孝子，一律要头披面纱，石村人叫作眼罩或脸罩。这种眼罩在过去是用蚕丝手工织成的，宽不足尺，长不过一丈，从头上一前一后搭下来，正好罩住面部，哭灵孝子有了这眼罩，不论真正伤心落泪，还是假悲伤而无泪，都无所谓，没有人去撩开眼罩看究竟，只要哭出声，看热闹的人就从哭的程度来评判孝子悲痛程度，也是看最后一次的孝顺还是不孝顺。这是一门哭的艺术，三拜六叩，边哭边诉，自然旁边就有人劝过，谁就算结束。孝子们是要挨个哭的。当然，这些摆做都是趁白喜事铺张的大小来决定的。石涛两口子在外挣了钱。秋云在石村，乃至上十村下十村风光不已，几天来光是省城来送挽联的各种小车不下十几辆。这些客人中多数是秋云斋食客。每顿饭不离肉，整锅整锅的，满村子飘着肉香。就连狗们也狺狺着在人群中吃肉渣渣。

轮到秋云哭。几天来她真是够呛，小姑子大姑子，这个要她给灵堂蒸大花馍，那个要她找团发面插上两穗麦。她知道石村的喜丧讲究很多。不披红使她很委屈，重孝在身如泰山压顶，不能发作，又不能色厉内荏。哭灵给她机会了。她在腰间系一条草绳，戴着眼罩，哭着一步三跪。她的出场是看热闹乡邻期待的压轴角儿。"连心的爸呀，黄泉路宽你不该走，断魂桥上没人留，饿狗村里有恶狗，青枫岩下鬼拍手……大大呀，你不该走，不该走。"这些哭灵词都是早年乡俗中出殡前鼓盆而舞的孝歌句子。已有许多年不唱孝歌了，石村人哭灵时就拣几句哭诉出来，更显悲戚。

秋云娘家人几天来，已听说石村人打算不给女儿披红，觉得太伤面子。秋云她爸就找石村长交涉。

"家家有女，户户有妻，一节红事小，猪尿泡打人不疼，臊气难闻。秋云日后在石村怎么做人？"石磊不等亲家公说完，接着话茬儿道："嫁出门的女，泼出门的水，你老人家就甭管了。"亲家公说："丈人门口看卵子，是给娘家人伤脸。邻里本社，当个村长做事不要太绝……"亲家公和石村长交涉没结果，气呼呼地鼓动娘家人都走。不吃石村人的饭，不看石村人的脸。碾子爷走过去劝慰道："结亲结义，一步近邻，涛儿他爸热尸喜丧，你不该闹腾，再说就是这红……"

秋云见父亲被碾子爷奚落，气更不打一处来。一把扯下眼罩，嘶哑着哭腔吼叫开来："不披红凭啥，石村媳妇有谁在家服侍公公的？谁家不养女，谁的女人没在外打工？上有青天下有百神，我秋云敢保证没偷人养汉，你谁敢站出来说你们的儿女都在外做啥哩。"

石村人从早年就经见过许多场面。打日本那年，土匪在石村绑票，马三爷被烧红的火剪在屁眼烫。又是那年，中央军在河滩打土匪头子周文美，那血腥味叫石村人恶心了许多年。瑞娃女人那年摸秋，被瑞娃交给村上，脱光衣服，挂两穗苞米游村。前年，石磊领人把村桥修建起来，通车那天，省市县的脑兮们大车小车、彩旗锣鼓把石村塞满，杀猪宰羊庆贺三天。这些场面无一不记录着石村人的悲悲喜喜。像今日碌碡爷喜丧，为披红闹得乐人唢呐不响，伙房夜饭不开，该坐上席的找不到位子。相马进寨乱了营。

"石涛，你哑巴了？"秋云吼着一甩头，那秀发随着屁股摇晃方向也一甩，进了堂屋，须臾，秋云把几个沉甸甸的盒儿箱儿扔到院子，大家看清了，全是碌碡爷没享用完的高级营养品。"看见了吧，这些东西哪一样不是钱来的？"秋云流着泪说。

石磊觉得为披红这么点小事，把喜丧办得扫了兴致，更无法收场。按说秋云是没有在床前煎药侍水，可村里有几个儿女常年守在老人病榻前的，红不也就披了吗。再说，他自己每次到省城，哪一次不去见石涛两口儿，名义上是说碌碡爷身子骨还硬朗，或是麦子该锄了、苞米该收了，或是捎书带信之类，实际上是为掇两顿山珍海味。那酒、那菜，嘿，八辈子石村人也不曾吃过。石涛和秋云的热情，使他从心里体会到啥叫本家子。酒楼经理听说是村长来了，也来做陪，一口一个石村长地叫。经人一抬举，他竟然和人家划起拳来。终于喝多了，是他扶在秋云肩膀上回的房间，是秋云像照顾孩子一样替他脱去衣服，把他安顿到床上。他这么一想，并自责着自己是乱岗坟的山药，自己也弄不清自己到底是人求还是树根。不就是一截红吗，在外打工的媳妇中还有不奔丧回来的，谁管你披红不披红的。想着，他就找到了碾子爷。

石磊问："亲家公找你了？"

"嗯。"

"咋着？"

碾子爷牙疼似的哼唧着没有回答。石磊就有几分鄙夷地看了碾子爷一眼。不披红就是他带头起哄，亲家公找他，他肯定又在装好人。这多年石涛和秋云也没少孝敬他，而他当着面儿咋样也抹不下脸的。老村长别看风一吹就能倒了样儿，给小村长出题是不用打草稿的。

村长石磊不闪面儿，秋云在灵前的闹腾越发没了底气。她明白，在外边是凭着长得好看乖巧，谁都担待着。尤其是大老爷们恨不能把自己叫妈。可在石村自己是孝顺老人、侍候丈夫、为石姓人生儿育女的普普通通的媳妇，长得再俊俏或再丑，都是一根尺子量高低。不披红是不公平，可石村的古规不能因石涛媳妇模样儿俊就改了。眼下娘家人嫌没面子闹着要走，明天一大早乡邻不抬灵，不打幡，石涛总不能背着棺材到坟上去。再说，恁多的肉、菜，没人坐席，大热天喂猪都来不及咋办？如果这时有人出面劝她几句，有台阶下就行，她再劝娘家人留下，这个人当然不是石涛，更不是大姑子小姑子，只能是村长石磊了。她也料定石磊会为她解决这场面的。

心里有想法，并且继续哭闹着的秋云，头发散开，一袭素白孝衫，珠泪儿滚在粉脸儿上，每哭诉一声都具极强的穿透力，刺人心扉。人群中的乡邻有几分动摇。老女人中早已有涕泪滂沱，悲悯着碌碡爷死不安然。

"不就是一截红吗？"

"石涛家的红披不成，以后石村媳妇怕是都披不成了。"

"没本事的守在家里倒显得孝顺。"

乡邻们动摇的同时，有人在劝着碾子爷说一句话。虽说村长石磊管事，可是他年高德重。碾子爷在瞅石磊，正好与石磊阴鸷的目光相遇。石磊道："你去拦拦头吧，明日个这人还埋不埋？亲家公领人一走，日后还碰不碰面？"

石磊显然有几分气愤。

碾子爷一脸难为，嗫嚅半天还是撺掇石磊。

石磊用余光睥睨碾子爷道："明个日这红是披还是不披？"

碾子爷嘴里呼噜着说了一句什么，谁也没听见，就像从古墓中传出来带着腐气，而又阴幽幽的声音。

石村飘香的麦田里，啁啾的鹌鹑被送葬的嘈杂一次次惊飞。长长的送灵队伍、帐幡、花圈和泣不成声的孝子们在哀怨又激昂的唢呐声中缓缓向后塬坟地走去。

石涛头顶着石村人叫孝子盆的陶质瓦盆儿，走在送灵队伍的最前边。石磊腋下夹着整条儿烟，前后张罗着，显得很兴奋，又很投入。因为昨天晚上是他最后主张和决定，并宣布了今日要给石涛两口子披红的。他以为，每当石村发生愉快或不愉快的事，都只有他能控制和协调局面。秋云娘家的自然没有走，石涛泪巴巴的脸上挂上一丝坦然的喜色。更叫他心里滋润和美的是秋云一口一个磊娃子地叫。所有出殡过程，例如抬灵的每人一条粉红毛巾、一包烟之类，出殡起灵炮放六响，还是十二响，都由他说了算，当然，这都是因披红决定的，才使得秋云这样抬举自己。偶尔还用她纤细的手给他拍拍并没有尘土的肩膀和衣服。"磊娃子，你看着办。""磊娃子，你就替我和你叔拿了事吧。"他顿觉舒坦无比。

石涛当家不主事，一切都是秋云说了算。昨夜迟迟的夜饭开过，秋云叫来伙房大师傅们，商量待客大菜，说十三花算什么，连夜着人去口镇再买两扇肉，做十八罗汉大席。说毕秋云给每人斟一杯酒，说句多谢了。厨师们哪经得住秋云这种大美人的热情，得了一点儿好颜色，恨不得开染房。是夜，伙房煮肉上蒸锅，刀案声，碟碟碗碗声，满石村飘着肉香。

碾子爷不披红的主张，没有得到最终的响应，而且丧事办得更加热烈红火，在十里八村，谁做过十八罗汉大席。据说还是早年土匪周文美给他妈过大寿做过，惊动了州府县衙。又听秋云说，前三天不算，埋了人，还有后三天热闹。这都是披红惹的祸。倘若起初他就不横插一杠，也许这披红就很一般。石涛两口子觉得争回面子不容易，就更加要显摆显摆。就连烟酒都是石村喜丧中最好的。

碾子爷心里越发觉得不是滋味。自己要是还年轻，肯定村长就轮不上石磊。像今个日，再是喜丧也不能办得没章儿没谱儿。他窝一肚子气，眼睁睁看着族人和乡邻们兴高采烈，轰天动地，一阵儿划拳喝酒，一会儿到伙房盛来一大盆肉，还没到出殡的时辰，就有几个醉汉。现在灵柩上路了，到后塬坟地没有太长的路程。然而这是一段生与死的距离。今天他送人灵柩，说不定明天或后天人又送他。那又是一个什么场面？他此刻提着篮子撒他亲手制作的纸钱，明天或后天谁给他制纸钱？儿子会不会也像石涛秋云一样把喜丧办到这样儿？他一生爱热闹，唢呐乐队，儿子到底给他请不请？他想不起来了，意识开始模糊，蔚蓝的天空突然灰暗起来。唢呐声远了，很远很远，招魂儿的挂鞭也没了声息，只见堂兄石涛他爸远远地在向他招手，呼喊着他的名字。他答应不出声，双脚又不听使唤，挪不动了。身边拥挤，叫喊，哭泣的送葬人一个也看不见了。石磊呢？都怪这崽娃子。石涛呢？秋云呢？有话要对你俩说，不披红是要给石磊出难题……

碾子爷在送碌碡爷的路上走了。

碌碡爷下葬是有时辰的，送灵队伍没有停。

碌碡爷坟前，孝子们眼泪还没干，又折身哭碾子爷。

碾子爷的儿子气冲冲地质问阴阳先生："看日子咋看成重丧了?"

阴阳先生说："重丧也是喜丧。"

向阳院

这是敬老院，不是骡马店，想拴了拉着来，不想拴了拉走……怕是……巫婆跪错神，小鬼找不到坟……

——题记

院长程飞十分热情地接过我的行李。说是行李，其实就是装着本儿和洗漱用品的牛仔包儿，还没落定，一个影子从他身边一闪而过，是那样猝不及防，包儿已挎在影子肩上。突然，影子住了脚步，在十多步之外诡谲而嘶哑问道："拆不拆？"程飞回答："拆、拆、拆。"我和程飞虽然熟悉，我的包再没有什么值钱东西，也不能让他随便拆。一个包儿用"拆"也不妥当。

我正疑惑，影子奔过来将包儿风刮一样又挎在程飞肩头，影子又风样飘走了。

冬日，暂短的黄昏之后，傍晚急匆匆就到。程飞提来了水，抱歉地对我说，他得先去安顿一下。我心悸未定地在程飞办公室看他挂在墙上红红绿绿的照片、锦旗、制度。看来，头儿派我到这里来，没错。正当我漫不经心时，一股寒风进来的同时，一个胡子拉碴的彪形大汉不由分说抓着我领口，像抓小鸡样那么容易，劈头问道："拆不拆?"惊恐中我立即意识到这就是刚才的影子，便学着院长程飞说："拆、拆。"很灵验，他放了我，又一阵风似的刮走。料定程飞没有忙毕，真怕再有人进来绑架或者打劫，正要关门时，撕心裂肺的哭号声传来。

我是县上下来的民政干部，下属敬老院有事我能躲着?于是我在第一时间冲出来，循声音在昏暗的走廊尽头看到了程飞被一个男院民搂着腿，哭和嘶叫是一个女院民滚在地上发出的。

程飞看见我，就有几分尴尬，嗫嚅着说："王科长，你先回办公室，我安顿完成就来。"他这一句"王科长"把围着看热闹的院民教会了。瞬时，黑暗中，灯光下，虚掩着的宿舍里"王科长""亡课章""王可长""汪科长""王——科——长"唤魂似的把夜幕下的向阳院弄得有些阴森。

我虽然初来乍到，但绝对知道他们都是非痴即傻，因而也不觉得奇怪。

"雷村长。"程飞疾声厉色地喊着。"到——"又是影子在一个角落回答。

程飞问："拆不拆?"

"拆、拆、拆。"这个叫雷村长的影子回答着站到了程飞跟前。

"拆就把他拉开。"程飞指着搂他腿的人。

"你拆不拆?"这个雷村长上前就是一脚之后才问。

"拆、拆。"抱腿的人回答，"嗵——"这一脚踢得更重，"拆就把手松开。"程飞一抬腿松了，拉着我就走。

程飞院长又忙一阵之后终于闲下来和我说话。当然不需做介绍和说明，局长在电话上已做安排。我的任务是协助向阳院程飞院长把汇报材料通顺通顺，年底了，省市相关方面领导来向阳院慰问，调研是少不了的。

程院长问我住几天，我说："忙完了，明天下午就走。"他说："应该多住几天，多了解一些情况，回去了给领导多说一说。"我回答道："年底事多，因而早下来一夜，冬夜又长，时间足够，有啥想反映，有啥要帮助就说。""咋说哩？"他很为难。"就拿从进向阳院到刚才，我确实需要了解更多的情况。"片刻沉寂。

我正要说："你这向阳院是敬老院，可刚才叫雷村长踢院民就不对了，就从雷村长说吧。"

程飞抢先一秒道："就说这半疯不傻的雷老虎。""雷老虎？"我脱口而出，这个名字就令人不寒而栗。

事情是这样的。雷老虎曾是石村村长。几年前石村人在他们村的一个山洞里种蘑菇的事被人都知道了。三传两传，说那洞不是一般的洞，是北方溶洞。天哪，北方有溶洞，北方也有"喀斯特"，奇迹。不仅如此，蘑菇架下还是龙宫金殿。就这样，轰天动地当旅游景点，搞开发。石村人平静的生活被打乱。有石村老者说，那个洞他钻过底儿，也有几丈深。早年林子大，是狼洞。雷村长说给镇长，镇长说给县长。"不论啥洞，旅游项目能带动。"好端端的石村要盖别墅，建宾馆，规划旅游中心。那阵子雷村长拆房溜瓦掘老坟，被石村人恨死。石村人不愿意上高楼，要上连猪牛羊一块儿上。那一把柴一把草不说，麦捆儿、棒子、糜子、谷子去球上去。拆就在雷老虎嘴上挂着。

在一个风高月黑的夜晚，雷老虎和拆迁公司老总小酌，几分迷糊地往家走。一木棍带着响哨儿从背后过来，恶狠狠只那么一下，正好磕在他后脑勺，人就成了这样子。雷老虎女人说她男人是为政府办事跑腿得罪了人，镇上就查凶手。几个月过去，查不出三桃两枣，就把人送到向阳院。

我知道向阳院是曾经的统一称谓，只有程飞院长这里没改过来。

石村被拆成乱鸡窝的当儿，村长出事，旅游项目最终没得准许，就地搁着。一搁搁成移民扶贫点，石村人被拆的命运没逃脱，就把一个人搞疯掉了。

程院长叹一口气说："就是刚才抱我腿的那个老汉。"说是老汉，其实也就五十岁左右。为了说话方便，姑且叫石老汉吧。

石村地处州河上游，土肥水旺，不知啥时养就偌大竹园。常言说的，鸽子竹子蜂，谁兴它就兴。石村的竹子永远笔挺翠生，不败，不开花，养着石村风水。于是石村的伢仔们虎灵，姑娘水灵。石老汉从虎灵伢仔时随父学得箍盆箍瓮的手艺，凡经他手破出的竹篾细柔光韧。他挑着箍筐走乡串村，挂在筐担儿上的篾圈悠而悠而地闪。耀州窑的细瓷，南山窑粗陶，再破的瓮，再碎的盆、缶、海缸、罐儿，经他手比新的还耐用，并能在箍圈上编出各式各样篾花儿。

斗转星移，箍着箍着就没了活儿。就连窑匠也在窑门放炮把窑炸了，不再烧盆烧瓮。石老汉还陶醉在曾经走街串巷的日子。石村临拆前，他的院子堆满各式各样大盆小瓮、双耳子罐、长脖颈缶。当然有些要锔的细瓷不能箍。很简单，万能胶能气死世上所有的锔匠。有次遇上行家，只一眼就相中两件明朝民窑粗坯泥胎瓮。他和那些曾经做风箱、做犁的木匠，背着錾子钻磨子的石匠一样，有手艺没行当，但心里仍存念想，高挂的箍筐担儿偶尔卸下来放在肩上，闪几下，叫来婆娘跟在他屁股后边喊一声"箍盆——儿来，箍瓮来——"他的婆娘跟着他日子久了，也会破篾箍些小物件，早几年一场病一甩手就走了。拆迁公司一阵挖机碾平他的庄院，他气晕醒过来就痴了。

程飞在这里算是老院长，送走各式各样一茬又一茬院民不下百十几。他给我说话间，翻出一摞照片。拍摄不大专业。有半身、全身，或站或坐。特殊人群中医书上讲的"喜、怒、忧、思、悲、恐、惊"七情五志在照片中都能看到。他说，谁的丝断了，就把谁装在镜框里挂着，他们没儿女，有尊严哩。凭这一点，我心里服了程飞。

他又挑出一个女院民的照片给我。年龄看不准，眉目脸庞可见曾经的阳光、青春。可表情木然凄伤得近乎悲怆。程飞说："就是这个。"我抬起头问他："谁？"他说："就是刚才滚在地上哭闹的。"程飞回答十分平淡平静，似乎他对这里发生的一切都像一片落叶那样不经意，或无足轻重。

"孤寡？"我问。

"不是，"程飞回答，"双庙村的。"

我知道这个村。依山傍水，半湾子稻田，半湾子荷塘。五年前村子办起一家化工厂。

我有些急切，便问道："她咋来了？"

程院长叹着，"唉"一声，又说，双庙子村人年轻的在化工厂做事，年龄大的搞环卫，打小杂，倒也行。没两三年，死了恁多人，乌青着脸，蜷缩着胳膊腿，棺材都没法儿装。"毒气重啊。"他心情有些沉重继续说，"没地种庄稼也罢，河岸边柳树从春天冒毛芽芽，一直到秋天落叶的时候还是毛芽芽。埋着祖先的地方存不住人了。上访，砸厂子，赔些钱，没人赔命。这个院民是她儿子送来的。她儿子的儿子死了，媳妇也中了毒。就闹化工厂，闹政府，闹得政府实在没辙了，就送来。"

"还算孝顺。"

"孝顺，"老程说，"又不是政府的老娘，往敬老院一送半年也不来看一回，啥东西。"

他继续说："箍匠犯瘾。"我插一句："敢吸毒？"他说："吸尿哩，是犯贱瘾。"

箍匠自进向阳院就失语了，望着远处，整天闷坐，不像雷老虎那么疯癫。他就让箍匠把灶上的菜瓮、水缸、面盆儿和两只牛腰粗的醋海子让他箍。箍筐就在他宿舍屋梁挂着，还是来的时候，带进来挂着再也没有动过。像重操行当一样，箍匠脸上泛着少有的喜色。篾刀飞着寒光，"噌，噌，噌"破篾削篾像玩杂耍。那几天全院人像看戏。那个被儿子送来的女院民也看热闹，被箍匠拽出来，她脸都吓煞白了。箍匠叫她跟在自己身后，拿着篾刀竹镰，他把箍筐担儿挑上，院子转，喊一声"箍盆——儿来，箍瓮——来"就让她学他婆娘那时的样子用篾锥在竹镰上"当当当，当当当"三下一顿，再连敲七下"当当当当当当当"。程飞院长的眼眶湿汪汪的，继续说："不知箍匠心里憋得有多难受。就这，挑着箍筐担儿，一男一女在向阳院逐宿舍转、喊、敲，吃饭时候到了，院民还跟一大群嘻哈着。"

老程顿住了，我俩都陷入沉默。

还是我打破沉默问："刚才闹的要咋嘞？"

他说："箍匠太坏了。"

我追问："怎么坏？"

老程又说起来自那以后，过一段时间箍匠就要演一次"小品"，女院民是有儿女的，住这里就嫌辱没，有时就懒得配合。还有两个痴婆子，箍匠又不要，也不敢要。"为啥？"我追问。"有男人。"老程回答。"又是儿女送来的。""喊，是孤寡，男人是我给指定的，也是院民。"他竟为他乱点鸳鸯有几分得意样儿。

"又有戏了？"我在心里说。

老程给我和他茶杯都续上了水，接着说："没人配合箍匠，他就自个一个挑着箍筐担边转边喊，喊着喊着就暗哑下来，常常老泪纵横一把鼻涕一把泪，王科长你没见过一个老男人哭有多瘆人，多可怜，就是老残牛看见刀的那种嚎啊，是石头也扛不住也心软了。"

我只从老程的叙说中，就能体会到每一个院民身后的故事和心灵的荒芜，我也曾把政府能做到的一切看成是恩惠或赏赐，怜悯自在其中，也因这个群体的不争而鄙视。

初冬的那一天，我随县长去一个叫北宽坪镇的敬老院慰问，棉衣棉被，拉了几大捆。墙根儿一溜儿懒洋洋晒着太阳的院民瞅见了红红绿绿的糖果、敦敦厚厚的棉衣，吸溜着哈喇子，搔着头，七嘴八舌地说："养爷的孙子又来了。"我和县长听得真切，面对一群智障人，又能如何。

天冷，箍匠要来钻被窝，嘴里喃喃自语，自家睡自家屋里人暖和，女院民不依，于是擦黑就在院子闹。箍匠是石村的，只有雷老虎能吆喝住。

程院长打住话，看看墙上钟，"嘿"一声又说："只顾说话，过点了。"半夜三更还有啥事等着他？我有些不解。

"你先睡，我去看看，把闸拉了。"

"拉闸，你是电管站长？"我戏谑地问。他用征询的目光看我，没等我回答，他便说："走。"

此刻，夜阑人静，时值一轮上弦月正挂在天空，寒光光一地夜霜已就，隔河对岸林子"嗥嗥"的野猪回应着村庄零星的狗吠，远远从村子传来。清冽冽的夜空中有一颗流星划过，长长的尾巴须臾间消失。老程借朦胧月色用手示意我别说话，别弄出什么响动。我俩像两只捕鼠公猫，蹑手蹑脚逐个宿舍门口停下，听着动静。我没有这样的夜猫子行动，脚下老是沙沙的有些塞窣，而他脚下轻盈无声。我有几分奇怪，每个房门都没插门闩，从虚掩着的门缝里，一股被褥埋汰，混杂着鞋脚味很重。我有点儿受不了，他却丝毫不在乎。不时有沉沉憨实的鼾声和吐字不清的呓语。老程的向阳院的"夜光曲"安详，温敦而恬静。

在最后一间宿舍门前，有人呻吟，伴着黏腻腻的咳嗽，随着清脆的一阵嘀沥沥夜壶伴着一个响亮有力的屁声，他只做了片刻迟疑。

返回来时，他十分熟悉拉了宿舍区的闸盒，唯有厕所里那盏孱弱的路灯，显得那么微不足道。

临睡前，没容我分辩，老程冲好两碗方便油茶，几分抱歉说："一定饿了吧，就是这条件。"

我带着很多疑惑，久久不能入睡。

正是早饭时候。隆冬的太阳总像是没有睡醒，懒洋洋地挂在天空。早餐有稀饭油条、馒头、包子。用餐的院民中有人还能记得或认得我，轻轻自语"王科长"，我不敢应声或答话。

大白天的向阳院看不出昨夜晚的寒碜和恐怖。花圃里几丛终于被霜打败的菊花垂头丧气，浅浅的鱼池结着薄冰，落着枯叶，斑驳的冰层下游着影影绰绰的红锦鲤。空中几根铁丝晾晒着的被褥红红绿绿，可见夜里湿尿渍印影儿。一个女护工正从一间宿舍出来，碟儿碗儿端在手上与我迎面而来。"你就是王科长吧？""你咋知道？""院长说的。"她顿一下又道，"走，吃饭去。"我随她边走边说走向伙房。她是给一个不能下床的院民喂早餐。我问："是啥病？"她说："快八十了，老病呗，已是死过几回的人了，要不是有程院长，说不定坟上草早几尺高了。"

伙房门口，吃完饭的院民围着洗碗盆搡来挤去，不就是洗个碗筷，叮叮当当，互不相让，嘴里不停地骂着脏话。雷老虎嘴里还在嚼着，一手拿小半个馒头，一手拿着空饭碗走过去，那些人立刻让出地方。他把碗扔进热水盆，就有水花溅到人身上，也没人吭声。雷老虎在这里很霸道。

我的早餐被安排在办公室，多加了一个烧土豆条。做饭的郭师说："凑合着，甭见外。"我说等等老程一起吃，郭师就说别等了，他一大早送人去医院。这里每年冬天有人扛不住就丝断了，程院长像死了妈、大一样痛苦，守灵、坐夜、点蜡上香摆祭品，过了头七才算完。对亲妈亲大、亲兄弟也不过如此。郭师十分感触地说："这些院民上世积福了，碰上一个好院长。"说话间程院长正好回来了，郭师把饭端到办公室。

他和我边吃边说，骂骂咧咧地说："中心医院不是东西。有个医生说一个傻子有啥看的，好人都治不过来。我说甭看是傻子，他一根头发比你大都值钱，医生瞪大眼要和我吵，我扯着他就去见院长。他脸都吓白了，问我是做啥的，我说我也是院长。敬老院的。"

"住上院了？"我问。

"敢不让住？"老程十分自信地边吃边说。

这几年凡住向阳院的人像进了程院长家的门，非老即残、茶。晚上拉电闸，老程说有些院民把电褥子开一夜，不是失火，就是热出毛病，电闸拉了冻不了咋样。他把门插销拔了，门锁砸了，怕夜里出事叫不开门。他曾多少个半夜把滚到床下的抬上去。院民们穿着福利厂统一制作的棉裤棉袄，不论男女、胖瘦、高矮一个尺寸，像囚服，走出院门谁都低看三分。他怕冬天有人断丝，老早打点了医院。他说就是昨晚听见呻唤、咳嗽的那个，"老支"加肺气肿。他说住院还得有陪人，晚上他就去陪夜班。

我曾向上级民政部门写过调研报告，专题反映"关于救济服装款式改革"。老程叫人打开库房，一股潮湿陈腐气味。他指着那一捆捆没有动过的黑棉衣棉裤说，快五年了没动过一件，都是长腰大裆，骷髅袄。仓库快满了，光是各级领导历年送的各款式被子有几百床。老程说，这些都登记在册，算了一下，以现有院民，三十年后才能用完。"都是好心哦。"老程感慨一句。我又瞅着一摞摞纸箱、包儿、捆儿，上面清晰可见某学校、某某单位捐，还有外省的，我有些眼花缭乱。老程说不知有多少次敲锣打鼓前呼后拥送来，他又不知多少次谢谢和感激。他用手来回比画说，只要进来的就得端着、护着。他这话里也指那些院民。他笑了，我也笑了笑，都很不由衷。

从库房出来，他忙别的去了，我回到办公室陷入良久沉思。

没有老程陪，我尽量少活动，我怕五大三粗的雷老虎，就我这样儿，他能像老鹰捉小鸡似的把我扔到天上。

老程有办法，他是这里的活神，活菩萨，更像是宙斯。他点鸳鸯谱是不得已而为之。还是去年初冬时上河村一次送来两个女院民，一个孀居，一个是老姑娘。这白痴老姑娘靠父母一直养着，说父母一直养也不对，几十年前也曾找过几个婆家，过不了十天半月就退货，如此者三，再也没有嫁出去。世上有剩下的痴傻爷，没有剩下的婆。后来才传出是个石女子。命苦到根的苦命噻。父母过世两年中，兄弟、侄儿照看着，也说得过去，就她那份低保成了人家的报酬，渐渐侄儿换算清了，退回低保，老姑娘没人管，村干部不能端着。

孀居的那个还好些。半语子，日子久，说话多少还能听出几句。有一个女儿在两三岁时被人贩子哄走了。那几年中，她哭死过几回。她哇哇诉说着，一个讨水喝的人，低矮个儿，把车停在门口，喝完水逗娃娃耍，耍着笑着，又从车上取下糖果给娃娃，矮个子要走，娃娃还要糖，矮子上车了，娃娃跑出去也上了车。"呜——车走哇。"十足祥林嫂的命。男人也是憨实人，如果不是在女儿丢失后滚坡摔死，一对儿，稀里咕咚倒也过得去。后来也曾传说憨憨男人因失去女儿把老婆用绳勒着往梁上挂，几次没勒死，憨人做憨事，他自己跳了崖。女人送来的时候衣衫褴褛、鸠形鹄面，不出三五个月，人换了形，有些女人样，就有男院民跟茅房、窥宿舍的，有胆子大的夜里要困觉。她哇哇着找老程，又用手在自己脸上抓，那血痕像过了蒺藜耙。老程总不能整天跟在他们屁股后边，确实他们也都怕老程。也叫来派出所人吓唬过那几个院民，并把铐子在面前晃了几晃。不抵用，前脚民警刚走，后脚又闹。实在没办法，老程对那半语子说，由她挑一个男人，再结一次婚。女护工过去搂着做新郎状，又吲吲一阵。半语子终于明白，红着脸，痴笑着点头。

老程热蒸现卖，把那些男院民叫出来站在院子一长溜。一色院民服等着抛绣球，那喜色、那场面实在有些滑稽，又令人悲悯。不料她在谁面前也不停。尽他们哇哇、嘶叫、淌哈喇子。眼看走到头了，老程心里一咯噔，完了，一个也没看中。只剩下最后一个时，她停下来不再走了。天哪，老程是想图安然，她选的这个不是老程的愿望。这个院民平时看也不看她，咋会是这样呢？老程十分不解，指着自己的脑壳问："想好了？"护工说她值夜班，老见这个院民在半语子门口。"人家俩早就好上了耶。"老程买来几斤糖果花生，叫来男院民着边不着边的亲属办了酒菜。自那以后，他又将傻老姑娘指定另一个男院民为妻，从此安然了些日子。箍匠闹的可不是傻子，人家儿子拿手续送来的，给老程一百个胆，他也不敢乱点。冬天一冷，箍匠说脚下凉，老程说配电褥子，箍匠嫌上火，又配热水袋，箍匠给摔漏了。

午饭很丰盛。护工分头给行动不便、手脚不灵的送去饭菜，又将专门做的素白菜粉条端到后院。我问老程："有吃斋的？"老程没回答，却叫我回办公室吃，说他早已习惯了。说我是城里机关来的，这些可怜人吃相脏兮兮的看不得。我说我是老民政干部哩，老程莫名其妙骂一句"球"，很快地自觉失口，一脸歉意对我说"绝不是骂你"。说专门做一盆素菜，是因为在他之前，镇上一个民政干部把向阳院遭害得至今还有不吃肉的。

那时院长还不是老程，镇民政干部的小舅子是屠夫。这个屠夫有些无赖，凡是每逢集日卖不完的囊膪，三斤五斤也好，十斤八斤也罢"吧唧"一声甩在案板上。冬天还好些，夏天苍蝇爬、蚊子叮，脏兮兮一股味，那时没冰柜，这样的肉把院民吃得连猪也不想见。向阳院一年开支多少万都架在这群可怜人头上，按人头算，比高干伙食都高。

"后来呢？"我问。

"进去了呗。"老程几分释然地说，"天理不容啊，呆子、茶子、喑哑人欺不得。"

我这才想起那几年接连发生的民政干部吃抚恤、扣救灾、挪救助案中，竟有一屠夫曾拿死猪肉当好肉卖给敬老院的糗事。事过多年，还有院民见肉就吐。

一辆小车进院子，下来的人是箍匠的儿子。

老程无法相信眼前这个西装革履、倜傥潇洒的人能出自箍匠。那时候是他和镇民政干部去箍匠家落实了解情况，同样也是箍匠的儿子，一双鞋两只是破的，蒜头样的脚趾毫无羞怯地露着，可见他何等穷困潦倒。老程他们一行刚走，箍匠儿子用一辆老掉牙的自行车驮着铺盖卷儿把箍匠送来。士别三日当刮目相看。这个儿子撞上哪路财神，才几年竟如此发达横气？他劈头问老程："我大呢？"

"问谁哩？"

"我大。"

"我不是你大。"老程接着说，"问人话也有规矩！"被院长这一呛，箍匠儿子噎住了。他略做镇定，掏出烟递过去，老程没接。

"你就是程院长吧？失礼啦，今日个是接我大来的。"

老程说："不认得你，也不知你大是谁。"

箍匠儿子说："箍匠！"他双手在空中做了个圆，"石村来的。"他又补充一句。

"我这里都是孤寡人，不孤不到这儿来。"老程几分讽讥和揶揄。

"箍盆儿瓮儿的。你一个破敬老院院长，又不是国务院院长，有啥牛嘞。"箍匠儿子终于火了。

我见局面有些僵，替老程打圆场，不料他不但没有借坡下驴，而是借题发挥，接着我的话茬指桑骂槐打着窗子叫门听。老程说："这是敬老院，不是骡马店，想拴了拉着来，不想拴了拉着走。箍匠是谁的大，我看不一定，怕是人贩子走错门，巫婆跪错神，小鬼找不到坟。今日个太阳红红，晾着去。"

这个老程对院民是那么温和谦让，到磕口时他的嘴比刀子还厉害。

箍匠的儿子没有了刚才傲气和棱角，灰着脸说："我拿的有手续。"

我怕一会儿院民围哄，把他俩推进办公室，对箍匠儿子说："程院长是对的，你大是一个大活人，随便来个人就领走行吗?"他连连点头，并说当初因生意失手，回家见他大那个半疯样，实在没法子，又听说雷村长都进敬老院，就打扮成当时的破样儿。"唉，这几年把我大亏狠了。"他脸上显出了愧疚，说，"自从决定接走的半个月以来夜夜做梦，有时哭醒来。我一天也等不得了。"说着从随身的包里掏出局里的手续，那红印我太熟悉了，不会有假，我递给老程。

老程在擦眼泪了，打刚才起他就知道箍匠留不住要走，不痴不傻，疯样儿是装的，否则当初也进不来。箍匠在这里也没少受委屈。自老程当院长以来，从没有把院民接回去的，凡能送来，权当死了，甩包袱去累赘，谁也没打算再回头望一眼。

说来箍匠命还算好。可是啊，每一个院民都是家里一口人，突然少一口人的滋味他尝过好多次，那都是断了丝，是他拿眼看着入土为安。箍匠随儿子一走永远不会再来。冬天每晚要有热水袋暖膝盖，春天见柳絮飞就咳嗽。老程把这些说出来之后，冒失的箍匠儿子也流泪了，他是被程院长能把他大放在心上而感动。

箍匠要走，我心里也被老程搞得酸楚楚的。老程安排伙房给箍匠擀了一碗手工面，乡下人遇上亲人出远门都这样，是个讲究，长面能拴着挂着。

箍匠对儿子来接没有表现出太多的高兴，吃完一碗面也可见心事重重。老程在院子瞅了瞅，差不多院民都在，并围着小车哇啦哇啦给老程翘大拇指，唯独不见秦竹梅，也就是昨晚哭闹的那个女院民。雷老虎始终蹲在一个墙拐角晒暖暖。

箍匠儿子几次和我老程道别后哄孩子样哄他大让上车。"嘭——"车门被关上的当儿，老程迅速闪到办公室，箍匠已涕泪滂沱，小车已驶出大门了，他还把头伸出来与我和在场的哑巴茶子院民招手挥别。

向阳院又平静下来。还是那群麻雀儿胆大地落在饭场水泥地上啄着饭渣渣。院子一棵老柿树上红彤彤稀溜软的柿子果摇摇欲坠，招引来的红嘴长尾雀叽喳着在枝头跳来弹去，不时有柿子果从枝头掉下来，轻盈而不经意，随着"噗"的一声，地上就又叠上一层柿果酱。刚才扔在院墙根箍匠的箍筐被秦竹梅捡走了。箍匠是想带的，他儿子提起来就撒过去，篾梭、篾锁、篾刀、篾锥，叮叮当当散落开。秦竹梅十分用心地逐个儿捡到筐里，旁若无人，头也不抬蹀躞着踽踽回到宿舍，箍筐儿端端正正挂在墙上。她骂过，厮打过，甚至偷偷在箍匠走过的鞋印下撮过土，捏成泥人，在泥身上扎过针。箍匠走了，不知箍筐对她还有用处，还是念想。

不一会儿，护工过来对老程说秦竹梅挂好箍筐，闭上门就哭，可千万别哭过去。老程还没从箍匠走的伤感中缓过来。他拭过泪的眼睛还有些红，说："尽她去。"我说："哭屈出病也是你的拖累。"他说："没法劝的，越劝越哭，哭出来不憋屈。"说他还要去医院看人，要我把汇报材料再整整，好坏明天走。

老程一走，护工和我就去看秦竹梅。还是护工给我说了关于秦竹梅的事。

秦竹梅也是三河镇人，住在桑树台，那可是旱涝保收的一条大沟，黄沙土地，捏一把土手也油浸浸的。三河镇大多半地是平川。县上分下来的移民搬迁扶贫指标完不成。说是移民搬迁，就是在大块田上垒红砖架水泥板，然后逼农民上去住。平川人打死也不走。雷老虎当村长的石村稀里糊涂地拆，又稀里糊涂地垒。有的人家倒干脆，不要了，就那些树被拆迁队砍了伐了。桑树台人被逼迫着移民石村，才三公里地叫移民？叫挪叫搬才合适。秦竹梅儿女也同意去石村，毕竟是楼房，危房也罢，豆腐渣也罢，政府每户拿出五万元。秦竹梅早几年就是桑树台的女能人，一沟两岸的桑叶她抚弄过蚕，蚕屎养猪也曾上了报。丈夫去世，儿女离开桑树台，她放心不下鸡鸭猫狗和庄园地，渐渐地百十户人家的桑树台，今日锁一户门，明日垒一户窗，祖上留下的盆儿瓮儿大柜也不搬了，有的人家连门也不挂锁。由野兔獐子随便出没，好多年前政府出钱打的恁宽敞的水泥路上下只有秦竹梅孑孑的影子，秦竹梅很乐意，每天在林子旁的窝棚里看着那些鸡崽吃毛毛虫，看着兔子逗松鼠耍，再就是去离窝棚不远处丈夫的坟前嗑松子，叙家常。她嗑一粒自己吃再嗑一粒给丈夫，惹得蚂蚁去坟头蓬蒿中抢食松仁。那天她去三河镇卖土鸡蛋回来，窝棚被人烧成灰烬，家里细软被洗一空。报案，没破。

　　一条沟，强盗咋就有盯上了她呢，百思不得其解，问儿子女儿。儿子和女儿一个口气，不值钱的，破啥案哩。儿子在城里也不是官儿干部，是靠蹬辆破三轮捡酒瓶、纸板，租来的房子挤夹着还不如她在村子的窝棚舒坦。媳妇操一口城里腔，是儿子自己恋的，炒菜放盐还放糖，说话十句她才能听懂一句。她实在住不下去，就和儿子闹，闹着闹着就情不自禁喊丈夫的名字哭喊。儿子出租屋能有多大，四邻街坊拥来，都一句话："老人家是疯了。""雷老虎都能住敬老院。"就这一句，镇上的民政局的，谁都说不过秦竹梅的儿子，秦竹梅就进来了。儿子临别附在母亲耳边的一句话："不回桑树台了，我来接你。"秦竹梅说过一百遍一千遍"不回桑树台"，可一张嘴说不出口。儿子孙子外孙子，子子连心。秦竹梅就练，两年了也没练出来，哭笑无常，还是随箍匠喊"箍盆——儿来，箍瓮——

来——"才使她死灰一样的心有了一丝活泛，而箍匠没听说要走，咋就走了？有这个箍筐儿做念想，死箍匠就在向阳院。

这边秦竹梅狗娃咪似的哭声有一声没一声地刚止住，人还在啜泣中，雷老虎犯了病。

我有几分奇怪。老程一进院子就去找雷老虎，片刻，老程刚一转身，雷老虎就疯野着捋掉衣扣，光着上身，手舞足蹈唱起"咣咣乱弹"……望飞雪漫天舞，巍巍群山银装，祖国的大好河山寸土不让……他这样折腾，大冷天要是冒风了还是老程的孽苦。我正要上去阻拦，老程却拦住了我。他说："一会儿，一大群人来了，你就说你是县上的。"

"我就是县上的啊。"我抢白。

"你是县纪检委或监察局的。"老程一急就有点语无伦次，并有些诡异的乞求。

他说着话就进了办公室，说他刚到医院，镇长电话说石村人闹到县政府，镇长去领人，这会儿正给上访的叫了饭。关于石村的事，镇长说他答复不了，推回石村。石村当事人就是雷老虎。渐渐我知道些来龙去脉，犹如醍醐灌顶。雷老虎必须疯掉。石村拆成瓦砾滩，移民点的楼要拿钱住。大冷天窝棚里的村民窝不住气，撺掇成堆儿找政府。政府就想起当初被人打过的村长雷老虎，同时期的镇长、县长一纸公文都调走了，只有雷老虎还在鼻子底下的敬老院里。老程也不止一次地听说过，雷老虎迟早不能离开敬老院。拆了的房、砍了的树谁都没人管。

"我为啥又成纪委和监察局人的了？"我问。

老程说："你还是法院人呢。"

一群扶老携幼的无家可归的石村人满怀期待到县上，被镇长像赶鸭群似的赶回镇上，此刻已拥进敬老院大门。"雷老虎狗日的。""剥皮扒筋砸拐骨。"吼声、谩骂声，翻江倒海一样的人群，吓得那些院民纷纷躲在角落，瞪着一双双呆滞混沌的眼睛。雷老虎此刻不仅光着膀子了，他已扒去棉裤，光着脚板在冰碴碴的地上自说自唱，手上敲着一只破搪瓷尿盆儿。

老程十分冷静地和我瞅瞅这边，又瞅瞅那边，对石村人说："雷老虎疯野得厉害，无法收敛。县纪委、监察局、法院联合调查组的人在这住了多日，想谈话都没行哩。"他又转过身冲我说，"王同志，你说说吧，我在心里恨他，节骨眼上拉我做挡箭牌是不是狠了点儿？"我定了定，很像领导，也没有表明啥身份，疾声厉色一字一顿喊着雷老虎的名字。我还真想叫他把石村的事情给解决了。有人低声对我说："一村人退耕还林补助他悄没声息领了五年，该问问他。"有人冒出一句："那年政府给的水毁救助好几万哩，钱呢？"我心一惊，怕我被缠绕到群访案中，便憎恶起雷老虎。

我身旁一直冷静的老程又替我喊了一声。而他置若罔闻，"仓才——仓才——仓才——仓仓仓仓仓仓仓——才才才才才才才——仓"，他仍敲着尿盆，做秦腔走场动作，又念打着锣鼓曲牌，叮叮当当，到了柿树下，扔了尿盆"哐"的一声中，尿盆中薄薄的白色尿碱渍也随之纷飞落在地上。他熟视无睹蹲下身子，抠地上早已"吧唧"成柿果酱结的冰碴碴往嘴里填，狼吞虎咽。枝头的红嘴长尾雀受到惊扰，扑棱棱飞走，几个柿子落下来正好砸他头上，殷红的柿浆从头顶溅开，又顺脖子流下来，他用手在头上一抹，把掌心对着嘴舔着。人群见此情景，都见证了村长疯得不轻，谁也不再说啥，一阵刺骨的寒风，我替他冷得打了几个战儿。

雷老虎抬头看着又飞回来的红嘴长尾雀，漫不经心、旁若无人脱去身上唯一勒着遮羞裤衩向空中扔去，羞耻的女人们"噫——噫——"着转过身，人群中又一阵唏嘘和哗然。

　　我终于没有摆脱制止上访不力的责任，受到领导批评。因为石村人见到他们村长的疯样儿，没办法又去市政府上访。我不挨批评才怪。

　　老程在电话中连连致歉，说那天要是没我在场，或雷老虎不疯，就会出人命。他说："现在好了，政府给石村赔了、补了。自那天午后雷老虎三天三夜高烧差点儿就过去了。"我说："没冻死他算他命大。"老程又喜滋滋地说："你猜，你猜秦竹梅……""不知道。""嘿，箍匠领走了呗。明天就是年三十，人家在西省过年哩。"

　　零星的炮仗已闹出了年的气氛。我想老程为他的向阳院一定也买了炮仗和挂鞭，更忘不了挂上红灯笼。

银　狐

一

松山老人引着那条二转子狼狗，去二道沟挖款冬花。这种药只能在冬天挖出来才是上好的。

进入二道沟，猎狗猖猖地在脚前蹿着。不时又折身回来搂着主人舔上一阵，显得十分高兴。是呀，好久没来这儿了。耸入云霄的山峰，肃穆古老的森林，是那样亲切可爱。云雀婉转的歌声一阵阵从林间飞出，是那样美妙动听⋯⋯

他笑了。笑得有些苦涩、凄然。

他一辈子没离开过山。一座是二龙山，一座是眼下的熊耳山。他从小跟着爹学打猎。一开始打打兔子、云雀。渐渐地大了，便帮着爹吆杖、采药，以度生计。当他长到像青冈木一样的汉子时，老爹已经赶不了山，只能为儿子吆杖。二龙山的沟沟道道留下了他爷儿俩的足迹。二龙山差不多的小庄子上，都留着他们送给古稀老人的一两件狐皮大衣。

打狐狸是爹最拿手的。对穿眼，或是用鸡皮伪装炸药丸，从不伤皮毛。上当的狐狸眼角总是露出一丝轻蔑的绿光。有时，还没断气的狐狸把受伤的嘴探进土里，狠命地蹭，流着泪，立起后蹄号啕。他自己也流泪了。"痴种，还不快打！"每次遇到这种情形，爹总是叫他动手。狐狸毛厚，多底绒，一猎叉打下去，软绵绵的。

爹常说，猎人心要硬，心不硬不是好猎人。

那是一个落着鹅毛大雪的深夜。猎人父子在火塘边上熬冬。

"松儿，你嗅到吗？"

"嗅到啥？"

"痴种，狐臊味。下了雪，饿了的狐狸出来打食。咱爷儿俩出去碰碰手气。"爹说着，取下墙上的老套铣交给他。自己又在火塘边温了一壶包谷烧酒。

刚一出门，只听得"哇——哇——"几声狐叫，一声比一声有诱惑力。他十分佩服爹几十年积下的真功夫。

齐踝深的雪，散发着逼人的寒气，深邃的夜空透出些微光。

"松娃子，我去吆杖！"老猎人说着，带上猎狗，顺着"哇——哇——"声去了。

风裹着雪，朝人猛烈地抽打着，使人睁不开眼睛。狐叫狗吠混成一片。绿黄的亮光在远处的雪地忽闪着，那是狐狸的眼睛。他瞄准了。他记不清是不是对穿眼，只晓得自己扣动了扳机……

爹倒在雪地上，一大片雪都染红了。

狐狸不叫了。他的哭声响彻了山谷。他在二龙山埋了爹，在坟头上放上爹那壶酒。叩了三个头，然后背了猎枪，远走他乡……

猎狗舔得他手发痒时，他才从回忆中醒过来，不自禁地摇了摇头。

来到一片洼地。枯黄的款冬花叶子耷拉在已封冻的草皮上。

突然，一股奇异的气味飘过来。他翘了翘鼻子。

他迷惘了。爹在世时，每次赶山总要教他怎样辨狐臊气。而今，多年不赶山了，不免有些生疏，他再三嗅了嗅，才肯定，是狐臊气。他心里不禁发起颤来，银狐，可能吗？它已绝迹多年了。

二

西山已藏在太阳背阴中，山谷变成含黛的深蓝色。缭绕在深谷崖下的岚气，像湛蓝的海水在流动。一座荫蔽的茅庵前，身躯佝偻的松山老人，正用荆条编着筐子。

冬日少有的好天气里，松山是很少在家的。自二道沟嗅到狐臊之后，这种讨厌的气息不时地萦绕着他。猎人有顾忌，只有不出去，于是，他成天在家编荆条筐子。

这天，卧在脚边的猎狗突然狂吠起来，他以为有什么野物，仔细看一阵，才发现是山道上来了人。先是露出两顶鸭舌帽头，继而才看清是两个穿着呢子大衣的人。时常都有进山打野虫的，因此当他们来到面前时，他也懒得抬头看一眼。

"要是我没认错，你可就是十五年前送我一对银狐的松山老哥？"其中的老者这样说。

他这才抬起头，眨了眨眼，放下活计，道："只要没死，我还是十五年前的松山！"他就是这倔强的人，没有好听的话，没有炙人的热情。

"老了，咱们都老了。"那老者拍着松山老人，"你还硬朗哩。"眼前的松山确实是老了。山风把老汉的面颊打磨得十分粗糙，但他那一双眼睛仍鹰隼一般锐利，不减当年风采。

他让客人进屋。他大火塘上架了柴，支起吊罐，熬上首乌茶，又端来一碗松子招待客人。

另一个客人三十岁左右，看样子是老者的部下。老者管他叫山甲。

两位客人像松鼠一样，嗑完了大半碗松子，饮了乌须黑发、益寿延年的首乌茶，这才打开带来的提包，抖开来，全是给松山老人的礼物。能值几十块。松山并不推让。他对客人说："山里灰兔还能碰上，你们上山时把我的狗带上。"

"山上大概还有银狐哩？"客人说。

"没，没有，早就没有了。"他十分肯定地回答。

客人见松山说得很诚恳，相信不是说谎。那老者这才摊牌道："一周前，有三对银狐被放归熊耳山了。"

"你哄我这山棒哩哟！"松山憨实一笑。

"不哄你，这是我们动物研究所试验性的放归。还是你送给我那一对儿的后代。"

"……"老猎人愕然地睁大了眼睛。

"这是国家重点保护和研究的稀有野生动物，以后还得请你多多关照。"说着又给松山老人点上一支烟。

"我们韩部长就是为这事来的。"山甲插话。

这位韩部长又说了些称赞的话："幸亏你保留了一对银狐，不然这种狐狸就绝迹了"，"你对人类有了贡献，你的名字已收入了英国皇家动物学会的名人册子"，等等。松山老人听得似懂非懂的，但相信都是好话。于是，他便由愕然到惊喜，再到兴奋。

客人要走了，他把地柜的木盖打开，给客人装了几包松子，又塞了一包首乌。他把他们一直送到山边才住了脚步。

三

客人走后，松山老人的心久久不能平静，他又回忆起了十五年前捕获银狐的情景来……

那天，太阳从薄雾中冉冉升起，森林和起伏的山峦从沉睡中渐渐醒来。"梆，梆！"清脆的伐木声回响在山峦沟壑，惊飞了体态玲珑鸣声委婉的对对相思鸟。

赶山的吆喝声和野兽对猎人特有的心电感应，驱使兔子、果子狸及其他野物四处奔走。他顾不上抬头看飞过的相思鸟，也顾不上举枪打惊奔的猎物，他忙着追赶一只有五支箭毛的银狐。已赶过了两架山，进了二道沟。他不停地喘着粗气，雾气在他的睫毛上结了霜。"狡猾的东西！"他愤愤地在心里骂着。明明见它钻进了一架五栋子架罩着的岩下，怎么又在对面梁上"哇哇"叫？他知道是遇上了一只老母狐狸。

他在岩下洞里掏了四只狐崽。难怪老狐狸在对面叫，它是想将猎人引过去，以保护它的儿女。他把雪茸茸的狐崽装进猎袋。再也没有力气赶山了。

回到窝棚，他本能地摸出了牛角刀。打开猎袋一看，四只狐崽，正张着小嘴，在吱吱叫着，像哭哑了的婴儿。眼角挂着泪花，舌头舔着胭脂红的小嘴唇，它们互相拱着、挤着，粉嘟嘟的雪绒在颤抖。他于是收了刀。

他心软了。他没当过父亲，却有过慈父慈母。因打狐狸伤了父命，他之前多年不知道打死了多少狐狸、狐崽。进入老年了，按人的规律，是雄狮也到暮日。

他心疼地抱起它们，坐在火塘边。它们把他的指头当奶头一样噙着、吮吸着。他不知该怎么办了。放回窝去，绝对不行，老狐狸发现人掏了崽，料到猎人会随时来捕杀它，早已弃窝逃之夭夭；扔到山林里，会活活饿死或被其他野兽吃掉。他有些后悔了。

他打面糊糊喂它们。用一个荆条筐铺毛窝窝草放在炕头。毕竟是野虫，不出几天，先后死了两只。后来，他就把剩下的两只送了人……

本想一辈子不再和狐狸打交道的，可上天偏偏要和一个落荒猎人作对，又放回三对银狐。

四

省动物研究所放归熊耳山的三对银狐，又在二道沟岩洞安了窝。

广漠的山里之夜。顺山风涛打着呼啸在窝棚上空抖一阵威风，留下一阵响动便滚向远方去了。从树林深处传来猫头鹰孤寂凄婉的哀鸣，犹如一个离群索居、与世隔绝的孤寡老人在叹息一生的不幸。

松山老人在已燃尽的火塘边沉默着，突然，听见夜莺在窝棚旁边的五角树上啼啭。老人一震，他明白这是有野虫从树下经过，惊扰了夜莺。他摸黑取下上了火的套铳，以极快的速度打开柴门，一个箭步跨到了棚前的场坪里……

黑乎乎的场坪里，几团雪球向他滚来，同时传出叽叽嗷嗷的叫声。啊！是银狐！

他迅速送上套铳保险，向雪团走去。多少年不见了，已被人驯养得那样温驯。他抱起一只，搂在胸脯上，用手从头到尾一抹，只见火花刷刷直闪。

六只银狐像孩子一样拥进窝棚。他高兴得手发颤，以致好半天才点着油灯。

这简直是六只波斯长毛狗，一会儿搂他腿，一会儿互相咬着……他像抚摩孩子似的逐个抚摩着、端详着。十几年，已使它们退去了夜行动物特有的黄绿色目光，只有纯黄光了。可见它们夜行已不方便。蹄蹼是软绵绵的，利爪脱了，蹼上已没有它们祖先那样的厚茧。这是家养退化的，它们再也不能奔跑。

只能缓走，肚子也是软塌塌的。肯定是归山多日，仍改变不了按时喂食的习惯，加上都是独箭毛的一年狐，很难遇上小动物。又无野果、青草，只有阳坡水边的水蓬花，那还要与羊鹿子抢食哩。

他取到猎来的两只灰兔，撕成块，拿在手上。它们抢着，互相咬着，可见野性还在。它们一吃饱，就不再叽叽嗷嗷叫了，而是把嘴扎在地上满屋里转。

"野东西，本性难改！"老猎人在心里笑着说。

这一夜，他没有睡。

黎明时分，它们耍够了，也不招呼一声，一拥出门，踩着露花，互相撕咬着去了。

他系紧腰带，绑紧裹缠子，跟着它们的足迹追去。

它们时走时停，互相咬着，滚打着。他尾随着它们，有时隐蔽在树后，有时隐蔽在石边。他想找到它们的窝，因而不能让它们发现，不然它们会把你引到不着边的多远处。狐狸毕竟是很狡猾的。

东方天际由青灰变成了鱼肚白。太阳露了脸，还不见它们止步。他十分担心。若这时遇上进山采冬花的人，今天就无法找到它们的窝了。

翻一道梁，过一架山，它们进入了二道沟。这时，它们不再一路行走，而是分作六路，在漫山漫沟无径无道地走着。这样留下的气息便是紊乱的。这是它们祖先传下来的本领。他没法跟了。他在一块石头背后仔细地观察着它们的去向。

它们机警地东张西望一阵，见没有什么动静，这才分三批向岩洞钻去。

从此，六只银狐便成了他的常客。若有三五天不见它们来，他会到二道沟去看的。要是有人害了它们，怎么对得起省城那一老一少！人家山高路远专程前来拜访之后，又打发山甲单独来过一次，送来了几样他一辈子也没见过的好东西。他给山甲说了，银狐怎样像回娘家一样到窝棚，又怎样狡猾地躲避着人。说不定很快就要叫春了。到下年就会不止六只……山甲听得很高兴，临走时，还再三说他年前一定再来看望一次。

于是，他不时地向远处的山道望去。他一生没有奢求，只要人把他放在眼里，当人看待，按山里人的话，只要放在十六两上，他就心满意足了。

腊月二十三是山里人送灶王爷的日子。松山老人这天却迎来了凶煞神。

五

山甲背来了一大包礼物。松山老人高兴得钝滞的眸子也放出光彩。他以为这是国家给他的报酬。更重要的是国家人讲信用，说来看望他，果然就来了。

山甲堆着笑说："老猎，韩部长托我捎话给你，春节一过还要接你去省城哩！"

他憨厚地一笑："只要把我放在心上就够了，快八十的人了还想啥哩！"

山甲说这次要看看那银狐放归以来的情况，得住下来。老人当然很欢迎，当即就热情款待起山甲来。他尽条件，做了红烧兔、栗子焖山鸡、蘑菇三鲜汤，又打开了山甲带来的大曲酒。

夜幕降临了。松山老人在火塘架了火槽子，和山甲围着烤火。山甲像有什么心事，或者是被山里不时传来的狼嗥声威慑住了，他不住地看表、拨火，滴溜溜又病恹恹的眸子，偶尔与猎人的目光相遇，又急忙避开。

老人叼着自做的榆木疙瘩烟锅，吧嗒吧嗒地抽着。他叫山甲去睡，山甲死活不肯，也许是嫌主人的铺窝脏吧，他宁肯坐在火塘边打盹。老人磕了烟锅，别在腰里，立起来拨去灶口的柴草，又拨去厚厚的一层土，然后用双手掬了两捧板栗放在山甲旁边，说："煨栗子吃，省得闲着没事儿。"

约莫半夜时分，几只银狐进来了。他忙摇醒正在打盹的山甲。

山甲一见银狐，便示意他去插上门闩。

他照例拿栗子给它们吃，然而，它们今天已有几分戒备，不仅不去吃，还总是打量着山甲，似乎觉得这个陌生人没怀好意。

先是那只个儿较大的银狐，看看没有什么危险，就径自吃起来。三只以上的银狐都有领头的。它就是凭块头和机智、狡猾得来的"宝座"，找到食自然是它先吃了。

这当儿，老猎人没有发现山甲正攥着匕首、猫着腰在盯着那只首领。

"嗖！"一道寒光。"噗！"殷红的血……

"哇——哇——"它们惊慌地叫着，扑向门口……凶煞神山甲抽出第一刀时，它没有倒下。它向他的手腕咬去，又遭了第二刀……仍没有倒下，而去跟着同类们奔命。只有那脸盆大的窗户是唯一的出路了。"呼——"
"呼——"一个个蹿了上去。淌着血的首领，由于力气不支，连续蹿跳了三
下，也没跃上那距地面仅半人高的窗洞。最后一扑，终于倒了下去。

凶煞神没有满足，他不是为了一只银狐，而是为了一件狐皮大衣。

松山老人手里还提着一块兔肉。他被这突如其来的场面弄得不知所
措。当他又见山甲提枪冲出门去时，才意识到这事情并没有完结。

他抱起地上躺着的银狐。好重哟，血还在淌，染红了雪白的绒毛。它
好洁惯了，挣扎着扭过头，伸出苍白舌头舔去毛上的血，却无力气，一连
几次都没有够着。它浑身在颤抖，在痉挛，它把惹人眼的尾巴翘到嘴边，
狠狠地咬了一下，尾巴梢被咬断了。它疼痛难忍，瞪着一双黄绿色的眼
睛，望着猎人，眨一下，滚出几颗泪花。那是在乞求猎人保护。"哇——
哇——"它歇斯底里地叫着，声音喑哑破碎，有气无力。每叫一声，都有
一股血涌出，都要使劲地蹬一下蹄子。

他茫然了。用水勺给它灌水，灌进去却又从它嘴角流了出来。老猎人
流泪了。

它已叫不出声。好半会儿，它挣扎着抬起头，望着老猎人眨眼睛。渐
渐地，它眨眼的次数少了，抬头的次数也少了……

他用手抹了它的眼皮，片刻，它又睁开了，直愣愣地望着他。黄绿色
的目光咄咄逼人，一股寒气，使他毛骨悚然。它最后一次挣扎着抬了一下
头，勉强撑起了四蹄，颤巍巍的，还没立直，又重重地倒下去，长长地嘘
了一口带着腥味的气，伸直了腿，彻底不动了。

他借着飘忽不定的灯光，用混浊模糊的眸子瞧着它，为它流下最后几
滴眼泪。

远处隐约传来几声枪响，虽然十分微弱，然而晕倒在银狐身旁的猎人

还是听到了。他坐起来，将还有些热气的银狐搂在怀里。他把多皱褶的老脸贴在毛茸茸的狐皮上，深深地吮吸着只有它身上才有的气息。

他愤怒地咬咬牙，想着："明天就下山，去省城，告这小子……"

凶煞神山甲提着枪，扛着两只血淋淋的银狐回来了。他自鸣得意地夸着自己的枪法，三枪就撂倒一个。

他以为老猎人也会夸奖他一番，却见老猎人正默无声息地将怀里的银狐像放熟睡的孩子一样轻轻放在地上，然后霍地立了起来，圆睁着那鹰隼似的眼睛。这双眼睛嵌在他那古铜色的脸上，显得格外可怕。他艰难地挪了一步，伸手从墙上取下套铳，虎视着山甲，哗啦一声拉了一下枪栓。

山甲吓得倒吸一口冷气，脸色苍白。他没敢动。可是他明白，一个粗野的猎人，一个敢赤手与老虎、豹子、黑瞎子玩命的猎手，是绝对敢开枪的。于是，他慌忙解释道：

"我倒忘了，我有介绍信，所里要我带回去研究。"说着掏出一张有红印的纸。

老猎人收了枪，一把将介绍信夺过来丢进火塘，吼道："介绍个球，这六只银狐是韩部长亲自给我交代过的。明年还要接我去省城。你究竟是哪个庙里的泥人人子？"

山甲听他这么说，便一下子来了精气神："是韩部长叫来的，你去告吧！"

他从行李包中取出聚乙烯袋子，将银狐装了进去。

他又低声对老猎人说道："我说嘛，为人不要太直了。今天的事就当你没看见，对谁也别讲。日后韩部长要来看你的。"

说完，他吃力地扛上装着三只银狐的袋子，提着枪，头也不回地走了。

松山老人望着忽忽悠悠的灯光，只觉得头晕目眩。他口里不停地念叨着："天明了，就下山告他们，要告，要告……"

后 记

就这个集子的书名确实作难，最初叫《是谁打断了村长的腿》又改成《瓜滚在园里》，直到后记才定为这个书名，关于集子中文章发表在何年何月何刊物，是否逐一附记一事和朋友讨论许久。也有朋友主张附记，说这是对读者的尊重，最后统一了意见，还是按常规走，不用附记，让作品自己说话，责编也就有了"同期声"。

成书仓促难免出错，深望谅解。

还要说明一下《银狐》在其它集子也收入过，因难断"狐缘"再次收入。

2022 年 5 月 13 日